KB097487

베이츠

베이츠

이아타 장편소설

Metc

알파콘은 전 세계를 기아로부터 구원했으며
평원에서 알파콘을 키우는 노동자 탤로는
육체적 아우라와 함께 중세 기사 같은 대접을 받았다.
사람들은 다시 굶주림의 시대로 돌아가는 걸
가장 두려워했다.

목차

1

더 베이츠

베이츠가 만든 자연은 완벽했다.

기업이 창조한 강은 원래부터 존재하는 강과 구분하기 어려웠다. 강 너머 대평원에서 무럭무럭 자라는 옥수수의 이름을 딴 알파강은 광대한 바다와 같았다. 척박한 산과 산 사이를 메운 시퍼런 물결이 파도치듯 일렁거렸다. 눈어림으로 봐도 강폭이 넓고 깊었다. 건기가 되면 이 강물이 수천 헥타르 펼쳐진 대평원에 뿌려졌다. 그래서 유전공학의 완성품 알파콘은 더욱 건강해졌다.

이과수폭포와 흡사한 우렁찬 물줄기가 구름 같은 물보라를 흩트리며 절벽 아래로 쏟아져 내렸다. 강물은 암반과 부딪치고 휘돌아 용트림하며 역동적으로 움직였다. 이것이 본래의 강물이 아니라 만들어진 강물이라는 게 태오는 믿기지 않았다.

식량 다국적기업 베이츠는 대평원의 한쪽을 뭉텅 도려내고 신화적인 작품을 완성했다. 세계인의 주식을 생산하는 기업답게 천문학적인 돈을 쏟아부어 설치한 강은 크고 완전하고 아름다웠다. 세상 사람들이 찬사를 보내는 베이츠의 명성에 걸맞은 스케일과 사람을 압도하는 웅장함이었다. 텔레비전 공익광고로 수없이 봤지만 실제로 보니 훨씬 웅장했다. 식량 전쟁 이후 값싸고 안전한 식량을 공급하는 베이츠에 대한 세계인의 자부심은 알파강만큼이나 크고 압도적이었다.

태오가 알파강에서 시선을 거두고 주위를 둘러보았다. 너무 일찍 도착한 건지 아직 아무도 오지 않았다. 강바람에 아노락 점퍼가 바스락거렸다. 점퍼를 벗어 가방에 넣고 검지와 중지로 왼쪽 손목을 톡톡 두드렸다. 칩이 생성되면서 손목에 숫자가 떠올랐다. 햇빛 때문에 시야가 흐려서 손 그늘을 만들었다.

2048. 5. 1. 11. 17. 137. 118.

5월 1일이 틀림없었다. 정오까지 43분을 기다려야 했고 심장박동 수로 보아 그는 흥분하거나 긴장했다. 태오는 지금 자신의 상태를 정확히 알기 어려웠다. 차가운 흥분과 들끓는 두려움의 경계 어딘가에 서 있는 듯했다. 알파강을 사이에 두고 이쪽과 저쪽의 경계에 선 육체가 뜨거운 햇빛과 서늘한 바람을 맞고 있듯이.

가슴 안쪽으로 손을 넣어 목걸이를 움켜쥐었다. 금으로 된 펜던트 뚜껑을 열면 손톱만 한 사막 선인장이 들어 있었다. 할머니가 평생 지니던 행운의 부적이었다. 할머니는 태오마저 사라진다면 더는 버틸 수 없다고 말했고, 태오는 반드시 동생과 함께 돌아오겠다고 약속했다.

강 앞쪽에 길게 이어진 은백색의 마그네슘 데크가 보였다. 배를 타기 전에 줄을 서서 기다리는 곳 같았다. 튀어 오르는 물거품과 데크의 은빛 조화가 환상적이었다.

천천히 걸으며 마음을 다잡았다. 옴니버스에서 가상체험 하던 모험이 이제부터는 실제였다. 그는 사실 겁이 났다. 역설적으로 자신이 어떤 기대도 흥분도 없이 살아왔다는 게 또렷이 느껴졌다. 무더운 날씨인데 몸이 조금 떨리고 심장이 요동쳤다. 아무 일도 일어나지 않는 삶에서 어떤 일도 일어날 수 있는 삶으로의 공간이동이었다.

식량 기업 베이츠와 강 너머 도시 델피에 대해 그는 아무것도 몰랐다. 구글링의 점조직 같은 정보와 떠도는 소문이 아닌 진짜 현실은 넘실대는 저 파란 강 너머에 있었다.

이제 정오가 되면 다른 탤로들과 함께 배를 타고 알파콘의 도시 델피로 들어갈 것이었다. 눈앞에 출렁이는 깊은 강물은 중세의 해자와 같아서 허가 없이는 들어가거나 나올 수 없도록 만들어졌다.

강 너머 저쪽에서는 알파콘을 위해 일하는 노동자를 탤로라고 불렀다. 육체 건강한 청년들은 돈을 벌기 위해 혹은 자신의 육체가 우월하다는 보증서 같은 탤로가 되기를 희망했다. '탤로'의 뜻에 대해서는 의견이 분분했다. 거창하게 아리스토텔레스가 말한 철학 용어인 텔로스telos라는 궁극의 목적이라는 의미와 알파콘을 살찌우는 지방조직tallow이라는 의미와 염색체 양쪽 끝을 뜻하는 텔로미어telomere에서 파생했다는 주장까지 있었다.

지난밤 그는 옴니버스에 접속해 유료서비스인 블랙미러에서 베이츠와 옥수수의 도시 델피 따위에 대한 질문을 입력했다. 검색엔진은 표면적인 정보밖에 없었다. 유저들이 남긴 상징적이고 짧은 답변은 번개처럼 번쩍이다 사라졌다. 단어 개수와 활성 시간만큼 암호화폐를 결제했으나 유저들은 위험을 감수하지 않았다. 단어와 문장이 길어지면 네트워크의 감시 시스템에 걸릴 확률이 높아서 가짜정보 유저로 등급이 낮아질 위험이 크기 때문이었다. 역설적으로 다국적기업 베이츠의 영향력을 알 수 있었다.

천혜의 바다 같은 강이 용솟음치며 시퍼런 물살을 내뿜었다. 이 강에서부터 베이츠가 만든 도시국가 델피의 영역이었다. 그러니 강물 또한 중앙관제 시스템의 일부였다.

데크에 기댄 채 강 쪽으로 상반신을 내밀고 물보라에 손을 적셔보았다. 갑자기 새파란 물이 위협적으로 소용돌이를 일으켰다. 아직 정오가 되지 않았으니 자동 감응 센서가 작동하는 모양이었다.

살아있는 생명체처럼 꿈틀대는 강을 바라보며 태오는 기업 베이츠에 대해 또 생각했다. 하나밖에 없는 동생 지오가 실종된 후에야 비로소 의문을 가지기 시작한 자신을 수없이 자책했다. 세상일을 그냥 받아들인 대가였다. 지오가 델피로 떠나기 전날 그에게 남긴 말도 그랬다. 그저 주어진 대로 살지 말라고.

베일에 싸인 베이츠의 실제 주인은 소문만 무성하며 실체가 없었다. 최종 결정권자가 인간이 아니라 인공지능이라는 소문도 떠돌았다. 실체 없는 주인의 형체는 못생긴 난쟁이였고 태어날 때부터 팔다리가 휘어진 유전병을 앓는 기형아였다. 또 다른 소문에 의하면 그랬다. 기업이 시작된 지 십 년이 돼가는 동안 전혀 모습을 드러내지 않아서 생긴 괴팍한 소문이었다. 태오는 베이츠의 숨은 주인이 은둔형의 완벽주의자가 아닐까 상상했다. 태오 자신이 그랬기 때문에 짐작한 것이고, 지나치게 거대하고 완벽한 강의 모습 때문이었다. 소심한 사람이 헤비메탈을 좋아하고 은둔형의 사람은 광대한 판타지를 꿈꿨다.

베이츠의 실제 주인은 결코 어디에도 얼굴을 드러내지 않앗지만 그를 모르는 사람은 없었다. 공식적인 베이츠의 최고경영자는 따로 있었다. 하버드를 졸업하고 젊은 시절 아마존과 애플에서 근무하고 스마트팜 유니콘 기업을 경영하기도 한 사십 대 중국계 미국인이었다. 그러나 최고경영자는 숫자놀음만 하고 있을 뿐, 기업을 움직이는 실소유자가 따로 있다는 걸 모르는 사람 역시 없었다.

강을 끼고 기다란 데크를 계속 걸어 배가 닿을 곳으로 천천히 걸어갔다. 선착장 입구에 홀로그램이 얌전히 서 있었다.

가까이 다가가자 완성도 높은 홀로그램의 여자가 눈을 뜨더니 그에게 눈을 맞추며 화사한 미소를 보냈다.

"안녕하세요, 김태오 씨! 환영합니다."

그의 홍채와 병력, 유전자 정보가 이미 베이츠의 인공지능시스템 안에 있었다. 입사를 위한 필수 동의 사항이었다.

기술의 향상으로 자연스러운 미소를 짓는 여자는 낭랑한 목소리와 날렵한 몸짓으로 델피와 알파콘에 관해 설명했다. 여자의 몸속을 통과한 빛이 파노라마로 펼쳐지다가 상공에 큰 스크린을 띄웠다.

2039년부터 2040년까지 건설된 알파강은 아름다움이 아닌, 알파콘을 보호하기 위해 만들어졌다. 2037년 세계는 식량 전쟁에 휩싸였다. 수십 년 동안 지속된 기상이변으로 농작지가 사라지고 생산량이 급격히 감소하자 주요 곡물 수출 국들이 수출 금지를 선언한 것이 도화선이었다. 전쟁으로 인한 국지적 충돌이 수년 동안 끊이지 않았다. 물리적 사망자는 공식 통계로 백만 명이 조금 넘었지만 오랜 시간 수십억 명의 사람이 굶주렸다.

전쟁이 끝난 후 먹을 수 있는 모든 식물은 다국적기업들의 소유가 되었다. 분쟁을 종식하는 과정에서 체결한 협약이 시초였다. 알파콘은 그때 태어났다. 종자명 AT357811이었다. 세상에 존재하던 옥수수의 모든 품종은 베이츠의 소유가 되었고, 유전공학의 힘으로 완벽한 영양을 갖춘 단 하나의 알파콘으로 거듭났다. 기상이변과 병충해에 강하고 알곡이 튼튼하고 생산량을 극대화한 품종이었다.

옥수수는 백 년 전부터 사람과 가축이 가장 많이 섭취하는 곡물이자 식물이었다. 세계 곳곳의 사람들 머리카락을 뽑으면 가장 높은 성분이 옥수수였다. 세상의 거의 모든 가공품에 옥수수가 들어 있었고, 가축은 비용 절감을 위해 저렴한 옥수수를 먹었고, 사람은 또 그렇게 자란 소와 돼지를 먹었다. 칠십 년 전부터 옥수수의 생산량 증대를 위해 유전 실험을 해오던 기업들은 식량 전쟁 전후 옥수수 품종들을 두고 쟁탈전을 벌였다.

베이츠는 그중 생산성이 가장 높은 옥수수 품종을 확보했고 전쟁 종식 과정에서 나머지 품종의 소유권을 사들였다. 베이츠의 실제 주인은 반세기 동안 옥수수를 연구한 유전공학자로 알려져 있었다. 전쟁이라는 혼돈의 시대에 기업 베이츠는 씨앗들을 집어삼키는 가이아로 성장했다. 일만 년 전 안데스에서 시작해 수많은 품종으로 퍼져나간 옥수수들은 베이츠의 품으로 빨려 들어갔고 유전공학의 세례를 받고 유일신 같은 알파콘으로 재탄생했다.

알파콘은 전 세계를 기아로부터 구원했으며 평원에서 알파콘을 키우는 노동자 탤로는 육체적 아우라와 함께 중세 기사 같은 대접을 받았다. 세계 곳곳에서 사람들은 알파콘 노동자에게 물과 빵을 무상으로 제공했다. 사람들은 다시 굶주림의 시대로 돌아가는 걸 가장 두려워했다.

세상을 영원히 굶주림으로부터 보호할 알파콘이 강 너머 대평원에 자라고 있었다.

대평원의 규모는 하나의 작은 국가였다. 대평원을 거느린 알파콘의 도시 델피는 나라 안의 나라였고 치외법권 구역이었다. 세계식량기구가 보호하는 농산물 보호구역은 아시아와 아프리카에 곳곳에 존재했다. 내전과 민족분쟁 그리고 기상이변과 식량 전쟁 이후 드넓은 땅은 다국적기업의 소유가 됐다.

아시아의 작은 국가 안에 거대한 도시국가로 분리 독립한 델피 역시 세계식량기구의 비호를 받는 지역 중 하나였다.

그중 주식을 생산하는 델피는 성역과도 같은 아우라를 누렸다. 우월한 다국적기업의 힘이었고 세계인의 식량이 된 알파콘의 힘이었다.

알파콘과 베이츠에 대한 자부심을 안고 노동자로 입사한 지오도 옥수수의 국가 안에 살고 있어야 했다. 그러나 동생은 흔적도 없이 사라졌다. 베이츠에서 퇴사했다고 알려졌으나 집으로 돌아오지 않았다. 델피로 들어간 지 한 달 후부터 연락이 끊겼고 지금까지 소식을 알 방법이 없었다.

동생의 마지막 흔적은 강 건너 출입통제센터였다. 강을 건너 도시 델피로 들어서는 관문이었다. 그곳을 드나드는 모든 기록은 조작될 수 없었다. 옴니버스 유저가 남긴 짧은 정보에 의하면 '강력하고 무시무시한' 통제센터라 데이터가 퍼펙트했다.

경찰은 출입통제센터를 나서는 순간부터 베이츠와 무관하다고 주장했다. 지오에 대한 위치추적도 강력범죄라는 걸 증명해야 할 수 있다고 했다. 허수 같은 개인정보 관련 법률 때문이었다. 가족도 소용없었다. 개정된 법에 따라 개인의 신체의 자유는 옴니버스의 공간만큼 한계가 없었다.

태오는 얼굴과 몸매가 완성된 홀로그램 여자의 설명을 듣다가 강 건너로 잔상처럼 보이는 델피를 바라봤다. 도시의 모습은 어슴푸레할 뿐, 멀어서 눈에 잡히지 않았다.

저 멀리 델피에 들어간 첫날부터 지오는 집으로 전화를 했다. 일주일 후에는 할머니에게 편지도 보내왔다. 처음 며칠 동안 동생은 들떠 있었고, 얼마 후부터는 말투가 이상했다. 할머니와 태오는 일이 힘들어서 그럴 거라고 여겼다. 그러다 언젠가부터 지오는 이상한 반어법을 많이 썼다.

긍정을 말하면서 부정을 가리키고 있었다.

'형도 알다시피 알파콘은 완전식품이지.'

'형이 말했듯이 알파콘과 베이츠는 세상을 구원하고 있잖아.'

태오는 그렇게 생각하지 않았고 그런 말을 한 적도 없었다. 오히려 반대였다. 동생이 그걸 모를 리 없었다. 마지막 통화에서 지오는 알파콘의 도시가 아주 멋지다고, 너무도 완벽한 시스템으로 돌아간다는 말도 했다. 그때는 아무것도 이해할 수 없었다. 지오가 사라지고 나서야 비로소 침울한 반어법이 어슴푸레하지만 무언가를 가리키고 있다는 걸 알았다.

태오는 동생에게 미안했다. 미리 알아채지 못하고 지금에서야 깨달은 자신이 원망스러웠다. 그러면서 막상 델피로 들어가는 지금 자신이 주저하고 떨고 있다는 사실이 부끄러웠다. 앞으로 겪게 될 일들이 상상도 되지 않아 무섭기도 했다. 게임에서 무기로 적을 격파하고 성벽을 부수고 뛰어넘는 레벨업 따위에 비할 바가 아니었다. 베이츠의 도시 곳곳에는 위험한 진실이 매복해 있을 것이다. 세상에서 가장 무서운 건 아무것도 모르고, 무슨 일이 일어날지 짐작도 되지 않는 것들이었다.

태오가 지오를 생각하는 사이, 홀로그램 여자가 강 건너 알파콘 블록 입구의 모습을 보여주었다. 중세 영지처럼 도시를 두른 성곽이 먼저 보였다.

천 년 전의 세계와 흡사한 높고 기다란 돌 성곽은 알파콘의 도시 델피와 어울렸다. 신선했다. 이윽고 하늘을 자유롭게 나는 독수리 형상의 인공지능 드론이 거대한 성곽을 넘어 푸른 평원으로 날아갔다. 노랗고 푸른 평원은 당연히 모두 옥수수들이었다.

독수리가 얼마를 날았을까, 평원의 끝에 생경한 미래지향적 건물들이 눈부시게 빛났다.

환영과 같은 빛이 공중으로 퍼지며 홀로그램은 환상처럼 끝났다. 그는 강을 바라봤다. 왕성한 기류로 흐르던 강물이 햇빛에 희게 번쩍이고 파랗게 뒤척이다가 순식간에 움직임을 멈췄다.

태오가 다시 강물 쪽으로 손을 내밀었으나 강물은 흐르지 않았다. 표준 시스템의 작동이었다. 빠르게 지나가던 구름이 해를 가리자 강 표면이 검게 응고한 듯 보였다.

환영처럼 빛이 사라지고 초고층 빌딩 사이로 노을이 스며들고 있었다.

겨울이면 해가 빨리 져서 하루가 짧은 기분이 들어서 좋았다. 초고층 건물들 사이 협곡 같은 길을 걷던 태오가 걸음을 멈추고 둘둘 감은 넝마를 풀었다. 태오는 죽은 엄마를 닮아 이목구비가 뚜렷했다. 지오는 형을 부러워했지만 그는 어디서나 눈에 띄는 얼굴이 싫었다. 그래서 그는 일부러 더러운 넝마를 가지고 다니며 이따금 얼굴을 가리곤 했다.

지금은 돈을 벌기 위해 얼굴을 가려야 했다. 그는 바람에 나풀거리는 천조각을 다시 감아 얼굴을 감췄다. 쳐다보는 사람이 있을까 봐 주위를 살펴보곤 머리를 들어 까마득한 상공을 가로지르는 자기비행열차를 힐끗 쳐다보았다. 비싼 요금을 치르고 빠르게 이동하는 사람들도 이 도시에 함께 살고 있었다. 똑똑한 그들은 고효율의 삶을 살 터였다. 그는 고개를 슬쩍 흔들곤 이내 걸음을 재촉했다. 5시 30분 정각에 압전소자 대로까지 가려면 서둘러야 했다.

압전소자가 깔린 8차선 규모의 대로엔 수천 명의 사람이 추위에 잔뜩 웅크린 채 집결해 있었다.

음악이 들리자 늙수그레한 사람들이 저물녘 어스름을 등에 매달고 앞을 응시하며 걸어갔다. 속도와 보폭은 달랐으나 모두 발로 땅을 힘차게 밟았다. 초췌한 얼굴과 병색이 완연한 사람들마저 돈을 벌기 위해 안간힘으로 바닥을 누르며 걸었다. 그들은 두 발에 센서가 장착된 진녹색 구두를 신고 있었다. 구두로 바닥에 깔린 압전소자를 누르면 에너지가 생성됐다. 밑창에 달린 센서가 노동량을 측정했고 일이 끝나면 화폐로 환산해주었다.

대도시의 가로등이 하나둘 켜지기 시작했다.

군중들의 발소리가 커지면서 빌딩들이 점차 밝아졌다. 이어 고층 빌딩 옥외 광고판이 반짝이며 2048년 1월 14일 5시 33분을 알렸다. 도시 한가운데 일직선으로 곧게 뻗은 대로엔 더 많은 군중이 몰려들었고 순식간에 도심은 눈부시게 환해졌다.

수천 개의 다리로 땅을 구르는 소리가 빌딩 사이에 쿵쿵 울렸다. 어디서 날아오는지 알 수 없는 커다란 새 한 마리가 군중을 굽어보며 석양의 하늘을 휘젓고 있었다.

출발선에 선 채 태오는 일부러 몸을 떨면서 동생을 기다렸다.

잠시 후 숨을 헐떡이는 지오가 형의 등을 쳤다. 지오는 다른 구역에서 한 시간을 걷고 다시 이곳으로 달려왔다. 돈을 벌기 위해 노인의 신분을 도용한 형제는 시선을 끌지 않으려고 온몸을 누더기로 두른 채 주위를 살피며 군중들 사이로 끼어들었다.

값싼 피부 패치를 붙여 이마와 눈가에 굵은 주름이 가득한 두 사람은 눈에 띄지 않으려고 몸을 웅크렸다. 흥겨운 음악이 압전소자의 바닥에서 울렸다. 노인과 병자들이 발을 굴러 만든 전기에너지로 생성된 음악이었다. 도심은 노인과 병자의 낯빛만큼 창백했다.

지오가 머리를 들어 상공을 올려다보자 태오도 시선을 옮겨갔다. 빌딩 숲 사이 상공을 자율 주행차가 소리 없이 지나갔다. 빌딩 어딘가에서 하루 여섯 시간 규칙적으로 일하는, 직업을 가진 사람들의 자동차들이었다. 푹신한 시트에 몸을 기대고 하늘을 가르는 자동차의 주인 중 일부가 인공지능 로봇이라는 소문도 있었다.

초고층 빌딩의 첨탑들을 무늬처럼 거느린 아득히 먼 상공은 어두컴컴했다. 그곳엔 아늑한 별빛과 달빛이 있었다. 대도시 지상이 눈이 부실만큼 환한 것과 대조적이었다. 어느 한쪽은 꿈이었다. 하늘이든 지상이든. 태오는 비현실적으로 환한 지상과 이상하리만치 밝은 얼굴의 사람들이 꿈이라고 생각했다.

멀리 압전소자 대로의 끝이 보이자, 형제는 행렬 속을 웅크리고 걸으면서 눈빛을 교환했다. 두 사람이 슬그머니 뒷걸음질로 행렬을 거슬러 가자 사람들이 투덜거렸다.

주어진 대로 곧장 가라고, 형제의 뒷줄에 선 강직한 표정의 노인이 소리쳤다.

"융통성 있게 합시다. 꼭 앞으로 가야 합니까?"

지오가 노인 목소리로 되받았다.

"여기 있는 사람들 모두 앞으로 똑바로 걷고 있잖아."

"앞으로 가나 뒤로 가나 돈 받는 건 같아요."

사람들이 눈치챌 거 같아 태오가 동생의 팔을 잡아끌었다. 행렬에서 빠져나온 형제는 얼른 정산기에서 돈을 받고 물러섰다. 건물 모퉁이를 돌아 주위를 살핀 후, 얼굴에 붙인 인공 피부 조각을 뜯었다.

"돈도 안 되고 노인들 핀잔은 늘어가니 답답하네."

지오가 한숨을 쉬었다.

"다른 일을 한번 찾아볼까?"

태오가 상공을 올려다보며 말했다.

"다른 일? 우리가 할 수 있는 일이 있기나 해?"

지오의 말투에서 짜증이 묻어났다.

"그럼 기본소득을 절약해야지. 방법이 없으니까."

"형, 생각을 좀 해봐. 모두가 기본소득으로 살기 때문에 모두 생각이 똑같은 거라고."

"늦겠다. 에너지 광장에 십 분 안에 도착해야 해."

그가 화제를 돌리며 동생의 어깨를 잡았다. 어차피 대안도 없었고, 갈등만 커질 뿐이었다. 지오의 주장이 터무니없다고 여기지도 않았다. 성향이나 생각이 달라도 형제는 서로에 대한 애착이 깊었다. 태오가 일곱 살이고 지오가 여섯 살 때 부모님이 교통사고로 죽었다. 불길에 휩싸인 차량 뒷좌석에서 어린 형제만 무사히 구조되었다. 그 후 할머니가 고아가 된 형제를 더할 수 없이 아껴주었지만 늘 허기진 감정을 지니고 살았다.

태오는 지오도 그럴 거라는 걸 알았다. 말하지 않아도 알 수 있었다. 그래서 둘은 평소에 퉁명스럽게 대해도 실제론 누구보다 서로를 의지했고 지켜주고 싶은 마음이 컸다.

"형은 다른 욕심도 없잖아. 그냥 할머니 때문에 돈 벌려는 거지."

"그러니 돈 벌러 가자니까. 요즘 에보카 쟁탈전 벌어진 거 알잖아."

태오가 앞장서 에너지 광장으로 향하는 지름길로 접어들었다. 낡은 공동주택들이 늘어선 골목 또한 백일몽처럼 환했다. 저녁의 골목이 대낮처럼 밝은 것은 시민들의 투표에 의해서였다. 범죄예방 목적이었지만 실제로 강력범죄율은 줄어들지 않았다.

골목을 빠르게 걸어가도 앞으로 나아가는 느낌이 없었다. 종종 느끼는 기분이었으나 걸어도 걸어도 제자리 같아 목구멍이 죄어드는 기분이었다. 풍경의 변화 없이 똑같은 공통주택이 끝없이 이어지기 때문이었다.

어디서나 마주치는 공통주택이 늘어선 길은 기나긴 인생 같았다. 돌아보니 말없이 걷는 지오도 혼자 생각에 잠겨 있었다. 흰 고양이 한 마리가 먹이를 찾아 어슬렁거렸다. 밝은 전등 빛 때문에 흰 고양이는 환영처럼 보였다.

에너지 광장은 삼만 명을 수용할 정도로 넓었다. 도시에는 인구 백만 명 당 하나꼴로 에너지 재생 광장이 마련됐고, 인구가 많은 대도시는 구역마다 광장이 자리했다. 태오가 사는 구역에도 에너지를 생성할 삼만 개의 에보카가 광장을 가득 메우고 있었다.

에보카는 자전거와 자동차가 섞인 모양새로 성인 남자 체구만 한 크기였고, 작동하려면 근력이 만만찮게 들었다.

정부 세금으로 시작된 에너지 재생 사업은 국민의 일자리 제공과 함께 늘어가는 의료보험을 줄이려는 목적이었다. 튼튼한 다리는 혈압과 당뇨를 비롯한 수많은 성인병을 예방한다. 아주 오래전 귀족들이 건강하고 튼튼한 말을 선호한 것과 같은 이치였다. 실상 전기에너지는 풍족했다. 십 년 전부터 소량의 바닷물로 한 국가가 일 년 동안 사용할 전기를 생산할 수 있었다. 그럼에도 시민들이 여전히 전기에너지를 생산하는 것은 폭동을 막기 위해서였다. 돈을 벌게 해주고 일하고 있다는 만족감을 주어 우울한 민심을 달랬다.

태오와 지오가 광장 입구로 들어서며 숨을 헐떡였다. 저녁 7시 2분 전이었다. 그들이 에보카에 오르자, 기계가 둘의 정보를 읽고 입력했다. 건강하고 근육량이 높을수록 가산점이 붙었고 페달을 구르는 속도와 양에 따라 자동으로 크레딧에 정산되었다. 7시 정각을 알리는 모차르트의 음악 소리가 울렸고, 삼만 개의 페달이 일제히 윙윙거리며 돌아갔다.

광장을 에워싼 전광판들이 불꽃을 터트리듯 번쩍거렸다. 거대한 전광판에 광장의 청년들이 페달을 굴리는 모습이 보이고, 이어서 도심 곳곳의 모습이 비쳤다. 가로등들이 하나둘 켜지기 시작하고, 시청 앞 인공정원의 분수가 힘차게 물을 뿜었다. 연이어 빌딩의 거대한 광고판들이 동시에 말을 토해냈다. 신모델 자율주행 자동차 광고, 새로 개발된 가상현실 게임 광고, 신비한 심해 생물에서 채취한 건강보조식품…….

도시 곳곳의 공공주택 모습이 보였고 실내의 가족이 비쳤다. 일제히 텔레비전에 뉴스와 오락프로그램이 켜지고, 식탁에 모인 가족이 밥을 먹고, 아이들이 욕조의 뜨거운 물에 잠겨 비누거품 놀이를 시작했다. 실제론 청년들이 페달을 돌리는 것과 전기공급은 별 상관이 없었다. 다만 시민들에게 자긍심을 심어주기 위한 공익광고일 뿐이었다.

페달을 밟은 지 삼십 분이 지나면서부터 숨을 헐떡이는 청년들이 생겨났다. 벌써 포기하고 에보카를 멈추고 광장을 떠나는 사람들도 있었다. 에보카에 기록된 만큼 정산을 받는 터라 누구도 강요하지 않았다. 시간이 지나면 빈자리는 다른 사람으로 대체됐고 평일 저녁 7시부터 10시까지 누구나 빈자리를 차지할 수 있었다.

평소 태오와 지오는 에보카를 뺏기지 않으려고 쉬었다 다시 밟기를 반복하며 세 시간을 채웠다. 오늘도 형제는 미동도 없이 페달을 밟았다. 지오는 규칙적으로 숨을 내쉬며 넋을 잃고 광고를 보았다.

동생을 슬쩍 보던 태오도 고개를 들어 광고를 마주 보았다. 가로세로 백 미터가 넘는 홀로그램패널 수십 개가 뿜어내는 빛과 현란한 영상은 사람을 나른하게 만드는 구석이 있었다. 몰입해서 보다 보면 어쩐지 마음이 말랑말랑해지는 기분도 들었다. 땀으로 범벅이 된 채 상공에 띄워진 미끈한 신형 자동차와 최신형 아이폰처럼 새뜻한 모델의 얼굴을 보고 있으면 왠지 뿌듯해졌다. 자동차를 살 수 없고 완벽한 몸매의 모델을 사귈 수도 없다는 것은 잠시 잊었다.

헉헉대는 숨소리가 넓은 광장을 울렸다. 주위 친구들이 하나둘 허벅지와 장딴지를 부여잡았다. 태오도 다리가 당기고 허벅지가 뻐근해졌다. 빠르게 페달을 돌리던 지오가 갑자기

앗, 하는 소리와 함께 에보카에서 떨어졌다.

태오가 페달을 멈추고 지오에게 다가갔다. 쥐가 났는지 지오가 다리를 주무르며 인상을 썼다. 며칠 후면 스무 살이 되는 건강한 청년이지만 종일 다리를 혹사했으니 그럴 만도 했다. 돈을 모으려고 형제는 매일 걷고 달리고 페달을 밟는 생활을 반복했다.

바닥에 주저앉은 지오는 발끝을 오므리고 경련이 잦아들기를 기다렸다. 할 수 있는 일이 없다는 사실에 태오는 문득 쓸쓸해졌다. 광장을 휩쓰는 찬바람이 낡은 외투 속으로 밀려들었다.

암시장은 중세의 밤처럼 어두웠다. 공공의 질서에 편입되지 못한 슬럼가는 도시 곳곳에 숨어 있었다. 오래전부터 공공주택이 보급돼서 시민 대다수는 약간의 세금을 내고 들어가 살았다. 세금을 낼 돈이 없거나 공공주택에서의 거주를 거부한 사람들이 슬럼가를 형성했다. 치안이 불안했고 범죄율도 높은 구역이었다.

방치된 거리엔 오물이 넘쳤고 보도블럭이 깨져 흙바닥이 드러난 땅은 질척거렸다. 불편함과 불안감을 안고 자유를 선택한 사람들이 이곳에 모여 살았다. 태오는 슬럼가나 암시장에 오면 묘하게 편안한 기분이 들었다. 낮이면 이곳엔 특유의 분방함과 어딘지 모르게 느슨한 공기가 감돌았다. 먼 옛날의 집시들처럼 이곳 사람들은 술을 마시고 악기를 두드리고 노래를 불렀다.

이 년 전부터 슬럼가 구석에 암시장이 형성됐고 식물과 채소들이 은밀하게 거래됐다. 자연에서 키운 채소와 과일을 구할 수 있는 곳은 암시장밖에 없었다. 식물 거래는 당연히 불법이었다. 슬럼가 곳곳의 식물 암시장에 대해 경찰은 수사에 적극적이지 않았다. 이들이 불법 거래를 그만두면 먹고 살길이 없어 강력범죄가 늘기 때문이었다.

지은 지 오십 년쯤 돼 보이는 낡은 주택들에서 자가발전으로 생성된 빛이 희미하게 새 나오고 있었다. 상인 몇 명이 단속반이 뜰까 봐 주변을 살폈고 채소와 과일 몇 개를 품에 안은 사람들 역시 덩달아 힐끔거렸다. 단속에 걸리면 비밀리에 채소를 키운 사람이나 거래하는 사람 모두 상당한 벌금을 물거나 감옥에 보내졌다.

태오를 알아본 상인 하나가 눈짓을 보냈고, 조심스럽게 안으로 들어간 태오는 얼른 감자 몇 알과 양상추와 토마토 몇 개를 종이봉투에 집어넣었다. 그러곤 다시 주위를 둘러보고 배낭에 넣고 상인에게 지폐를 건넸다.

"너무 비싸. 한 달 치 알파콘 빵값이야. 깎아주세요."

지오가 투덜댔다.

"어제오늘 일인가 어디. 점점 단속이 심해져서 장사도 못할 거 같아. 불법으로 키우는 것도 힘들지만 씨앗을 구하는 게 점점 힘들어져."

상인이 한숨을 내쉬었다.

"그런 위험 때문에 비싼 거잖아요. 법적 권리를 가진 기업이익을 훔치는 거니까요."

지오가 퉁명스레 대꾸했다.

"그렇겠지. 법적으론. 그런데 말이야, 세상 모든 식물을 기업들이 독점한 게 언제부터였을까. 원래는 자연의 것이었어, 자네가 어릴 때만 해도. 누군가의 소유물이 아니라 모두의 거였다고."

상인이 낮고 단호한 목소리로 대답했다.

"옛날얘기 해봐야 소용없어요. 우린 다시 옛날로 돌아갈 수 없단 말입니다."

"젊은 친구가 상당히 순응적이군."

"우리 현실을 말한 것뿐이에요."

"더 필요한 게 없으면 그만 가. 이만 문 닫고 싶으니……."

머쓱해진 태오가 동생의 팔을 이끌고 가게 밖으로 나왔다.

"그런 말까지 할 필요는 없잖아. 자연식품을 좋아하는 사람들은 다 이유가 있는 거야."

"무슨 이유? 온 세상 사람들이 유전공학 식품을 먹으며 잘 살고 있잖아.”

“2037년에 식량 전쟁이 벌어지지 않았다면, 그 후 식물이 다국적기업들의 소유가 되지 않았다면, 우린 지금 땅에서 자란 식품을 먹고 있을 거라고.”

태오는 조금 굳은 표정이었지만 지오는 슬며시 웃고 있었다.

“형, 지금은 2048년이야. 우리는 어릴 때부터 유전공학 식품을 먹고 자랐어. 그래도 형과 나는 튼튼하기만 하고, 다른 사람들도 다 건강해.”

이따금 지오는 형처럼 굴었고 태오는 배시시 웃는 얼굴로 가르치려 드는 동생이 얄미웠다. 겨우 한 살 차이라 더 예민하게 구는지도 몰랐다.

지나가던 사람들이 둘을 쳐다보았다. 시선을 의식한 태오는 할 말을 참고 묵묵히 걸었다. 지오도 더는 응수하지 않고 형의 뒤를 따랐다. 슬럼가를 나와 도시 뒷골목에 접어들자, 일정한 간격의 가로등 불빛으로 순식간에 거리가 초현실적으로 밝아졌다.

“이제는 기업에서 생산하는 채소를 그냥 먹자. 굳이 불법을 저지르진 말자고.”

태오는 동생의 초현실적인 긍정이 돌아가신 아버지에게 물려받은 기질이라는 생각에 기분이 착잡해졌다. 할머니는 내성적이고 말이 없는 태오가 엄마를 닮았다고 했다.

"형이 할머니 때문에 자연식품을 사는 건 알아."

지오가 누그러져서 말했다.

"할머니가 식물 기업의 하청업체에서 일하잖아. 베터팜에서 채소와 과일을 다루는 할머니가 꺼리는 데는 이유가 있지 않을까."

태오가 진지하게 말했다.

"늘 시스템을 부정하는 사람들은 있었지. 그들이 시스템을 견제한다는 것도 알아. 하지만 형, 오랫동안 세계인은 아무 문제 없이 안전하게 살아왔어."

"고작 칠 년이야. 유전공학 식품에 어떤 문제가 있는지 아직 알 수 없다고."

"무슨 말이야? 우리에겐 알파콘이 있어! 모든 영양소가 충족된 완전식품. 베스트 이츠잖아. 언제나 침울한 할머니야말로 알파콘을 드셔야 해. 알파콘을 먹고 많은 사람이 건강해졌고, 그들은 행복지수가 높아."

"그건 광고에 나오는 얘기일 뿐이잖아. 베이츠가 심어준 환상일지도 몰라."

"형은 왜 통계를 애써 불신하려는 거야. 자, 지나가는 사람들을 한번 보라고."

지오가 고갯짓으로 거리의 사람들을 가리켰다. 환상처럼

빛나는 도시의 불빛들 아래 사람들의 표정이 밝고 환했다. 그들의 얼굴은 조도를 한껏 올린 전구처럼 팽팽하게 빛났다.

"병들고 우울한 사람들도 많지. 압전소자 길 걸을 때 뇌가 이상해진 사람들 많이 봤잖아. 너도 베이츠에 대해 떠도는 소문 알잖아."

"설마 형도 그런 소문 따위 믿는 거야?"

동생이 다시 배시시 웃는 표정을 짓자, 태오는 자신을 무시하는 거 같아 화가 났다. 지오가 미묘한 순간에 묘하게 흘리는 웃음이 태오는 늘 기분 나빴다.

"네가 믿는 게 소문이고, 광고야. 베이츠가 아직 알파콘의 탄생과정을 세상에 공개하지 않았다는 걸 몰라?"

화가 난 태오의 목소리가 커졌다.

"그건 당연한 거야. 기업이 보호받아야 할 권리라고."

"와, 어떻게 넌 철저히 베이츠의 관점에서 말해? 길거리를 다니며 사람들을 잘 살펴봐. 몇 년 전부터 멍한 얼굴로 다니는 사람이 너무 많아. 틱 환자나 치매 환자도 많고."

"그건 늙어서 그런 거야. 떠도는 소문을 믿고 알파콘을 먹지 않아 영양 결핍으로 그럴지도 모르고. 세계인의 식량이 된 지 벌써 칠 년이 지났고, 그리고 지금까지 아무 문제도 없었지."

"너 완전 베이츠 광고처럼 말하는구나."

태오는 허탈한 기분이 들었다.

"세상을 비딱하게 보지 말자고. 인정할 건 인정한 다음, 무언가를 찾자는 말이야. 형은 좀 폐쇄적이야. 나도 어릴 땐 왠지 좀 주눅 들고 그랬지. 우리가 너무 어릴 때 고아가 돼서 그럴 거야. 형도 이제 가슴을 쭉 펴라고."

지오가 과장되게 가슴을 펴며 그를 향해 웃었다. 지오가 형 같았다. 차라리 지오가 형이었으면 어땠을까, 수없이 상상했었다. 그는 자신보다 똑똑하고 대범한 동생이 이따금 부담스러웠다. 그는 한발도 앞으로 나아갈 마음이 없는데 지오는 늘 몇 발 앞서 걸어가곤 했다. 그래서 때론 불안했다.

어려서부터 지오는 늘 무언가를 찾았다. 지오의 마음이 어디론가 멀리 가 있다는 사실을 태오는 잘 알고 있었다. 동생은 어릴 때부터 현실을 박차고 나가서 남들과 다르게 살고 싶다는 의지가 넘쳤다. 그의 남다른 긍정과 욕망에 출구가 없어서 태오는 더욱 노심초사했다.

근원을 알 수 없는 불안은 항상 현실 안에 깃들었다. 머나먼 상공의 새가 어디에서 오는지 알 수 없듯이.

2048년 1월 21일, 지오는 기본소득처럼 평등한 지상을 떠나기 위해 상공의 새처럼 날갯짓을 펄럭였다. 지오의 스무 번째 생일이 일주일 남은 날이었다. 꽤 차가운 날씨에 바람도 거셌다. 메마른 바람을 타고 정체를 알 수 없는 새 떼가 허공에 기다란 띠를 이루고 날아갔다.

평소처럼 두 사람은 헝겊 조각들로 온몸을 두르고 잔뜩 웅그린 채 도시의 다른 압전소자 도로를 향해 걸었다. 들통나지 않으려면 수시로 구역을 바꿔야 했다.

초고층 빌딩 사이 협곡에 군중이 운집해 있었다. 사람들은 쌀쌀한 바람을 막을 목도리와 모자 따위를 두르고 눌러쓰며 손을 비벼댔다. 태오가 머리를 들어 고층 빌딩 틈새로 하늘을 봤다. 어제와 다른 듯 같은 노을이 지고 있었다. 잠깐 사이, 새 떼는 사라지고 없었다.

태오가 문득 고개를 돌려 지오를 보았다. 생각에 잠긴 지오의 눈빛은 머리 위의 새처럼 어딘가로 멀리 달아나고 있었다. 자기 몸을 검은 헝겊으로 감은 뒤 그는 동생을 감아주었다. 지오가 고개를 돌려 형을 바라봤다. 태오는 동생의 눈빛에서 슬픔을 느꼈다. 언제까지고 발을 구르고 페달을 돌리며 살아야 할 수많은 날. 마음만 파닥거릴 뿐 새들처럼 날지 못하는 현실. 말하지 않아도 지오의 마음이 느껴졌다.

음악이 울리자 사람들이 걷기 시작했다. 키가 훌쩍 큰 형제는 구부정하게 몸을 말았다. 이 구역은 처음이라 눈에 띄지 않는 게 좋았다. 눈치를 살피곤 처음엔 아픈 사람처럼 느리게 걸었다. 유난히 환자가 많아 보여서였다. 멍한 얼굴의 사람들, 틱 환자처럼 보이는 사람들, 손을 비틀듯이 흔들어대는 사람들, 알아들을 수 없는 말을 중얼거리는 사람들. 주변 시선을 의식한 태오는 탄탄한 골격이 눈에 띌까 봐 더욱 몸을 움츠렸고, 지오는 틱 환자 흉내를 내며 머리를 흔들었다.

압전소자 대로가 끝나는 도착점에 이르자, 일을 마친 사람들이 길게 줄을 서서 기다렸다. 차례가 되면 한 명씩 간이천막 안으로 들어가 환전 기계에 녹색 구두를 올려놓고 신분증을 밀어 넣었다.

거동이 불편한 다른 노인의 신분증을 넣은 태오는 기계가 구두의 센서를 확인하는 수 초 동안 긴장한 표정으로 서 있었다. 이윽고 기계 아래쪽으로 지폐와 동전들이 떨어지자, 얼른 주머니에 쑤셔 넣고 나와서는 빠른 걸음으로 건물 모퉁이를 돌아 구석에 서서 지오를 기다렸다.

지오는 지폐를 세며 천천히 사람들 사이를 빠져나왔다. 태오가 주위를 살피며 손짓하는 것을 본 지오는 피식 웃으며 느긋하게 다가왔다. 두 시간 동안 걷는 사이 동생은 평소의 밝은 얼굴로 돌아왔다. 태오가 틱 환자 흉내를 낸 지오를 핀잔했다.

"지나치게 형님 같은 역할을 진지하게 할 필요가 없다고 아뢰오!"

지오가 옴니버스 게임의 수다스러운 난쟁이 캐릭터를 흉내 내며 농담을 했다.

"15구역 곧 시작이야. 늦었어."

"달려가면 되지, 뭐. 달려보자고."

지오가 앞서 달렸다. 달리면서 몸을 감은 천들을 벗겨내며 뒤돌아 소리쳤다.

"김태오, 이번엔 한번 이겨봐. 이기면 오늘 번 거 절반 준다."

"그동안 봐준 거야. 오늘이 진짜 내 실력이다."

태오도 몸에 감은 천조각을 벗겨내며 힘차게 달렸다.

태오가 동생의 어깨에 부딪고는 앞서 달렸다. 따라온 지오가 형의 등을 세게 치고는 아이처럼 혀를 내밀었다. 달리면서 형제는 오랜만에 깔깔대며 웃었다.

태오는 오랜만에 보는 동생의 천진한 얼굴을 지그시 바라봤다. 잘난 체하고 무게 잡아도 그에겐 여전히 어린애였다. 부모님이 돌아가신 그 순간부터 지오는 영원히 여섯 살이었다.

2

땅 위의 전투

지오의 웃는 얼굴이 허공에 머물다 사라졌다.

태오는 손가락 마디뼈를 문지르며 알파강을 바라봤다. 흐름을 멈췄던 강물이 순간, 하얗게 번쩍이며 몸을 뒤집고 용솟음쳤다. 떠들썩한 소리에 태오가 뒤를 돌아봤다. 신입 탤로들이 집결해 있었다.

그들은 거대한 강과 홀로그램이 보여주는 도시 모습에 압도되어 웅성거렸다. 데크에서 알파강의 물보라에 손을 내밀고 장난치는 무리도 있었다. 태오가 데크를 돌아 나와 뒤쪽 줄로 옮겨 서서 탤로들을 훑어보았다.

"드디어 알파콘의 도시로 들어가는구나."

머리를 노랗게 물들인 신입이 감격한 듯 말했다.

"실감이 안 나. 실제로 와보니까 진짜 규모가 어마어마하네."

잠깐 사이 서로 말을 튼 모양이었다. 대다수가 또래들이었다.

"열세 살 된 동생이 있는데, 여길 정말 오고 싶어 해. 커서 저도 입사하겠다고."

"왜 델피는 관광객도 받지 않는 걸까? 홍보도 되고 좋을 텐데."

"알파콘이 유출될까 봐 그런 거지."

"옥수수가 밖으로 유출된다고 세계전쟁이라도 일어나?"

노란 머리가 시니컬하게 말하자 몇몇이 놀라서 쳐다봤다.

"식량 전쟁이 끝난 지 얼마나 됐다고 그런 말을 해?"

"최종 입사 때 제출했던 서약서 1항에 그런 내용이 적혀 있잖아."

"알곡이나 이파리 하나라도 유출하면 어마어마한 벌금이라는 조항은 좀 심하지 않아?"

노란 머리가 눈치를 보며 말했다.

"저길 봐. 배가 온다."

누군가의 말에 모두 고개를 돌렸다. 검고 커다란 트랜스쉽이 다가오고 있었다. 태오는 탤로들을 따라 혹등고래처럼 크고 미끈한 배로 고개를 돌렸다. 신입들이 휘파람을 불고 환호성을 질렀다.

강 입구에 정박한 배에서 화물 컨테이너 크기의 투명한 승강기가 내려왔다. 합격통지서에 각자 부여된 코드번호를 승강기 입구 문에 인증했다. 강을 건너는 1단계 인증이었다.

한 명씩 오르자 인공지능이 차분한 목소리로 전체 무게를 알렸다.

"와, 저 노란 머리 배에 기름이 꽉 찼나 봐. 95킬로야. 키도 작은데."

뒤에서 킬킬거리는 소리가 들렸다. 아무것도 모르는 노란 머리는 활짝 웃었다.

"실시간으로 무게 말하니까 돼지고기 무게 재는 것 같잖아."

주위의 탤로들이 폭소를 터트렸다. 삼백 명을 태운 승강기가 상공을 솟아올라 배 안으로 사라졌다. 긴 줄의 뒤쪽에 서 있던 태오는 승강기의 특수재질을 가늠하며 불안한 마음으로 앞만 보았다. 그의 옆으로 누군가 불쑥 다가왔다.

"저 배와 승강기는 심해에서 최근에 발견한 광물로 만든다더라. 방탄은 당연하고 핵폭발에도 안전하대. 요즘 높으신 분들은 다 저걸로 핵벙커 짓는다는군."

갈색 머리를 포니테일로 묶은 서글서글한 인상이었다. 마지막 3차 전투 테스트에서 본 얼굴이었다. 만인 대 만인의 육탄전에서 눈에 띄는 상대는 기억에 남기 마련이었다.

"난 이호준이라고 해. 만나서 반가워."

"김태오야. 나도 반가워."

호준의 손을 잡은 태오는 흠칫 놀랐다. 악력이 돌덩이처럼 단단했다. 그때 그와 맞붙었다면 이곳에 오지 못했을 거라는 생각이 단번에 들었다.

"3차에서 네가 무술 유단자와 붙는 거 흥미로웠어."

호준이 엄지를 살짝 올리며 말했다.

"내 실력이 아니었어. 그냥 운이 좋았던 거지."

정말 운이 좋았다. 세상엔 가끔 멋있는 인간이 존재했다. 맞수였던 유단자가 그랬다.

"설레기도 하고 겁도 좀 나네. 육체노동을 해봤어야지. 암튼 우리 잘해보자."

호준이 내민 주먹에 주먹을 맞댔다. 뼈마디가 욱신거렸다. 지금부터는 가상현실이 아니었다. 게임 속에서 눈으로만 보던 세계를 실제로 몸으로 겪어야 했다.

다시 투명 승강기가 UFO처럼 조용히 지상에 착륙했다.

줄지어 대기하던 탤로들은 새로 출시된 메타 게임을 처음 플레이하는 유저처럼 호기심에 눈을 반짝이며 목을 돌리고 손목을 풀었다. 태오도 그들도 가상이 아닌 리얼월드에 대한 경험이 없었다. 육체의 고통을 모르는 철부지는 새로운 세계에 호기심을 가질 뿐이다.

강의 중간쯤 이르자 파고가 높고 물살이 거셌다. 어떤 시스템이 작동하는지 알 수 없었다. 강 너머 대평원의 도시 델피의 모습이 어렴풋이 보이기 시작했다.

만일을 대비해 그는 물살과 주변 지형을 관찰했다. 안타깝게도 멀리 능선이 이어진 척박한 산은 강 때문에 끊겼다. 이곳을 나오는 방법은 강을 헤엄쳐서 건너는 방법밖에 없는 듯했다.

알파콘 노동자가 되기 위해 오로지 육체 하나로 모든 과정을 통과했다. 그는 처음으로 육체의 강인함을 알았고, 태어나 처음 육체의 고통을 겪었다. 신입 탤로들을 태운 배가 델피로 다가가고 있었다. 전투에서 살아남은 승리자들은 목적지가 가까워지자 환호하고 술렁거렸다. 태오는 서서히 다가오는 원색의 대자연을 홀린 듯 바라보았다.

승강기가 다시 공중으로 떠올랐다가 청년들을 땅으로 옮겼다.

강 건너 도시 쪽에선 선착장도 접안 장치도 없었다. 들어오기도 어렵지만 나가기는 더욱 힘든 곳이 식량의 도시 델피였다.

델피에 첫걸음을 떼던 탤로들이 흠칫 멈춰 섰다. 뒤따르던 태오도 반사적으로 눈을 질끈 감았다. 강렬한 빛이 시야를 강타했다. 거대한 홀로그램이 총천연색 빛을 내뿜으며 시야를 가로막았다. 빛에 익숙해지자, 거대한 알파콘 형상이 눈앞에 버티고 있었다. 무시무시하고 압도적인 출입통제센터였다.

높이 십 미터에 폭은 오 미터쯤 돼 보이는 알파콘이 노랗고 푸른 광선을 쏘아댔다. 몇몇이 놀라서 뒤로 물러섰다. 게임에 익숙한 그들에게 그것은 불을 내뿜는 용을 연상시켰다. 노란 머리가 알파콘을 향해 팔을 휘젓다가 고함을 지르며 엉덩방아를 찧었다. 다른 탤로들도 놀라 주춤거리며 물러섰다.

"앗, 저게 손을 깨물었어."

"놀라지 마세요. 사용자의 마음에 따른 햅틱 반응일 뿐입니다. 다른 분이 해보시겠어요?"

거대한 알파콘 홀로그램이 온화하게 말했다.

호준이 한 발 앞으로 나와 알파콘에게 다가가서 조심스럽게 손가락을 댔다.

"담대하시군요. 환영합니다, 용감한 전사여! 두려워 마세요. 당신의 눈빛과 표정과 뇌파만으로 마음을 짐작할 뿐이랍니다. 자, 이제 저를 통과하시면 델피의 시민이 되시는 겁니다."

노랗고 푸른 광선에 휩싸인 탤로들이 홀로그램 속으로 걸어 들어갔다. 이것이 외부에서 도시 안으로 들어가는 성문인 셈이었다.

홀로그램 내부는 물안개에 잠긴 듯 흐렸고, 날카로운 빛이 빠르게 움직이며 온몸을 훑었다. 코드가 없는 사람이 들어오면 저 빛 중의 하나가 태워버릴지도 몰랐다.

"눈을 감지 말아주세요. 홍채 인식 중입니다."

코드가 있다 한들 유전자조작이 아닌 한 정체성을 속일 수 없었다. 어디선가 붉은빛이 가방을 비롯한 소지품을 겨눴다. 반입 불가로 지정된 전자기기와 휴대폰, 마약이나 특정 약물 따위도 가려내는 모양이었다.

인증 없이 이곳을 빠져나오는 건 불가능한 일이었다. 지오가 이곳을 나간 기록을 경찰이 제시했다. 만일 지오가 자기 의지로 델피에 남으려 했다면, 거꾸로 이 홀로그램을 빠져나간 흔적을 남겼을 것이다. 그 반대도 마찬가지였다.

희뿌연 물안개가 서서히 걷혔다. 홀로그램 통로를 빠져나오자 자연의 햇빛이 그들을 맞았다. 드디어 델피였다. 어리둥절한 그들의 시야에 푸른 대평원이 지평선까지 펼쳐졌다. 땅의 끝까지 온통 녹색이었다. 거대 도시 하나가 알파콘 블록이라는 것은 알았지만 실제로 땅을 딛고 서서 보니 입이 다물어지지 않았다. 경이로웠다. 상상보다 훨씬 거대한 규모에 압도당한 텔로들이 낮게 탄성을 질렀다.

텔로들을 태운 트럭들이 흙먼지를 일으키며 녹색 바다를 질주했다.

4미터 높이의 알파콘 숲에 파묻혀 덜컹거리는 트럭에 몸을 싣고 달리는 기분은 아마존 밀림의 가상체험 같았다. 태오가 연상할 수 있는 알고리즘은 그랬다. 그에겐 특별한 여행도 특별한 경험도 없었다. 마지막 여행이었던 여섯 살 무렵의 마지막 가족 소풍을 아스라이 떠올렸다.

차체가 들썩였다. 그는 추억의 끄트머리에서 빠져나와 트럭의 안전바를 붙잡고 창밖을 바라봤다. 대평원 가운데를 통과하고 있는 듯했다.

대평원을 가로지르는 경험이 인생에 두 번 있을 거 같지 않았다. 트럭 안의 다른 신입들도 수천 헥타르의 알파콘 평원을 넋 나간 듯 바라봤다.

누군가 차창을 열자 쏴아, 하는 바람 소리가 파도 소리처럼 귀를 덮었다. 4미터 높이의 알파콘들이 한꺼번에 흔들리는 소리였다.

"무슨 냄새지, 아까부터 퀴퀴하니 이상한데."

"자연 흙에서 나는 냄새야. 나도 검색으로 알아본 정보야."

두 신입의 말을 들은 몇몇이 코로 공기를 들이마셨다.

"이게 자연이구나!"

또 다른 신입이 경이롭다는 듯 말했다.

"태어나서 이렇게 아름다운 곳은 처음 와봐."

대자연의 모습에 취한 태오도 크게 숨을 들이마셨다. 잠깐이나마 긴장을 풀고 싶었다. 할머니가 말한 자연과 이곳은 조금 달랐다. 델피의 평원엔 꽃도 없었고 새가 지저귀지도 않았다. 다만 세계인이 먹을 단단한 옥수수가 자라고 있을 뿐이었다. 만들어진 자연이 본래의 자연과 같을 수는 없었다.

"평원을 둘러싼 산들 좀 봐. 전쟁을 치르기 좋은 요새야. 산세도 험해서 공략하기 어렵겠지."

"아, 이런 데서 증강게임 하고 싶다."

"죽이겠다. 이곳에 세계 하나를 더 심으면 재밌겠는데."

"어떤 세계가 스릴 있을까?"

"지하세계는 어때? 녹색 평원 아래 절대악의 지하세계."

"오, 재밌겠다. 복합세계가 아무래도 흥미진진하지. 지옥이나 영생의 세계는 어때?"

내일부터 혹독한 노동이 기다린다는 걸 잊고 싶은 탤로들이 호들갑스레 떠들어댔다.

대평원을 한 시간 남짓 더 달렸다. 평원 깊숙이 들어서자 바람이 거세게 불었고, 알파콘들이 일제히 '스스스' 소리를 내며 물결치듯 일렁였다. 거대한 물살이 육중한 트럭을 덮칠 듯했다. 트럭 안에 있다는 것도 잊고 신입들이 흠칫 몸을 움츠렸다. 누군가 얼른 버튼을 눌러 차창을 닫았다.

"우라질. 알파콘의, 알파콘을 위한, 알파콘에 의한 땅이군."

"무슨 놈의 옥수수가 저렇게 큰 거야. 우리가 저 속에서 일한다는 거 아냐."

지오도 똑같은 말을 했었다. 그리고 무슨 일이 있어도 이곳에서 버틸 거라고 했었다. 그러니 반드시 델피 어딘가에 있을 것이다. 태오는 감정이 북받치는 듯 눈을 감고 등받이에 몸을 기댔다.

눈을 감자, 수천 헥타르 평원를 차지한 알파콘이 바람에 휩쓸리는 소리가 마음을 뒤흔들었다. 그때 어떡하든 지오를 막았어야 했다. 생사도 알 수 없는 지금, 그가 아는 거라곤 지오가 남긴 몇 마디 말이 전부였다.

그날 저녁은 유난히 바람이 거셌다. 돌풍이 비명을 지르며 고층 빌딩 사이로 몰려다녔다. 에너지 광장에 도착했을 때 에보카엔 사람들이 집결해 있었다.

빈자리가 보이지 않아 태오는 초조했다. 빈 곳을 찾아 두리번거리는데 멀리서 친구들이 소리를 지르며 팔을 휘저었다. 고맙게도 에보카를 선점하고 기다리고 있었다. 다급히 달려간 형제는 숨을 헐떡이면서 페달에 올랐다.

두 사람이 자리에 앉자, 정각을 알리는 바그너의 탄호이저 서막이 웅장하게 울렸다. 생체정보를 인식한 에보카에 둘의 얼굴이 떴고 두 사람은 숨 돌릴 틈도 없이 페달을 돌렸다.

삼만 개의 페달이 일제히 굴러가는 소리가 겨울 바다의 해일처럼 웅장했다. 그날은 여느 날과 달리 빌딩 중심가 초대형 화면에 눈부신 생기가 돌았다. 가로 길이만 1000미터에 달해 도심 어디서나 보일 만큼 큰 광고판은 밝은 밤을 더욱 현란하게 바꾸었다.

눈부신 빛을 내뿜던 화면이 온통 초록으로 물들고, 들판에 일렁이는 바람 소리가 들렸다. 곧이어 화면이 누렇게 변하더니, 땅에서 자라는 샛노랗고 커다란 옥수수들이 화면을 가득 채웠다. 크고 튼튼한 알파콘이었다.

에너지 광장의 페달 돌아가는 소음 가운데 사람들의 탄성이 섞여들었다.

"와우, 알파콘이 저렇게 생겼구나. 나 처음 봐!"

"말은 들었지만, 정말 크네. 알곡이 우리 종아리보다 굵고 튼실해."

화면에 얼굴이 새카만 노동자가 보였다. 그는 자기 키의 두 배가 넘는 알파콘 이파리 사이에 서서 남자 종아리처럼 생긴 옥수수를 들고 활짝 웃고 있었다.

이어, 알파콘 평원의 모습이 다채롭고 역동적으로 보이는 가운데 내레이션이 들렸다.

'이곳에서는 세계적 식량 기업 베이츠가 키우는 알파콘이 싱싱하게 자라고 있습니다. 평원에서 햇빛을 듬뿍 받고 자라

는 알파콘은 모든 가공식품의 원료이자 세계인의 주식량이며 바이오 에너지원입니다.'

공영방송에서 알파콘과 알파콘의 도시 델피에 대해 소개하는 걸 본 적이 있지만, 초대형 화면으로 대평원의 모습을 보니 압도적이었다. 대평원 가득 알파콘의 파노라마가 끝없이 이어졌다.

'우리의 하루는 알파콘으로 시작됩니다. 알파콘으로 만든 빵을 먹고 가공 음식들을 먹으며 알파콘 부산물로 만든 화학 용품을 사용하고 있으며 수많은 에너지원은 알파콘의 부속물로 만들어집니다. 세계 식량 전쟁 이후 수많은 곡물이 개발되었지만, 그중에서도 알파콘은 단연 으뜸입니다. 전 세계 인류의 주식으로 각광받는 알파콘은 수많은 도전과 실패 끝에 얻은, 현존하는 최고의 식량입니다. 완벽한 식품이자, 현대 유전공학의 총아인 것이죠.'

진중한 목소리가 계속 흐르는 가운데, 다양한 인종의 식탁 모습이 빠르게 지나갔다.

백인 중산층 가정의 모습이 보였다. 식탁에 모여 앉은 가족들이 환하게 웃으며 식사하는 영상이 클로즈업됐다. 남편이 음식을 입에 넣고 천천히 씹는 얼굴이 확대되고, 아내의 얼굴엔 먹는 즐거움이 행복한 표정으로 분출됐다. 식탁 바구니에 수북이 쌓인 알파콘 빵은 반질반질 윤기가 흘렀다. 아이가 빵 하나를 집어 들고 혀로 핥고는 침을 꿀꺽 삼키며 반으로 잘랐다. 빵가루가 튀어 올라 공기 중에 흩날려 햇빛이 되고, 바람이 되고, 마지막엔 씨앗으로 돌아갔다.

광고에 몰입한 광장의 청년들도 침을 삼켰다. 이어 화면이 빠르게 바뀌었다. 바람에 날리는 씨앗이 거무죽죽한 땅에 안착하고, 땅속에서 움트고 싹이 돋아 쑥쑥 자라나서 알곡이 열리고 거대한 녹색 평원을 이루었다.

청년들은 눈부신 알파콘으로 가득한 화면에서 눈을 떼지 못했다. 푸른 평원 곳곳은 흡사 판타지 게임에서나 보던 공간 같았다. 광활하고 서정적이고 고즈넉하고 때론 을씨년스럽기도 했다. 알파콘의 대평원은 이 모든 것을 품고 있었다.

"저런 곳을 말을 타고 한번 달려보고 싶어. 옛날 영화 보면 멋지던데."

"친구의 여자친구를 꼬드겨서 함께 말을 타고 달아나는 거지. 스릴 넘치게."

친구들이 농담하는 사이, 태오와 지오는 사뭇 진지하게 화면을 보고 있었다. 다시 처음의 알파콘을 수확하는 화면들과 함께 내레이션이 흘렀다.

'건강한 땅에서 자라는 알파콘은 신이 인간에게 보내준 황금과도 같습니다. 세계인의 식량을 공급하는 베이츠가 신의 황금을 캘 전사들을 새로이 채용합니다. 숭고한 육체노동에

도전할 깨끗한 몸과 마음을 가진 젊은이들의 지원을 바랍니다. 자세한 요강은…….'

온몸이 땀에 젖은 지오가 갑자기 페달을 멈췄다. 그러곤 숨을 몰아쉬며 화면을 노려봤다. 광장도 술렁이기 시작했다. 태오 역시 다리를 멈추고 화면과 지오를 번갈아 쳐다봤다.

"작년에 아메리카 대륙에서 채용했지? 이번엔 아시아네."

베이츠는 대륙과 인종을 순회하면서 노동자를 채용했다. 노벨상을 비롯한 세계적 권위의 상이 그렇듯, 대륙과 인종 간 차별을 없애고 기회균등을 위한 조처라고 했다. 다국적기업의 권위이자 특권이었다.

"대체 몇 명이나 뽑을까."

"경쟁률이 수백 대 일 정도는 되겠지."

"꿈도 꾸지 말자. 태오 같은 몸이나 가능하지."

누군가 한숨을 쉬었다.

"우리 같은 평범한 육체들도 많이 입사했다던데."

"예전에는 그랬는지 몰라도 지금은 턱도 없어."

"못 버티는 사람이 부지기수래. 대신 힘든 만큼 몇 년 썩으면 큰돈 벌어."

"큰돈? 얼마나?"

"일 년 고생하면 전 세계 바다를 돌아다니며 리얼 서핑할 수 있대."

"죽이네. 확 와닿는군. 갑자기 일하기 싫어지네."

친구들이 떠드는 소리를 듣고 있었지만, 태오는 난데없는 돌풍을 가슴으로 느꼈다. 그는 지오에게 일어날 변화를 직감했다. 돌풍 때문인지 구인광고 때문인지는 알 수 없어도 광장에 모인 절반가량이 자리를 떠났다.

지오가 에보카에서 내려 형의 어깨를 쳤다. 이미 힘이 빠져버린 태오도 다리를 멈췄다.

에너지 광장을 나서서 공공주택 블록에 들어서는 동안 형제는 한마디도 하지 않았다. 바람은 더욱 소리 높여 윙윙거렸고 그날따라 집으로 가는 길이 멀게 느껴졌다.

지오는 생각에 잠긴 채 멀찌감치 앞서 걸어갔다. 형이 어디쯤 오고 있는지 안중에도 없었다. 태오는 자꾸 걸음이 뒤처졌다. 이유를 알 수 없는 불안감이 머릿속을 헝클었다. 나쁜 기억의 잔상들이 돌풍처럼 밀려들었다.

오래전 원격진료로 상담하던 의사는 어린 태오에게 이런 심리상태를 살면서 수없이 겪을 것이니 놀라지 말라고 당부했다. 부모의 몸이 으깨져서 즉사하는 상황을 같이 겪었어도 동생에겐 그런 증상이 없었다. 사고 당시의 기억도 지오에겐 없었다. 다행이라면 다행이었다.

태오는 멈춰 서서 멀어져가는 동생을 쳐다봤다. 검은 옷을 입은 뒷모습이 상공을 날던 미지의 새 같았다.

한참을 걷던 지오가 뒤를 돌아보고 형을 기다렸다. 두 사람은 발걸음을 늦춰 나란히 걸었다. 파스텔 색상으로 덧칠된 공동주택이 끝없이 이어지는 거리를 걷고 있으니 지오는 오늘따라 더 현실감이 들지 않고 꿈속을 헤매는 기분이었다. 백야처럼 밝은 거리도 가상현실 게임 공간 같았다.

"기분이 이상해. 여기가 현실 같지 않아. 꿈속에서 걷는 기분이야."

"너무 밝아서 그럴 거야."

"형은 가도 가도 똑같은 길이 지겹지 않아?"

짜증이 조금 섞인 말투였다.

"그래도 우리 두 다리로 밝힌 길이잖아."

"우린 평생 가로등 불빛만 밝히며 살 뿐이지."

"인정할 건 인정하자고 말한 건 너였어. 난 지금 생활에 만족해. 아니, 만족하려고 해."

"형은 좀 답답해. 난, 더는 전기 배터리로 살아갈 수 없어."

지오의 목소리가 시니컬했다.

"무슨 말인지 알아. 하지만, 모두 그렇게 살고 있어. 기본소득으로 평등하게."

"평등하지. 모두 똑같은 집에서 평생 똑같은 일만 하면서 우라지게 평등하게 늙어가니까."

"인간의 노동은 오래전에 끝났잖아. 우리가 세상을 바꿀

수는 없어."

"나를 바꿀 수는 있지. 돈을 벌면. 형은 설마 이 집들처럼 늙어가고 싶은 거야?"

지오가 똑바로 보란 듯이 공공주택 단지를 가리켰다. 태오는 새삼 낡고 오래된 집들을 한참 바라봤다. 도시 전체가 공공주택 구역이었고, 늘 여기서만 살아온 태오에겐 출생과 동시에 갖춰진 삶의 조건과 같았다. 다른 삶 따위 생각해본 적도 없었다. 지오에게 무슨 말을 하고 싶었지만 할 말이 없었다. 그에게 다른 삶은 스펙터클한 가상현실 게임이었다.

그들이 사는 공동 아파트 앞에 도착하자 태오는 낮에 꾸는 꿈처럼 환한 건물을 올려다봤다. 지오는 로비로 들어가 곧장 엘리베이터로 향했다. 태오는 그 자리에 멍하니 서 있었다. 이곳에서 살아온 이십 년의 시간이 순식간에 지워지는 느낌이었다.

집에 들어온 태오는 할머니에게 인사하고는 곧장 방으로 들어갔다. 아무 말도 하기 싫어졌다. 가슴이 답답해졌는데, 왜 답답한지 따져보기가 싫었다. 그는 옷을 벗고 커다란 컴퓨터 화면 앞에 앉았다. 고글을 쓰고는 곧장 옴니버스 게임 속으로 들어갔다.

가상현실에서 태오는 다른 인생을 살고 있었다. 몇 달 전까지 그는 오지 탐험 여행가였으나, 지금은 금융계 거물이었다. 몇 분 만에 완전히 몰입한 태오가 히죽거렸다. 옴니버스에서 그는 에고도 이드도 다른 사람이었다.

컴퓨터 화면에 21세기 초 월스트리트 금융회사 외양이 펼쳐졌다. 그중 하나의 금융사로 들어서면, 실내 전체가 대리석으로 된 내부 모습이 보였다. 사무실을 오가는 사람들의 옷차림도 모두 당시의 에르메스 따위의 명품이었다. 당당하고 날카로운 눈빛의 사람들이 서로 인사를 나눴다. 가벼운 농담을 주고받으며 웃는 사람들 속에 태오의 얼굴도 보였다. 옴니버스 속 태오는 조금 더 각진 턱에 몸도 더 슬림한 삼십대였다. 떠들썩하게 유머를 뿌리고 인사를 나눈 골드만삭스의 분석가 무리가 테라스로 나섰다.

테라스에는 화려한 꽃장식이 놓인 테이블이 있고, 주위에 둘러앉은 사람들이 모두 축배를 들었다. 군더더기 없는 몸매에 딱 떨어지는 수트를 입은 태오가 와인 잔을 들어 사람들에게 건배를 청했다. 식사를 하던 중에 건물 밖에서 소란스러운 소리가 들렸다. 호기심 어린 얼굴로 태오가 38층 테라스 문을 열었다. 까마득한 아래에 시위대가 보였다. 수백 명의 사람이 피켓을 들고 외쳤다. '내 집을 빼앗지 말라', '이제 당신들이 파산할 차례다', '우리는 당신들에게 속았다'.

고층 테라스에서 와인 잔을 든 채 웃고 떠들던 사람들은 일어서서 시위대를 내려다보며 비웃었다. 태오도 동료들과 와인을 홀짝이며 깔깔거렸다.

할머니가 방에 들어온 것도 모르고 태오는 여전히 가상세계에 빠져 거만한 몸짓으로 웃고 있었다. 서글픈 얼굴로 뒷모습을 바라보던 할머니가 태오의 어깨에 손을 얹었다. 히죽거리던 태오는 현실의 촉감을 느끼고, 순간 놀라 뒤돌아보고는 고글을 벗고 컴퓨터를 정지시켰다.

"거기가 어디냐? 아주 옛날 같은데"

"2008년 월스트리트예요. 제가 요즘 공들이는 캐릭터예요."

"나도 오래전으로 돌아가고 싶구나. 사과나무가 있는 정원이 그리워."

그 말을 들은 태오가 어딘가로 액세스하고 할머니에게 고글을 씌워주었다.

새소리와 바람 소리가 들리고, 사과나무가 끝없이 이어진 과수원이 펼쳐졌다. 주렁주렁 매달린 빨간 사과들이 햇빛에 반짝반짝 빛났다. 영상에 몰입한 할머니가 숨을 크게 들이쉬었다. 그가 고글에 달린 납작한 버튼을 눌렀다.

"냄새까지 완벽하게 복원되는구나. 놀라운 세상이지."

눈을 감고 코를 실룩이는 할머니를 태오가 뒤에서 안았다.

"사과 냄새가 얼마나 좋은지 아니?"

과거를 회상하듯 그녀가 눈을 감고는 입맛을 다셨다.

"사과가 드시고 싶은 거예요?"

"아니다, 늙으면 옛날이 그리운 법이란다."

"암시장에서도 사과는 정말 구하기 어려워요."

"불과 얼마 전의 일이 이제는 꿈이 돼버렸어. 내가 네 나이일 때가 있었지. 계절마다 온갖 꽃이 피고 나무와 식물들이 초록으로 자라던 때가. 겨우 몇십 년 전 세상이 이제는 신화속 이야기 같으니……."

"저도 알아요. 엄마와 아빠가 살아있을 때 공원에 갔던 기억이 남아 있어요. 그때만 해도 공원에 나무도 꽃도 있었죠."

"세상이 이렇게 달라질지 누가 알았을까. 모든 게 식량 전쟁 때문이겠지……. 밥 먹으라고 말하려는 걸 잊고 괜한 말만 늘어놓았구나."

어릴 때 가족 소풍의 잔상은 훅 불면 흩어지는 비눗방울같은 추억이었다. 할머니의 어깨를 감싸 안고 방을 나섰다. 그녀의 몸이 더 쪼그라든 것 같았다. 식탁 위에는 으깬 감자로 만든 샐러드 한 접시와 알파콘으로 만든 빵과 수프와 알파콘을 먹고 자란 돼지고기와 알파콘 가루가 원료인 가공식품이 놓여 있었다. 지오가 감자 샐러드 접시를 할머니 쪽으로 밀었다.

할머니가 슬며시 일어나 방으로 들어갔다. 잠시 후 작은 방울토마토 몇 개가 담긴 접시를 조심스레 식탁에 내려놓았다. 작년부터 할머니는 방에서 몰래 방울토마토를 키웠다.

"들키면 벌금이 얼만지 아세요? 이제 불법으로 식물 같은 거 키우지 마세요, 할머니."

지오의 퉁명스러운 말에 무안해진 할머니가 방울토마토를 태오 쪽으로 조금 끌어당겼다.

"할머니가 토마토 키우는 재미로 사시는 거 몰라? 갑자기 왜 그런 말을 해?"

할머니가 손자들을 지그시 바라보며 말했다.

"나도 불법인 거 안단다. 하지만 정당하지 않다고 생각하진 않는다. 왜 그런지 말하는 건 언쟁이 될 테니 말 않으마. 내가 바라는 건, 단지 너희들이 건강한 거란다."

지오가 알파콘 수프를 숟가락으로 크게 떠서 입에 넣었다.

"알파콘에는 모든 영양소가 들어 있어요. 할머니도 이걸 드시고 더 건강해지셔야죠."

"요즘엔 알파콘으로 만든 걸 먹으면 속이 불편하구나. 늙어서 소화 기능이 떨어진 거겠지."

"식량 전쟁이 얼마나 무서웠는지 아시잖아요. 알파콘이 개발되지 않았으면 지금 우리는 어떻게 살고 있을까요? 우리가 먹고 있는 건 최고의 음식, 베이츠라고요."

태오가 할머니 손에 숟가락을 쥐여주고 자신도 알파콘 빵을 뜯었다. 할머니는 감자 샐러드를 조금 맛보고 방울토마토를 태오에게 권했다. 식사하는 동안 세 사람은 침묵에 잠겼다.

"나, 알파콘을 위한 노동자가 될 거야. 베이츠에 입사할 거라고."

지오가 음식을 우물거리며 심드렁하게 말했다. 할머니가 눈짓으로 태오에게 무슨 말이냐고 물었다.

"언제까지 이렇게 살 수는 없는 거잖아."

도발적인 말투였다.

"이렇게 산다는 게 무슨 뜻이지."

태오가 되받았다.

"더 설명할 게 있을까. 지금 이렇게 사는 거지."

태오가 동생을 쏘아보았고, 지오도 맞받았다.

"에너지 바퀴나 굴리고 늙은이들과 길바닥을 걸으면서 인생을 허비할 수는 없어. 베이츠에 입사해서 큰돈도 벌고, 또 기회를 잡을 거야."

할머니는 생각에 잠긴 채 지오의 말을 가만히 듣고 있었다. 지오가 한번 마음먹으면 누구도 말릴 수 없다는 것을 할머니가 가장 잘 알았다.

"거기가 어떤 곳인지, 노동이 얼마나 힘든지 네가 알아? 뉴스와 광고에 현혹되면 안 돼."

"좋은 것도 있고 나쁜 것도 있겠지. 어차피 사는 것도 그렇잖아. 형은 지나치게 소심해. 우리는 누구보다 튼튼한 육체를 물려받았어. 그게 아깝지도 않아? 현실을 좀 직시해. 인간의 노동 가치를 인정해주는 건 베이츠 같은 식량 기업 말고는 이제 없어. 알아?"

"이상한 소문이 많아서 난 걱정이 앞서는구나."

할머니가 조심스럽게 말했다.

"할머니, 전 새로운 인생을 살고 싶어요. 진짜 인생요. 언제까지 해가 지면 페달 돌리고 해가 뜨면 가상현실 게임에 빠져 살 순 없잖아요."

태오도 할머니도 더는 아무 말도 하지 않았다. 지오의 눈빛을 보았고 그를 막을 수 없다는 걸 이내 깨달았다.

다음 날부터 지오는 새벽에 일어나 차가운 바람 속을 달렸다. 그리곤 준비한 입사지원서와 증명서들을 베이츠로 보냈다. 1차 서류 합격을 받은 후엔 힘들고 거친 육체 테스트를 거쳤다.

당시 지오의 얼굴은 매일 멍투성이였고 어느 날은 이마가 찢어져 피를 흘리며 돌아오기도 했다. 마지막 3차 시험을 보던 날 지오는 할머니를 끌어안았다. 할머니는 위험한 상황은 피하라고, 세상에서 가장 귀한 건 네 몸이라고 당부했다. 3차 테스트가 얼마나 격렬하고 위험천만한지 도시의 시민들은 다 알고 있었다.

"할머니, 걱정 마세요. 나 할머니 손자고 우리 형 동생이야. 내가 통과 못 하면 아무도 못 해."

말은 그렇게 하지만 지오의 얼굴엔 두려움이 묻어 있었다. 재작년 전투 테스트에서 한 명이 사망했고 두 명은 장애를 얻었다. 태오가 시험장에 함께 가겠다고 하자 지오는 한사코 말렸다. 형이 온다면 더 긴장해서 못 할 거 같다고 했다. 태오는 자신이 맞고 찢어지고 피 흘리는 모습을 보여주기 싫은 지오의 심정이 이해됐다. 막상 본다면 태오도 못 견딜 것 같았다.

그날 늦은 오후 지오는 태오를 밖으로 불러냈다. 할머니가 놀랄까 봐 형을 따로 부른 거였다. 동생의 모습은 처참했다. 눈가가 찢어져 피가 흘렀고 입술도 일그러지고 부어 있었다. 그러나 그게 문제가 아니었다. 지오는 정강이뼈에 문제가 생겨 걷기가 힘들다고 했다. 태오는 동생을 업고 병원으로 달렸다.

"형, 내가 이 정도면 딴 놈들은 어떻겠어?"

"아무렴. 다른 녀석들은 완전히 나가떨어졌겠지."

태오는 눈물이 날 것 같았지만 이를 악물고 대꾸했다.

"우리 이제 사는 거 좀 나아지겠지. 형, 내가 돈 많이 벌어 올게."

등에 업힌 지오는 신음하면서도 뿌듯한 듯 말했다.

다행히 뼈는 부러지지 않았고 금이 간 정도였다. 그래도 할머니는 며칠 동안 몰래 눈물을 훔쳤다. 시퍼런 멍 자국이 누렇게 변하고 다시 가라앉았을 때쯤 지오는 최종합격 통지서를 받았다. 그리고 2월 15일 알파콘의 도시 델피로 떠났다. 떠나는 날 지오는 형의 책상에 이런 쪽지를 남겼다.

'형, 눈을 떠! 그냥 주어진 대로 살면 안 돼.'

태오는 지오가 남긴 말을 며칠 동안 곱씹었다. 지오는 희망을 안고 떠났고 자신은 무기력한 낙오자가 된 기분이었다.

초여름 스콜이 상공에서 쏜 화살처럼 땅에 내리꽂혔다.

빗줄기가 바닥을 때리는 소리가 도심을 울렸다. 4월부터 무더웠고, 스콜이 기습적으로 퍼붓다가 뚝 끊겨버리길 반복했다. 도시는 자율시스템으로 수시로 인공강우가 뿌려졌다. 시민들은 통제를 벗어나서 예측 밖에 퍼붓는 스콜을 반기지 않았다. 시스템을 벗어난, 뜻밖의 불운은 언제라도 화살처럼 심장을 찌를 수 있었다.

한동안 동생은 거의 매일 집으로 전화를 했고 할머니에게 편지를 보냈다. 그러다 갑자기 연락이 오지 않았다. 열흘이 넘도록 연락이 없자 할머니가 걱정했고, 태오가 베이츠 본사에 문의했다. 벌써 한 달 전 퇴사해서 지오의 실종이 기업과 무관하다는 말만 되풀이했다.

경찰에 실종신고를 내고 수사를 의뢰했다. 경찰은 형식적으로 수사를 진행했다. 베이츠에서는 지오의 자필 사인이 명기된 퇴사 서류를 경찰에 제출했다. 경찰은 힘든 노동을 못 참고 포기한 청년이 수치스러움에 집으로 돌아오지 못하는 사례가 많다고 할머니를 안심시켰다. 번 돈이 떨어지면 돌아올 거라는 말도 덧붙였다. 그러나 지오는 그 후로도 행방을 알 수 없었다.

동생의 소식을 알 만한 친구들에게 모두 연락해봐도 허사였다. 밤하늘의 새처럼 사라진 흔적조차 찾을 수 없었다. 투명한 하루가 서른 번 지나도록 그와 할머니는 낮도 아니고 밤도 아닌 시간을 보냈다.

빗속을 걷던 태오가 고개를 들어 빗줄기를 얼굴로 맞았다. 막막했다. 동생을 찾을 방법이 떠오르지 않았다. 이대로 영원히 동생을 잃어버린다면 엄마와 아빠가 죽었을 때보다 더 고통스러울 것 같았다. 당장 델피로 들어가서 지오를 찾아다니고 싶었다. 그러나 베이츠의 도시는 허가 없이는 들어갈 수 없는 성역이라는 장벽에 가로막혔다.

비옷을 벗어 털고는 베터팜에 들어섰다. 당분간 할머니 대신 베터팜에서 일해야 했다. 할머니는 움직이기 힘들 정도로 쇠약해졌다. 채소와 과일을 배양하는 베터팜은 도시에 하나씩 있었다. 식물을 독점한 다국적기업들의 하청 업체로, 베이츠가 지분을 가진 기업이었다. 세상의 모든 먹을 수 있는 식물엔 베이츠의 손길이 균사체처럼 넓고 깊게 뻗어 있었다.

로비에서 할머니의 아이디 카드를 코드판에 올려놓고 통과했다. 현관을 가로지르는 복도엔 유전공학 발달사와 성과들이 진열돼 있었다. 커다란 유리 튜브 안에 시간의 변화에 따라 달라진 콩과 호박과 돼지감자와 아스파라거스 따위들이 박제품처럼 들어 있었다. 태오는 진화를 거듭한 채소들을 무심코 바라보다가 멈춰 서서, 가슴 안쪽에서 편지를 꺼냈다. 지오가 할머니에게 보낸 편지였다.

'식물을 사랑하시는 할머니, 할머니 말씀이 옳았다는 생각이 들어요. 보고 싶어요. ……유전공학을 수없이 되풀이한 알파콘을 여전히 식물이라고 불러야 할까요. ……아무리 힘들어도 전 여길 나가지 않을 거예요. 계약 기간을 다 채울 거예요. 저를 믿으세요. ……좋은 채소와 과일 드시고 건강하세요.'

인과관계나 논리 따위 무시한 내용이었다. 그리고 지오의 평소 어투가 아니었다. 동생은 어떤 상황에서도 징징대지 않았다. 왜 처음부터 그런 생각을 못 했을까. 지오가 굳이 손편지를 쓴 이유도 분명 있을 것이다.

복도를 걸으면서 진공 유리관의 채소들을 응시했다. 지오가 보낸 암호는 해독하기 어려웠다. 태오는 자신이 생각을 끝까지 밀고 나아갈 지식도 정보도 힘도 없다는 무기력함에 빌딩 유리창에 몸을 기댔다. 아는 것도 없고 할 수 있는 일도 없었다. 유리창을 때리는 거센 빗줄기가 뒤통수를 후려치는 기분이었다.

복도 한쪽 끝에서 승강기를 타고 62층에 내렸다. 78층까지가 모두 채소 배양실이었다. 할머니는 62관 소속이었다. 62관 입구에서 기다리던 검시관이 태오를 향해 손짓했다. 그가 할머니의 성실함을 높이 평가했기에 편의를 봐주는 거였다. 할머니는 한 번도 결근하거나 지각한 적이 없었다. 검시관 아저씨가 주의사항을 알려주고는 다른 곳을 둘러보러 가고, 그는 사람들을 따라 몸을 소독하고 특수 작업복으로 갈아입고 나왔다.

전면 유리로 된 배양실로 들어서서 할머니의 자리로 가자, 할머니의 짝인 코가 유난히 큰 노인이 손짓으로 작업 과정을 다시 짚어줬다. 거대한 유리관 속에 채소들이 인공 햇빛을 쐬고 있었다. 벽을 따라 철로와 같은 레일들이 돌고 있었고, 실내 배양에 최적화된 온갖 채소와 과일들이 주렁주렁 매달린 채 빠르게 이동했다. 태오는 정해진 타임에 따라 태양열을 조절하고 라인을 따라 도는 채소 중에서 불량을 솎아냈다. 라인의 속도가 빨라서 긴장을 늦출 수 없었다.

검시관이 다시 62관에 와서 태오가 일하는 모습을 지켜보고는 흡족한 듯 고개를 끄덕였다.

"자네는 체격으로 보나 일품으로 보나 타고난 노동잘세. 난 22세기에도 튼튼한 몸은 아주 중요하다고 봐. 식물들이 건강하게 자라니 세상이 건강한 것과 같은 이치지."

검시관이 커다란 호박 하나를 집어 들고 사랑스럽다는 듯 쓰다듬었다.

"검시관님, 이것들은 여전히 식물일까요?"

태오가 손을 놀리면서 말했다.

"무슨 말인가? 식물이 아니면 뭐란 말인가?"

검시관이 불쾌한 표정을 숨기지 않았다. 마치 자기 아들 흉을 듣기라도 한 것 같았다.

"유전공학으로 식물들이 이젠 너무 많이 달라지지 않았습니까."

"여전히 최고를 향하고 있고, 현재로선 가장 완전한 식물들이지. 자네, 굶어본 적 있는가?"

"어려서 기억이 어렴풋해도 저도 압니다, 식량 전쟁."

"어렴풋한 기억인 걸 다행으로 알게. 얼마나 무시무시했는지. 한두 달만 더 이어졌어도 인육을 먹었을지도 몰라. 아니, 실제로 어느 도시에선 그런 일도 있었다더군."

"이젠 굶주릴 일이 없잖아요?"

"훌륭한 기업들이 저렴한 가격에 최고의 식품을 생산하기 때문이지. 적어도 먹고사는 걱정은 아무도 하지 않게 됐어. 우리에겐 그게 가장 중요해."

맞은편에서 일하던 노인이 무슨 말인지 이해해보려고 멍한 눈을 굴렸다. 태오와 노인이 한눈을 판 사이, 샴쌍둥이 같은 감자가 라인을 무사통과했다.

빗줄기가 질질 끄는 불운처럼 쉼 없이 추적추적 내렸다.

지오의 친구들이 에보카 하나를 맡아두고 그를 기다리고 있었다. 그들은 지오의 소식을 궁금해했다. 태오는 힘없이 고개를 젓고 에보카에 앉았다.

"경찰은 지오가 사인하고 퇴사했으니 베이츠를 수사할 순 없다는 말만 반복해."

"한 달 넘게 행방을 알 수 없는데도요?"

태오가 고개를 끄덕이자 모두 낙담한 표정으로 비를 피해 고개를 숙였다.

음악이 울리고 검은 우비를 걸친 또래들이 일제히 페달을 밟았다. 오늘은 비 때문에 에너지 광장이 한산했다. 그는 멍하니 앉은 채 페달을 돌리느라 가쁜 숨을 몰아쉬는 또래들을 둘러보았다. 다리를 굴리며 에너지를 생산하는 일에 회의가 들었다. 습관적으로 페달을 돌린 것은 무기력을 인정하기 싫어서였다. 나도 일을 하고 있고, 내가 만든 전기가 도시를 밝힌다는 얄량한 자긍심으로 살기 위해서였다. 그가 에보카에서 내려서서 광장을 나가려는데 웅성거리는 소리가 들렸다.

시야를 온전히 장악한 거대한 광고판에 초록 물결이 일렁거렸다. 청년들이 반사적으로 녹색의 대자연을 올려다보았다. 베이츠의 광고였다. 석 달 전 지오와 함께 페달을 굴리면서 봤던 것과 흡사했다. 화면에 녹색 평원과 크고 탄탄한 알파콘의 모습이 빠르게 지나갔다. 들이치는 비바람에 흠뻑 젖은 태오가 눈을 부릅뜨고 영상을 보았다. 마치 저 안에 사라져버린 지오가 있기라도 한 듯. 잊고 있던 기억이 되살아났다. 델피에 몇 개 없는 공동전화로 동생이 걸어온 전화였다.

'알파콘은 아주 튼튼해. 신이 창조한 인간처럼 완벽해……. 무슨 일이 있어도 난 여기서 끝까지 살아남을 거야.'

그때는 단지 일이 힘들어서 하는 말이라고 생각했지만, 지금은 아니었다. 지오는 단 한 번도 알파콘과 베이츠에 대해 시니컬하게 말하지 않았다. 어쩌면 유일한 단서였다. 지오가 어떤 일에 연루되어 델피 어딘가에 갇혀 있을 거라는 직감이 화살처럼 머리에 꽂혔다. 며칠 동안 고민한 추론의 중심에는 다국적기업 베이츠와 알파콘이 놓여 있었다. 지오가 계속 화살을 쏘고 있는 걸 이제야 알게 된 것이다.

어둡고 투명한 밤, 그는 지오를 델피로 보낸 것을 뼈저리게 후회했고, 동생을 찾아낼 방법을 생각하고 또 생각했다.

자신이 직접 델피로 들어가는 방법밖에 없다는 결론이 나왔다. 지금 베이츠는 또다시 노동자를 원했고 자신은 운명처럼 그곳에 진입하면 됐다.

'지오야, 나는 주어진 길을 따라가!'

그는 비옷을 벗어 던지고 폭우를 맞으며 광장을 달려나갔다.

그로부터 한 달 후 자신이 탤로가 돼 델피로 들어오게 된 걸 행운이라 여겼다. 무더위와 혹독한 노동에 지친 탤로들이 빠져나가 빈자리를 메우게 된 행운이라고. 그는 오랫동안 그렇게 믿었다. 그는 지오처럼 거친 육체 테스트 과정을 거쳤고, 그때 으스러진 손가락 마디뼈는 아직 아물지 않았다. 1차 서류 합격과 2차 체력 테스트를 거쳐 마지막 3차 시험에서 손가락뼈만 다친 거야말로 진짜 행운이었다.

도시 한가운데 빌딩들이 사라지고 곳곳이 폐허로 변했다. 건물이 소멸하고 남은 터는 희끗희끗한 흙바닥을 드러냈고, 고대 유적지 같은 황량함을 풍겼다. 2048년 초고층 빌딩들 사이에 엔트로피가 제거된 무無가 이식됐다.

군중들이 도심 한가운데 그 폐허의 공간으로 몰려들었다. 그들은 좋은 구경거리를 놓칠까 봐 안달하면서, 앞자리나 핫코너에 자리를 잡으려고 경쟁하듯 걸어갔다. 어린 아들을 데려온 사람도 눈에 띄었다.

　스포츠 경기의 직접 관람은 여전히 명맥을 이어왔지만, 대다수 시민에게 티켓값은 부담스러웠다. 한 달간 압전소자 바닥을 걸어야 구매할 수 있는 금액이었다. 오랜만에 박진감 넘치는 싸움을 보게 된다는 사실에 군중은 상기된 듯했다. 다리가 부러지고 머리가 찢어지고 피가 철철 흐르는 모습을 바로 눈앞에서 보는 것은 흔치 않은 경험이었다.

　도시공학과 3D 기술이 발달하면서 초고층 빌딩은 쉽게 지어지고 쉽게 폐기되었다. 용도별 엄격한 규격에 따라 흡사 레고블록을 쌓듯 며칠이면 100층 빌딩을 완성했다. 역설적으로 간단히 해체된 빌딩들은 다시 쉽게 재건되지 않았다. 대도시에 고층 빌딩들이 점점 더 효용 가치가 떨어졌고 빌딩에서 일하는 직업도 사라져갔다.

　군중들은 아무것도 없는 것 같지만 무언가 있는 드넓은 공터를 향해 걸음을 옮겼다. 태오의 친구들도 그 속에 있었다. 그들은 설렘과 긴장과 걱정이 뒤섞인 얼굴로 무의 흙바닥에 들어섰다. 입구에 베이즈 입사 3차 시험장을 알리는 플래카드가 바람에 펄럭였다. 1차 서류를 통과하고 체력 테스트로 2차 시험에 합격하기까지 수백 대 일의 경쟁을 거친 후였다.

　입구 차단막 앞에 모인 사람들이 폐사지를 둘러보았다. 널찍한 땅의 가장자리에 바위 몇 개가 보였다. 자연의 바위와 흡사한 울퉁불퉁한 바위는 특수카메라 기능을 갖춘 인공지능시스템이었다. 시합 전 베이츠에서 드론을 이용해 옮겨놓은 거였다.

바위에서 팡파르가 울렸다. 화들짝 놀란 군중들이 밀려 들어와 폐허를 빙 둘러 흙바닥에 착석했다. 공터 한가운데 흙먼지 풀풀 날리는 원형경기장의 형태가 만들어졌다. 곧이어 2차 테스트를 통과한 수백 명의 건장한 남자들이 줄지어 들어섰다. 그 속에 고개 숙인 태오를 발견한 친구들이 소리를 지르고 휘슬을 불러도 태오는 듣지 못했다.

그는 슬픔에 잠긴 채 앞사람을 따라 천천히 걸었다. 두려움과 공포보다는 슬픔이 앞섰다. 도시 곳곳에서 진귀한 구경을 위해 몰려든 사람들은 서글픔 그 자체였고, 가상게임에 빠져 흥분하던 자신의 변형된 얼굴이었다.

바위 속 인공지능이 공영방송의 목소리로 3분 후 전투가 시작된다고 알렸다. 특수카메라가 파란 레이저를 쏘아 수백의 전사를 훑었다. 몸에 무기나 흉기 따위를 숨긴 참가자를 색출하려는 거였다. 손톱이나 신발 바닥에 날카로운 물건을 숨겨서 적발되는 예도 있었다.

파란빛이 전투사들을 훑는 동안, 원형경기장 안의 청년들은 비장한 눈빛으로 적수들을 훑었다. 닥치는 대로 상대를 쓰러트려야 했다. 위험한 전투였다. 십 분일지 한 시간일지

혹은 그 이상일지는 인공지능이 결정했다. 대다수가 탈락해야만 혈투가 끝날 것이었다. 테스트의 첫 번째 규정이었다.

바위가 팡파르를 다시 울렸다. 전투사들은 주춤거리거나 망설이지 않고 재빨리 주먹을 휘둘렀다. 태오도 즉각 단단한 주먹으로 상대의 턱과 가슴팍을 가격했다. 상대의 단단한 턱뼈는 태오의 주먹뼈를 고통스럽게 했다. 게임의 규칙은 단 하나, 일대일로 붙는 것. 내 적수가 쓰러지거나 항복하면 다른 적수와 싸워야 했다. 경기장 안의 모든 살아남은 사람이 적이었다. 만인 대 만인의 리바이어던. 고함과 신음이 폐허를 채웠고 간간이 울음소리도 들렸다.

관중들은 처음엔 숨죽이며 경기를 관람했다. 수백 명이 동시에 벌이는 육탄전은 일생일대의 축제였다. 카타르시스가 분출되는 일은 격렬한 성행위 말고는 없었다. 중세시대에도 일 년에 한 번씩 카니발이 펼쳐졌다. 승자들의 몸도 상처투성이에다 찢어진 상처에서 피가 흘렀다.

태권의 발차기에 가슴을 정통으로 가격당한 후 일어서지 못하는 청년, 전투 몇 분 만에 공포에 질려 울면서 두 손을 번쩍 든 인간, 팔다리가 부러진 사람들, 머리가 찢어져 흘러내리는 피로 눈을 뜨지 못하는 사람들이 속출했다. 사방에서 피가 뿜어져 나오고 전사들이 픽픽 쓰러지자 관중들이 고함을 질러댔다.

일어서! 저런 병신 같은 놈. 한방에 나가떨어졌어. 쳐, 치라고! 죽여, 죽여버려! 태오의 친구들은 태오가 상대를 쓰러트릴 때마다 함성을 질렀다. 그러다 태오가 일격을 당하면 몸을 부르르 떨면서 눈을 질끈 감았다.

아홉 명을 차례로 제압한 태오의 몸도 성치 않았다. 눈두덩이가 부어오르고 이마와 팔이 찢겨져 피가 흘렀다. 이마의 피를 닦으며 순간 하늘을 봤다. 진귀하고 진귀한 날씨였다. 인공 햇빛이 아닌 본래의 햇빛이 찬란하게 부서지고 흰 구름 몇 조각이 천사의 형상으로 싸움터를 내려다보고 있었다.

"헤이, 여유만만이군."

태오가 퍼뜩 돌아보자 새로운 상대인 날렵한 말 근육의 남자가 태오를 웃으며 바라보고 있었다. 서른 살쯤으로 보이는 남자의 몸엔 상처 하나 없었다. 믿기지 않았다. 상대도 적어도 여러 명과 맞붙었을 것이고 열 번을 때렸어도 한 번은 맞아야 정상이었다. 강적을 만났음을 직감한 태오는 이를 악물었다.

상대가 손짓으로 먼저 덤비라고 신호를 보냈다. 태오가 공격하자 상대는 아주 유연하면서 잽싸게 피했다. 무에타이 같은 무술의 유단자 같았다. 몸놀림이 아주 빠르고 정확하고 힘이 있었고, 손끝과 발끝의 날카로움이 칼날 같았다. 한마디로 몸의 모든 것이 무기였다.

이대로는 절대 이길 수 없었다. 전략을 바꾼 태오는 온몸으로 상대를 들이받았다. 흡사 들소처럼 머리부터 몸통 전체의 힘으로 그의 복부를 들이받았다. 예상치 못한 일격에 무술인이 순간 움찔하다가 튕겨 나갔다. 땅바닥에 널브러진 두 육중한 몸은 고통에 신음했다. 뼈가 으스러지는 듯한 고통에 눈빛이 타오르는 두 남자가 겨우 일어서서 서로를 마주 보았다.

태오는 이미 자신이 모든 힘을 고갈했음을 직감했고, 상대의 칼날 같은 손과 다리가 자신을 저격한다면 이제 모든 게 끝이라고 체념했다. 눈과 입술이 터지고 짓이겨지고 찢어진 이마에서 피가 멈추지 않고 흘러내렸다. 그는 다시 방어 자세에 돌입했다. 잠시 후 경기가 끝나기를 바라면서 마지막까지 버틸 수밖에 없었다. 바위가 게임오버를 외쳐주기를 간절히 바라면서.

날카로운 눈빛으로 태오를 바라보던 무술인이 슬그머니 웃었다.

"하나만 물어보자. 네가 꼭 이겨야 하는 이유가 뭐지?"

"소중한 것을 찾기 위해서."

"명분이 있군. 나야, 돈 좀 벌려는 거지만."

적수가 다시 공격하라는 손짓을 하며 윙크했다. 찰나에 머무른 신호였다. 태오는 상대가 시간을 끌어주려 한다는 걸 알아챘다. 인공지능의 감시를 통과하려면 속도가 떨어지지 않아야 했다. 게임의 두 번째 규칙이었다. 상대도 그것을 알고 태오의 공격을 순간 피하고 공격했다. 상대는 진짜 무술을 했는지도 몰랐다. 그가 날렵하게 태오의 어깨와 다리를 때렸지만, 조금 전과 달리 그의 팔과 다리는 가볍고 부드러웠다.

원형경기장을 메운 고함과 울부짖음 속에 인공지능의 목소리가 울렸다. 김형수 탈락, 박준성 아웃, 이아빈 아웃! 군중의 시선이 회색 바위 형상으로 쏠렸다가 다시 경기장으로 향했다. 쓰러지고 기권하고 항복하는 전투사가 속출하면서 경기는 생각보다 박진감 넘치지 않았다.

그 후로도 한참 동안 인공지능은 새된 음성으로 탈락자의 이름을 불렀다. 태오의 상대는 꽤 오랫동안 공격하는 척하다가 적절한 시점에 태오의 주먹을 피하지 않고 맞고는 쓰러져서 일어나지 않았다.

힘을 다 소진한 태오도 쓰러지기 직전이었다. 찢어진 눈에서 피가 흘러 시야도 흐렸다. 경기장엔 널브러지거나 뼈가 부러져 울고 신음하는 전사가 태반이었다. 살아남은 전사 중 하나가 태오를 보고 다리를 절룩이며 다가오고 있었다. 상대의 눈빛에 비장함이 어렸고 숨소리가 거칠었다. 태오는 선택해야 했다. 항복하거나 뼈가 부러지거나. 핏물이 흘러들어 귀도 먹먹했다.

무기력한 태오에게 다가온 적수는 즉각 태오의 얼굴을 갈 겼다. 일격에 태오가 풀썩 쓰러졌다. 군중의 날카로운 고함 이 윙윙거리는 가운데, 지오의 목소리가 귓속을 파고들었다.

'형, 눈을 떠! 그냥 주어진 대로 살면 안 돼.'

왼쪽 눈가가 완전히 내려앉았고 찢어진 이마에서 흐른 핏 물이 파고들어 태오의 눈가가 붉어졌다. 거칠게 숨을 헐떡이 던 그가 일어섰다. 상대가 다시 다가오자 몸을 날렸다. 그리 곤 주먹으로 상대의 머리를 내리꽂았다. 그것으로 끝이었다. 쓰러진 상대는 일어나지 못했다.

풀썩 주저앉은 태오에게 누군가 손을 내밀어 일으켜 세웠 다. 핏물이 눈을 가려 상대의 얼굴이 보이지 않았지만 맞잡 은 손에 악력이 엄청났다. 전투 중에 금이 갔는지 손가락뼈 에 강한 통증을 느꼈지만 신음조차 나오지 않았다. 그가 호 준이었다는 건 델피의 술집에서 알게 됐다.

어딘지 알 수 없는 아늑한 실내에 바위의 목소리가 카랑카 랑 울렸다.

햇빛과 습도조절 시스템으로 실내는 안개 낀 듯 뿌옜다. 경기장 속 바위들과 연결된 열두 개의 화면으로 흙바닥의 전 투를 지켜보는 누군가가 하얀 손으로 화면을 움직이고 못마 땅한 듯 잇새로 쉿소리를 냈다.

카디건을 걸친 연약한 어깨와 유난히 작은 손이 책상 위의 컴퓨터 화면을 성마르게 두드렸다. 등 뒤로는 희뿌연 물안개가 낀 것 같은 넓은 집무실과 벽을 빙 두른 수십 개의 컴퓨터가 보였다.

커다란 휠체어에 앉은 자그마한 체구의 노인이 '게임오버'를 명령했다. 그의 무릎에 갓난아기가 담요에 싸여 안겨 있었다. 그가 잠시 컴퓨터에서 손을 거두고 아기를 쓰다듬었다. 아기를 달래려는 듯한 손길을 멈추고 다시 빠른 속도로 능숙하게 컴퓨터 화면을 양손으로 움직이고 조작했다.

화면에 시합을 벌이고 있는 폐허의 모습이 드러났다. 건강한 합격자들이 두 팔을 번쩍 들고 환호하고 있었다.

"수백만 년 동안 역사는 전투야. 세균과 바이러스의 목숨을 건 싸움이지."

혼잣말하며 노인이 상처투성이 젊은 청년들의 얼굴에 대고 손가락을 두드렸다.

건강한 육체들의 관절과 세포와 근육과 유전 정보 따위들이 차례로 화면에 나타났다. 컴퓨터가 빠르게 DNA 염기서열 정보를 분석했다. 무릎 위의 아기가 눈을 찡그리고 눈썹을 꿈틀거렸다.

노인이 아기의 손을 컴퓨터 화면 가까이 가져갔고, 작은 손가락이 태오의 몸에 닿자 아기가 까르르 웃었다.

3

알파콘

탤로를 태운 트럭들이 옥수수로 가득한 대평원을 가로질렀다. 정말 끝도 없이 넓고 끝도 없이 무수한 알파콘이 자라고 있었다. 이곳이 세계인의 주식이 생산되는 곳이라는 실감이 들었다.

누런 흙먼지를 흩날리며 델피의 도시 구역으로 향했다.

'델피'라는 도시 이름은 베이츠가 도시 전체를 사들인 후 새로 명명한 이름이었다. 새로운 도시에 아우라를 부여하려는 의도였을 것이다. 두 시간을 더 달려가서 도착한 곳은 평원의 한쪽 끝이었다. 그곳은 전형적인 다운타운이었다. 도시 전체의 설계에 따라 필수 불가결한 기능만을 삽입한 듯했다.

자율주행 트럭의 인공지능 시스템이 이곳을 헤븐스몰이라고 알려주었다.

태오 옆에 앉은 신입 하나가 기억해두려는 듯 헤븐스몰이라고 중얼거렸다. 동료들이 고개를 내밀어 밖을 내다봤다. 쇼핑천국은 노동자들의 생활 터전에서 차로 십여 분 거리에 조성돼 있어서 주말이면 자유롭게 무엇이든 즐길 수 있다고 했다.

그곳은 안도감과 해방감을 위한 것이었다. 도시에서 누리는 편리와 여전히 인생을 즐기고 있다는 기분을 만끽하도록. 휴대폰과 태블릿의 반입이 허락되지 않으니 옴니버스에 접속할 수 없는 젊은 노동자들은 노동 이외의 시간을 즐길 거리가 필요했다. 무료함은 언제나 아름답지 못한 사건의 씨앗이었다.

태오는 헤븐스몰 어딘가에 지오가 있을 가능성을 따져보았다. 돈을 벌기 위해 혹은 아름답지 못한 약물의 천국에 빠질 일말의 확률을 추론했다. 철저하게 통제할 테지만 마약의 유통이 불가능하지도 않을 것이다. 양지가 강하면 음지는 더 깊을 테고, 지오가 약물 따위에 빠질 거라 믿지 않았으나 세상에 일어나지 못할 일은 없었다.

트럭들이 관광하듯 기다랗게 떼를 이뤄 천천히 천국을 순례했다. 이곳엔 술집과 교회, 마켓과 은행, 카페와 식당들, 게임장과 스포츠센터, 심지어 도박장도 있었다. 탤로들의 오락거리를 위한 방편이었다. 잘 놀아야 일도 열심히 한다는, 근대로부터의 믿음에 기초한 도시 설계였다.

헤븐스몰 또한 베이츠 소유였고, 이곳에서 일하는 사람들 역시 계약 관계였으며, 그들은 천국의 지정된 장소에 거주했다. 그들의 일터에서 그리 멀지 않은 외곽에 근무자 전용 고급 숙소 건물들이 들어서 있었다.

알파콘 노동자들에게 유흥과 서비스를 제공하는 그들은 금요일 저녁부터 일요일까지 일하고 상당한 보수를 받는다고 알려졌다. 옴니버스 스타들에 버금가는 뛰어난 외모의 젊은 남녀들이 특별한 교육을 통과해 이곳에 배치된다고 인공지능이 들려주었다.

헤븐스몰 일대를 돌아보는 동안 거리에 사람은 보이지 않았다. 탤로들이 알파콘을 위한 신선한 노동을 하고 있을 한낮이었다. 텅 빈 광장에 인공 호수와 강렬한 물줄기를 내뿜는 분수를 갖춘 공원이 있었다. 형형색색 물줄기가 솟구치는 대형 분수가 저 홀로 즐거움을 생산하는 중이었다.

"다행이야. 심심하진 않겠어."

누군가 조용히 입을 열었다.

"놀 데 많네요. 게임장도 빵빵하게 많으니 주말에 실컷 하겠어요."

신기한 바깥 풍경을 탐색하던 신입들이 슬며시 고개를 끄덕였다. 먹고 마시고 놀고 게임도 할 수 있는 유흥시설에 안도하는 분위기였다. 태오는 그들의 진짜 속마음을 느낄 수 있었다. 단순히 놀고 즐기는 게 신나서가 아니라 막연한 걱정과 극심한 육체노동에 대한 두려움을 억누르려는 심정을.

옥수수 노동이 얼마나 힘든지는 이미 잘 알려져 있었다. 이십 대의 전직 운동선수마저 한 달도 못 버틸 정도로 높은 강도에 무더운 여름이면 도망자가 속출한다는 소문이었다. 혹독한 테스트를 거쳐 승리자로 이곳에 들어왔고, 계약 기간을 다 채우고 많은 돈과 함께 승리자로 돌아가야 할 그들이었다.

"아, 목마른데 여기 있는 생수 먹어도 되나?"

초콜릿색 피부의 신입이 주위를 슬쩍 살피며 트럭 뒤쪽에 설치된 냉장고 문을 열었다. 생수와 음료수와 맥주가 가지런히 진열돼 있었다.

"여러분은 알파콘을 생산하는 훌륭한 노동자들입니다. 여기 있는 음료를 섭취하셔도 됩니다. 생수는 알파강을 증류하여 자동시스템으로 생산한 최적의 물입니다. 모든 음료의 액상과당은 알파콘으로 만들어집니다. 무알콜의 맥주 원료 역시 델피의 평원에서 자란 알파콘입니다. 자부심을 갖고 마음껏 드십시오."

"차 안에서 말조심해야 하나. 인공지능이 대화를 다 듣고 있네."

잠시 신중한 표정이던 탤로들이 하나둘 미니 냉장고를 열어 음료와 라이트 맥주를 마셨다.

　태오도 생수 작은 한 병을 건네받았다. 무더운 날이고 긴장한 터라 물을 들이켜자 마음이 좀 편해졌다.

　그사이, 그들을 태운 트럭이 헤븐스몰을 빠져나왔다. 백여 대의 트럭이 일렬로 델피 전체를 반원으로 에둘러 노동자들의 공동체를 향해 달리기 시작했다.

　십여 분쯤 달리자 다시 대평원이었다. 앞서 달리는 트럭에서 웅성거림과 탄성이 들렸다. 내일 일은 내일 생각하고 지금은 신이 난 모양이었다. 질주하는 자동차와 시원한 바람과 톡 쏘는 맥주는 스무 살 어린 남자들에게 걱정을 잊게 하기엔 그만이었다. 누군가 트럭의 유리문을 활짝 열어젖혔다. 서늘한 야생의 공기가 밀려들었다.

　시야를 가리는 고층 빌딩 속에서 살아온 태오에게 델피는 생소하고 특별했다. 시간을 거슬러 중세에 삽입된 환상적인 느낌이었고, 평원에는 정말 중세 영지 같은 정서가 감돌았다. 푸른 평원을 말을 타고 달리는 기분을 만끽하고 싶어졌다.

　목을 길게 빼고 밖을 내다보는 동료들이 연거푸 탄성을 질러댔다. 화려한 쇼핑몰과 인공분수와 정원, 연이어 펼쳐진 짙푸른 평원과 우람한 산. 도시는 나무랄 데 없었다. 탤로들이 계약 기간 동안 델피 시를 벗어날 수 없어도 갇힌 기분이

들지는 않을 것 같았다. 이곳은 도시의 기능을 온전히 갖춘 대자연이었다. 게다가 수백만 명이 살 수 있는 면적의 도시에 겨우 삼만 명이 살고 있으니 어디에서나 한적하고 쾌적했다. 물론 땅의 절대 면적은 알파콘이 차지하고 있었다.

태오도 쾌적함을 온몸으로 느꼈고, 평원을 달린 지 두 시간이 지나서야 몸이 쾌적한 또 다른 이유를 알게 되었다. 그것은 바로 바람이었다. 광활한 대자연의 바람이 지평선 끝에서부터 불어와 자신의 몸을 통과해서 다시 지평선 끝으로 흘러가는 느낌이었다. 태어나 처음으로 맛본, 자아가 공기와 뒤섞이는 일체감이었다.

할머니는 특별한 순간에 가끔 이런 말을 하곤 했다. 인간도 자연의 일부인 것을. 부모님이 죽었을 때도, 식량 전쟁으로 고통받을 때도 할머니는 그렇게 말했다.

반원을 그리며 평원을 다시 한 시간쯤 달리자 애리조나 사막처럼 거친 풍광이 이어졌다. 도로 옆으로 '알파콘의 도시, 델피' 표지판이 드문드문 보였다. 일부러 길을 둘러 가며 델피 전체를 보여주는 듯했다. 알파콘이 자랄 수 없는 황량한 사막이 이어졌다.

메마른 사막 한가운데로 들어서자 상공에 천연색 빛의 향연이 펼쳐졌다. 20세기 미디어아트를 흉내 낸 복고풍 텔레비전 수백 대가 허공을 채웠고, 수백 개의 화면에 이천 년 전 옥수수에서부터 세상의 모든 옥수수가 빠르게 빛으로 태어났다. 잠시 후 화면이 일시에 암전했다. 이윽고 빛이 파닥이다가 지금의 알파콘이 화면에서 점멸했다. 짧은 암전이 식량전쟁을 의미한다는 것은 쉽게 알 수 있었다. 오랜 교육으로 현대인의 에티켓처럼 배운 식량의 역사였다.

알파콘으로 채워졌던 화면이 하나둘 사람 얼굴로 바뀌었다. 다양한 인종의 계층별 세대별 얼굴들이 사막 한가운데서 미소 지었다. 그들에게 선禪 같은 질문이 주어졌다.

'당신에게 알파콘은 무엇입니까?'

사막의 허공에서 선지자의 목소리가 울렸다.

트럭 안의 동료 하나가 클락 목소리 같다며 키득거렸다. 클락은 게임에서 눈먼 선지자 프로토타입 캐릭터였다.

'오랫동안 굶주린 경험이 있는 우리에게 알파콘은 축복입니다.'

벌써 머리가 거의 벗어진 사십 대 영국인 가장이 진지한 얼굴로 대답했다.

이어서 독일인, 미국인, 뉴질랜드인, 태국인, 중국인, 폴란드인, 사우디아라비아인, 그리스인, 터키인, 소말리아인의 얼굴과 목소리가 차례로 지나갔다.

건강, 감사, 에너지, 만남, 가족, 선물, 행복……. 바위와 흙먼지밖에 보이지 않는 황막한 사막에 세계인의 대답이 메아리쳤다.

트럭 안의 누군가가 옆사람에게 장난스레 물었다.

"그대에게 알파콘은 무슨 의미입니까?"

"돈이죠, 돈. 당신은요?"

"노동이죠. 베리베리 신성한 노동!"

누군가는 웃고 누군가는 쓴웃음을 지었다.

"현재 여기서 제일 잘생긴 그대에겐 무엇인가요, 알파콘은?"

조금 전에 가장 먼저 물을 꺼내 마신 밀크 초콜릿의 얼굴이 흰 치아를 드러내며 손가락으로 태오를 지목했다.

"그냥 매일 먹는 식량이지, 뭐."

싱거운 대답에 끝말잇기 흐름이 끊긴 듯 순간 적막이 감돌았다.

태오는 이곳에 거주하는 동안 자신을 드러내지 않기로 이미 결심한 터였다. 가능한 눈에 띄지 않아야 했다. 그는 지금 동생이 밟은 길을 따라가고 있을 뿐이었다. 지오가 본 것, 지오가 느끼고 생각한 걸 좇아야 했다. 단서는 거기서부터 시작이었다.

그 사이 지평선 끝으로 다시 광활한 알파콘 평원이 드러났고, 평원 한쪽 끝에 밋밋한 흰 건물들이 보였다. 멀리서는 유목민 숙소처럼 보이다가 가까워질수록 형체가 선명하게 드러났다. 방사형으로 뻗은 24개의 타원형 건물은 삼만여 탤로들의 숙소인 리보솜이었다.

이백구십 헥타르의 땅에 생활공간인 리보솜과 무인 자동화 공정의 제분 공장과 바이오에너지 공장과 컨트롤센터가 모여 있었다. 리보솜은 알파부터 오메가까지 정해진 구역에 따라 그리스 문자 24개가 선명하게 찍혀 있었다.

인공지능이 건물의 설립 과정과 자동화 시스템 따위를 상세하게 설명했으나 아무도 듣고 있지 않았다. 모두 묵직한 건물들을 응시했고, 모두 침묵했다. 트럭 안에 약간의 긴장감이 감돌았다. 말로만 듣던 혹독한 노동이 바로 눈앞에 다가왔다.

이른 아침부터 노동이 시작되었다.

아침 안개가 평원을 흰 그물처럼 뒤덮고 있었다.

리보솜에 도착해 구역을 배정받고 일하는 과정과 규칙에 대한 설명을 들었어도 현실이 눈에 들어오지 않았다. 도무지 현실에서 일어나는 일 같지 않았다. 태오는 꿈을 꾸거나 증강현실 게임에 접속한 기분이었다.

여섯 명씩 조를 이룬 탤로들이 아침 식사가 끝나자 장갑차 같은 수송차에 올라탔다. 수천 대의 수송차들이 한꺼번에 광활한 녹색 평원을 가로질렀다.

이미 회색 작업복을 입고 평원의 알파콘 구역으로 향하는 데도 그는 여전히 적을 격파하려 진군하는 군대라는 희뿌연 몽상에서 벗어나지 못했다. 군데군데 파인 땅의 요철에 차체가 심하게 요동쳤다. 태오는 안전바를 꽉 움켜쥐며 정신 바짝 차리자고 마음을 다잡았다.

차체가 크고 높은 수송차도 4미터가 넘는 알파콘 이파리들에 파묻혔다. 차 안에는 태오와 같은 감마 98구역의 조원들이 말없이 앉아 있었다. 지난밤 인사를 나누긴 했지만 아직은 서먹했다. 태오와 또래가 둘 있었고 나머지 셋은 삼십 대였다.

아디닷은 스물한 살 동갑으로 인도 출신이었고, 양양은 스물두 살이고 대만 출신이었다.

벤과 마틴은 미국인이었고 둘은 각자 독일계와 이탈리아계라는 걸 강조했다.

영어와 한국어에 서툰 움슬라는 튀니지 출신이었고, 베르베르 유목민 같은 얼굴이었다.

한참을 직선으로 달려온 수송차들이 어느 지점에서 일사불란하게 흩어지기 시작했다. 각자의 구역으로 향하는 길은 거칠었다. 기다란 녹색 알파콘 사이로 만든 길을 따라 수송차는 평원의 구석구석까지 그들을 태우고 갔다.

"오늘도 엄청 덥겠군."

"바람 구경하기도 글렀어."

벤의 말에 마틴이 동조했다. 둘은 단짝처럼 보였다.

덜컹대는 수송차에 말없이 앉아 있던 태오가 차창을 열고 머리를 약간 내밀어 크고 튼튼한 알파콘을 쳐다봤다. 성인 남자 장딴지만 한 누런 옥수수들이 차에 쿵쿵 부딪쳤다.

"창 닫아!"

벤이 버럭 소리를 질렀다.

"알파콘에 머리라도 맞으면 어쩌려고 그래."

마틴이 타이르듯 말했다.

"잘못하면 골로 가는 수가 있다고, 이 친구야."

태오는 황급히 차창을 닫았다.

신참이라 아무것도 모른다며 아디닷이 태오와 동료들을 번갈아 보며 피식 웃었다.

수송차가 평원의 한가운데 감마 지역에 그들을 부렸다. 감마 98구역 표지판이 보였다.

동료들이 빠른 동작으로 작업 장비를 챙긴 후, 수건으로 목을 동여매고 장갑을 끼고 팔뚝까지 걷은 소맷부리를 끌어내렸다.

양양이 태오에게 눈짓으로 따라 하라고 일러주었고 말없이 지켜보던 움슬라가 다가와 도와줬다.

"이렇게 더운데 왜 온몸을 가리는 겁니까?"

"알파콘이 얼마나 드센지 알아? 고래 힘줄보다 질겨."

벤이 퉁명스레 말했다.

"워낙에 강한 놈으로 만들어서 이파리라도 맨살에 닿으면 상처가 난다니까."

"그러니 너도 조심해, 알겠어? 젊다고 함부로 덤비지 말고."

"신입이라고 너무 겁주지 마세요. 이 친구 겁먹잖아요."

벤과 마틴이 2인 1조처럼 말했고 아디닷이 놀리는 말투로 보탰다. 양양과 움슬라는 벙글벙글 웃었다.

회색 작업복을 입은 탤로들이 천천히 알파콘 덤불 속으로 들어갔다. 아침부터 거무튀튀한 땅에서 올라오는 지열이 뜨거웠다. 알파콘이 자라는 델피에는 겨울이 없었고, 여름이 길고 사막처럼 뜨거웠다. 알파콘의 생산엔 최적이었다. 세계인이 자연에서 자연의 방식으로 자라고 사람이 기르고 수확하는 알파콘을 사랑하는 이유였다.

아디닷이 태오에게 잡초 제거하는 법을 알려주었다. 알파콘 뿌리가 다치지 않게 잡초도 세심하게 뽑아야 했다. 땅이 비옥하고 알파콘이 튼튼해선지 잡초마저 생명력이 강했다.

일을 시작한 지 세 시간쯤 지나자 태오는 어지럽고 속이 메스꺼워졌다. 처음 겪어보는 뜨거움이었다. 한 달도 못 버티고 도망가는 사람이 많다는 소문이 실감 났다. 돈을 많이 주는 데는 그만한 이유가 있었다. 처음 만난 노동은 건강한 그에게도 첫날부터 고됐다.

다음 날 새벽 여섯 시에 일어난 동료들은 번갈아서 몸을 씻었다.

여섯 명이 침대 여섯 개에 욕실 세 개인 룸에서 생활하니 불편함은 없었다. 룸도 넓고 쾌적했다. 여벌의 옷 외에 개인 용품은 어떤 것도 반입이 되지 않았다. 일상에 필요한 모든 생필품은 베이스에서 제공했다.

작업복으로 갈아입은 동료들은 천천히 지하 식당으로 내려갔다. 수백 명의 탤로들이 벌써 식당 입구에 줄을 서 있었다. 24개의 리보솜마다 천 명 넘게 함께 거주했고 각 건물 지하에 식당이 있었다. 앞쪽에 선 태오를 본 아디닷이 사람들을 건너뛰어 태오 옆으로 슬쩍 끼어들었다.

"여기 온 지 삼 일째지. 어때, 잘 버틸 것 같아?"

아디닷이 장난스레 물었다.

그의 목소리가 컸는지, 아니면 끼어든 것이 불쾌한지 몇몇이 둘을 쳐다보았다.

태오는 고개만 끄덕이면서 사람들의 시선을 경계하는 눈빛으로 둘러봤다. 아직은 어디에서도 눈에 띄어선 안 됐다. 이틀 동안 알아낸 기라곤 리보솜 자체를 관리하는 사람도 없으며, 벤과 마틴처럼 일 년 넘게 이곳에서 일하는 탤로가 꽤 있다는 정도였다.

식판에 음식을 담은 태오와 아디닷이 동료들이 모여 앉은 식탁으로 갔다. 식욕이 없는지 동료들은 음식을 뒤적이며 묵묵히 입에 넣고 씹었다. 낮 동안의 노동을 생각하면 입맛이 없어도 잘 먹어둬야 했다.

젊은 남자 천여 명이 모인 곳이라 식당 안은 소란스러웠다. 식탁 곳곳에서 웃음이 터지고 음악 소리가 들리고 춤을 추거나 괴상한 슬랩스틱으로 시끌벅적했다. 우스꽝스런 소동에 정신없긴 해도 덕분에 즐겁게 식사할 수 있었다.

태오와 동료들의 식탁 너머에서 누군가 식탁을 쾅쾅 두들겼다.

웃고 떠들던 탤로들의 이목이 쏠렸다. 건너편 식탁에 앉아 있는, 거친 콧수염을 기른 남자가 일어서더니 큰소리로 불평을 늘어놓았다.

"또 이걸 먹어야 하는 거야? 우리가 얼마나 힘든 일을 하는데. 알파콘으로 배양된 쇠고기, 채소, 알파콘 빵과 역시나 알파콘 가루로 만든 가공식품뿐이야."

옆사람이 옷자락을 당기며 말려도 콧수염은 아랑곳하지 않았다.

"지겨워 죽겠다고. 다른 걸 먹게 해달라고!"

남자가 나이프와 포크를 집어던지며 고함을 질렀다. 그런 소동에 익숙하단 듯 누구도 더는 쳐다보지 않았다.

앞 식탁에 다소곳이 앉아 있던 탤로가 고함에 놀라 틱 환자처럼 눈을 깜박이고, 얼굴을 일그러뜨렸다. 뒤쪽의 누군가는 손을 떨면서 음식을 집어 들다가 줄줄 흘리고 입술을 비틀었다. 그걸 지켜본 몇몇은 자기들끼리 무어라 중얼거렸다.

내심 놀랐지만 태오는 눈빛을 감추고 주변 반응을 살폈다. 굳은 얼굴의 탤로들은 다시 조용히 음식을 씹을 뿐이었다. 흥겨운 음악과 재미난 슬랩스틱은 자취를 감췄다. 잠시 뜸을 들인 콧수염이 다시 일어났다.

"내가 이상한 거요? 여러분은 새로운 것을 먹고 싶지 않냐고!"

그가 사람들의 동의를 구한다는 듯 말했다. 식당의 한쪽 구석에서 삼십 대 중반쯤 보이는 남자가 조용히 일어섰다.

"그냥 먹어두세요. 우리에게 더이상 새로운 음식이 없다는 걸 알잖아요. 델피 밖에서도 이보다 나은 음식을 먹지 못했어요. 우리의 즐거운 식사를 망치지 맙시다. 하루 중 가장 편안한 시간이란 말입니다."

남자의 목소리는 낮고 묵직했다. 콧수염은 슬그머니 자리에 앉았다. 잠시 술렁이던 사람들은 다시 고개를 숙이고 음식을 먹었다.

태오 역시 음식이 담긴 그릇으로 시선을 떨궜다.

생각에 잠겨 빵을 뜯다가 아디닷의 손놀림을 유심히 보았다. 그는 쉴새 없이 떠들어대면서 포크와 나이프를 현란하게 움직일 뿐 실상 거의 먹지 않는 것 같았다.

태오의 시선을 의식한 아디닷은 괜히 빙그레 웃고는 샐러드 접시의 채소를 포크로 찍어 감별하듯 씹어 먹었다.

태오는 음식을 씹으며 아디닷을 물끄러미 바라봤다. 아디닷이 석 달 전, 지오와 같은 날짜에 들어온 신입 중 하나라는 걸 어제 벤과 대화하다가 알게 됐다. 아디닷에게 지오를 본 적이 있냐고 물어보고 싶었지만 이내 마음을 바꿨다. 지금은 아무도 믿어서는 안 됐고 의심받을 일을 해서도 안 됐다.

"나는 유학비를 벌려고 왔어. 유전학을 제대로 공부하려고. 알파콘 같은 대박 식량을 만드는 게 내 꿈이거든. 근데 너는 여기 왜 온 거야?"

아디닷이 아무렇지 않은 어투로 물었지만 실제로는 그가 자신에게 물음표를 달고 있음을 눈치챌 수 있었다.

"별다른 이유가 있겠어. 돈 벌려고 온 거지."

이럴 때는 능치는 게 최선이었다.

"여긴 모두 돈 벌려고 들어오거든. 일부러 무난한 대답을 하네."

아디닷이 태오에게로 몸을 숙이며 낮은 목소리로 말했다.

"너한테서 묘한 긴장감이 느껴진단 말이지. 온몸으로 내뿜는 팽팽한 기운이랄까."

태오는 가능한 담담한 얼굴로 아디닷을 쳐다봤다. 무대응이 최선이었다.

"하긴, 낯선 곳에 적응하려면 긴장도 되겠지. 그렇지, 친구? 크크."

아디닷이 겉으로는 웃으면서 속마음을 읽으려는 듯 태오를 날카롭게 응시했다.

"돈 벌어서 뭐 하려고?"

심드렁한 척 아디닷이 다시 기습적으로 물었다.

순간 긴장한 태오는 저도 모르게 지오가 했던 말을 되풀이했다.

"돈 벌어서 진짜 인생을 시작하는 거지."

"진짜 인생이라, 이상하게 언젠가 들어본 말 같군. 그럼, 가짜 인생은 뭐야?"

"혹시 게임 좋아해? 그동안 난 게임만 하고 살았거든."

"그런 친구들 너무 많지. 너 보기보다 너무 평범한 거 아냐?"

"왜? 특별해야 하는 건가?"

"사람은 원래 자신에 대해 무지하지. 넌 평범할 수가 없어. 기울도 안 봐? 네 몸매는, 뭐랄까, 그래, 네가 좋아하는 게임에선 전사의 몸이라고, 헤헤."

"게임에서나 그렇지. 암튼 칭찬으로 알겠어."

오늘은 이 정도에서 대화를 마무리하는 게 좋을 듯했다. 둘은 느긋하게 음식을 씹으면서 탐색하는 시선으로 서로 힐끗거렸다.

태오는 아디닷이야말로 평범한 척하지만 평범하지 않다는 걸 직감했다.

알파콘 블록에 들어온 지 열흘이 지나자, 함께 들어온 신입 중 일부가 델피를 떠났다. 노동의 고통을 견디지 못한 동료들이었다.

강을 건널 때 배 안에서 가장 환호하고 들떠 있던 얼굴들이 보이지 않았다. 이곳에서 일 년 반을 일한 벤과 마틴은 한 달을 견딘 사람은 결국 끝까지 버틴다고 했다. 체력의 문제가 아니라 정신력 문제라고도 했다. 한 달이면 이곳 생활과 노동 강도를 실감하고, 스스로가 어떤 인간인지 판단하기에 충분한 시간이었다.

태오는 첫 주말에 헤븐스몰의 게임장과 술집과 카페를 돌아다녔다. 동료들에게 혼자 마구 쏘다니고 싶다고 너스레를 떨었다. 연장자인 벤이 이해한다는 듯 태오의 어깨를 툭툭 쳤다.

태오는 어리바리한 풋내기 캐릭터 행세를 하며 천국에서 일하는 직원들과 자연스럽게 대화를 나눴다. 그들은 탤로들이 돈을 흥청망청 쓰고 술을 많이 마신다며 안타까워했다.

그리고 알파콘 노동자인 탤로가 천국에 머무는 것은 불가능하다고 확신했다. 자정이 지나서까지 헤븐스몰에 탤로가 머물거나 술에 취해 길에 뻗으면 어김없이 자율주행 트럭이 들어와서 실어간다고 했다. 헤븐스몰 안에 직원들의 주거지는 정해져 있고 생체인증으로 출입하므로 사실상 타인의 체류는 불가능한 시스템이었다.

탤로들이 낮부터 게임장과 술집에 모여서 떠들썩하게 판을 벌이고 놀고 있었다. 음울한 음악이 흐르는 재즈바에 들어섰을 때, 그는 어두운 조명 아래 낯익은 뒷모습을 봤다. 호준도 동료들과 떨어져 혼자였지만 아는 체하지 않는 게 좋을 것 같아 슬그머니 그곳을 나왔다. 처음 델피로 들어올 때 호기롭던 모습과 달리 호준의 표정이 어두웠다. 며칠간 혹독한 노동을 겪고 자신이 어떤 인간인지 생각에 잠긴 것일지도 몰랐다.

열세 번째 되는 날, 가느다란 비가 내렸다. 인공강우가 아닌 자연의 비였다.

스콜 같은 폭우만 보던 사람들은 아침부터 창가로 다가와 전설 같고 고향 같은 섬세하고 부드러운 비를 바라보았다.

휴일이었고, 시간은 아이의 꿈만큼 많았다. 동료들은 도심 쇼핑몰과 술집으로 나가기로 한 약속도 잊었다.

양양과 움슬라는 유리창에 기댄 채 꿈쩍도 하지 않았다. 내성적이고 말수가 적은 양양은 서정적인 얼굴을 하고 있었고, 움슬라는 어린아이처럼 두툼한 입술을 벌리고 있었다.

"와, 움슬라는 처음 보나 봐. 완전히 빠졌어."

아디닷이 웃으며 말하자, 움슬라가 돌아보며 고개를 끄덕였다. 간단한 영어라 무슨 말인지 알아들은 표정이었다.

"저 친구 고향에선 그럴 수 있지. 그 동넨 이젠 사람 살기 힘든 지역이 됐잖아. 캘리포니아에서도 일 년에 한두 번 보는 정도니까. 안 그래, 마틴?"

"내 고향에서 저런 비를 '포포'라고 불러."

마틴이 말했다.

"포포?"

"2044년 이후로 보기 어려워졌거든."

모두 공감한다는 듯 고개를 끄덕였다.

"참, 태오는 병원 간다고 하지 않았어?"

벤이 벽시계를 보며 물었다.

"감마 구역 신입은 10시에 가면 됩니다. 곧 가야죠."

"이제 정말 이곳 식구로 인정하는 절차라고 생각해. 난 칩이 어디 있는지도 모르겠어."

벤이 팔뚝을 만지며 말했다. 태오는 슬며시 웃어 보였다. 동료들이 주사가 아프다느니, 지금까지도 쑤신다느니 장난스레 겁을 줘도 귀에 들어오지 않았다. 팔뚝의 칩은 지오의 행방을 알 수 있는 하나의 단서였다.

방사형 리보솜 한가운데 병원이 있었다.

신입들이 잠이 덜 깬 얼굴로 포포를 맞으며 병원을 향해 걸었다. 뒤에서 따르던 태오는 그 모습이 낯익다고 생각했다. 비를 맞으며 무작정 걷는 사람의 뒷모습은 살면서 너무도 많이 본 모습이었다.

병원 입구에서부터 긴 줄이 이어졌다. 줄 뒤쪽에 선 그는 병원 내부와 오가는 간호사들을 살폈다. 잠시 후 앞쪽에서부터 웅성거리는 소리가 들렸고 이어 여기저기 불만이 터져 나왔다. 예고도 없이 병원에서 다시 피를 뽑는다는 거였다. 개인의 혈액은 중요한 개인정보였다. 피 한 방울로 알아낼 수 있는 게 무수히 많았다. 마이크로칩만 삽입하는 거로 알았던 사람들은 화를 내고 짜증을 냈으나 누구도 채혈을 거부하진 않았다.

태오가 안으로 들어가 의자에 앉았다. 남자 간호사가 컴퓨터 화면의 신상기록과 태오의 얼굴을 슬쩍 보고는 팔뚝에 소독 거즈를 문질렀다.

"왜 피를 뽑는 거죠? 모든 검사서는 한 달 전에 보냈는데요."

"아침부터 같은 말을 반복하고 있어요. 최근 한 달 사이의 전염병과 약물 중독 여부를 테스트하는 겁니다."

말하면서 간호사가 바늘을 튕기고 팔에 꽂았다.

"사인을 하긴 했는데, 몸에 위치추적 칩을 삽입하는 이유가 뭔가요?"

"서약서에 내용이 있었을 텐데요. 알파콘의 권리를 보호하기 위해서죠. 알파콘 씨앗이나 알곡이 유출되는 것을 방지해야 하니까요. 그리고 아시다시피 인수공통 바이러스도 많고 종을 넘나드는 것도 많으니까 전염병을 관리하기 위해서죠."

간호사의 대답은 지극히 사무적이었다.

무심히 주사기 안으로 빨려 들어간 피의 양을 보고 놀란 태오가 간호사의 손목을 꽉 잡았다. 움찔한 간호사가 놀라서 태오를 바라봤다. 얼핏 봐도 다른 동료들보다 훨씬 많은 양의 피였다.

태오가 바늘을 뽑으며 간호사를 의혹에 찬 눈길로 쳐다봤다.

"무슨 피를 이렇게 많이 뽑습니까."

"채혈 중에 자꾸 질문을 하셔서 실수한 겁니다. 미안합니다."

안쪽 대기실로 옮겨간 태오는 다시 줄을 서서 기다렸다.

여의사가 특수 렌즈로 칩의 일련번호를 확인하고 탤로들의 코드번호를 대조한 후 팔뚝에 주삿바늘을 댔다. 태오는 의사의 안경 너머 크고 안정감 있는 눈을 바라봤다. 커다란 다갈색 눈은 합리적이고 변화를 싫어하는 다소 고지식한 기질을 드러냈다. 한 방울의 피가 그렇듯 눈도 많은 정보를 알려주었다.

태오가 질문이 있다고 하자, 의사는 눈을 깜빡였다. 별다른 감정이 담기지 않은 직업적인 수긍이었다.

"선생임, 만약 델피 안에서 제가 길을 잃으면, 이 칩으로 찾을 수 있는 거죠?"

"그렇긴 합니다만, 왜 그런 말을 하는 거죠?"

"왠지 좀 안심이 되는군요. 나를 찾을 수도 있다니……."

의사가 무슨 말이냐는 눈빛으로 쳐다보았다.

"대평원이 너무 넓어서 겁났거든요. 알파콘 사이에 파묻히면 보이지도 않고 말이죠."

그는 일부러 어린애처럼 말했다. 안경 너머 의사의 눈이 웃었다. 그녀의 안정적인 합리성에 부합하는 대답이었다.

"제가 퇴사할 땐 이 칩은 어떻게 되는 건가요?"

"육 개월이 지나면 체내에서 분해돼요. 원한다면 이곳을 나갈 때 제거해드리고요."

동료들에게 들은 내용이지만 확인해보고 싶었다. 계약이 연장되면 육 개월마다 새로운 칩을 부여받는다고 했다. 자연 분해되므로 퇴사할 때 대부분 제거하지 않고 나간다고 했다. 유흥가에서 자정이 지나면 술에 뻗은 사람을 자율주행 트럭에 실어올 수 있는 것도 그런 까닭이었다. 리보솜이든 헤븐스몰이든 델피의 시민은 칩으로 연계된 일련번호가 있을 것이고, 그것이 아이덴티티이며 베이츠가 도시를 관리하는 기본 시스템이었다.

의사가 컴퓨터의 데이터와 태오의 얼굴을 확인하고 팔뚝에 칩을 삽입했다. 그는 삼 개월 전 칩을 삽입했을 동생을 떠올렸다. 지오는 칩을 제거했을까? 저 의사의 컴퓨터 안에 지오의 칩은 활성 상태일까? 당장이라도 확인하고 싶었으나 신중해야 했다. 섣불리 정체를 들켰다간 아무것도 알아내지 못한 채 이곳에서 퇴출당할지도 몰랐다.

숙소로 돌아온 태오는 침대에 누워 있었다. 동료들은 모두 천국으로 향했다. 쇼핑을 잔뜩 하고 마음껏 마시며 밤늦게 돌아올 것이다. 그는 몸이 안 좋다는 핑계를 대고 홀로 남았다.

주말에 식당이 운영하지 않기에 남아 있는 사람이 거의 없을 터였다. 그는 발소리를 죽여 숙소를 나섰다. 비가 내려 흐렸고 탤로들이 외출 나가고 없는 리보솜 주위는 아주 고요했다.

가늘고 부드러운 포포를 맞으며 태오는 평원으로 향했다. 감마 구역과 헤븐스몰이 아닌 다른 곳을 살펴보고 싶었다.

리보솜 구역 외 어딘가에 사람이 살고 있을 가능성을 탐색해 보려는 거였다.

어떤 목적을 지닌 누군가 혹은 집단이 칩을 제거하고 은신처에 숨어 지내고 있을지도 모를 일이었다. 대범하고 영리한 지오라면 가능한 가설이었다.

새벽부터 내린 비로 땅이 질퍽했다. 슬리퍼를 신은 발가락 사이로 진흙이 밀려들었다. 미끄덩거리는 흙의 감촉이 낯설고 징그러웠다. 한참을 걸으니 시야에 템페스트 산이 보였다. 멀리서 봐도 거칠고 황량해 보였다.

산 이름을 왜 폭풍우라 부르는지 알 수 없었다. 통제구역이라 산에 가본 탤로도 없었다. 일 년 전 누군가가 호기심에 들어갔다가 적발돼 쫓겨났다고 했다. 벤이 시그마 구역의 어린 검둥이였다고 인종차별의 뉘앙스로 말했고, 아디닷과 양양이 얼굴을 찌푸렸다.

수송차가 왕복으로 지날 만큼 넓은 흙길이 끝없이 이어졌다. 오전에 탤로들을 태운 수송차들이 지나간 타이어 자국이 겹치고 짓이겨진 채 남아 있었다.

양옆으로는 알파콘 구역이 끝없이 펼쳐졌다. 옥수수들은 비에 젖어 번들거리며 생명력을 물씬 풍겼다. 광막한 평원에 홀로 있는 건 전혀 고즈넉하지 않았다. 오히려 막막한 슬픔과 공포가 포포처럼 어깨를 적셨다.

얼마나 걸었을까. 템페스트 구역과 가까운 시그마 구역 어디쯤에서 순간, 검게 움직이는 물체가 포착됐다. 태오는 슬리퍼를 손에 들고 맨발로 물컹거리는 흙길을 내달렸다.

탤로는 휴일에 허가 없이 알파콘 블록에 들어갈 수 없었다. 달려오다 보니 물체를 봤던 방향을 가늠할 수가 없었다. 주위를 빠르게 훑었다. 비가 그친 하늘에 검은 새 몇 마리가 공중을 선회하다가 산 쪽으로 날아갔다.

뒤이어 작고 검은 물체가 빠른 속도로 상공을 날아갔다. 언뜻 뒤따르는 검은 새로 착각할 정도로 작고 소음이 없어 눈에 띄지 않았다. 그것은 분명 초소형 제트기였다. 드론으로 보기에는 속도가 너무 빨랐다. 특이하게도 어린아이 장난감처럼 동그란 형태였다.

비행기가 향하는 방향으로 내달렸으나 템페스트 어딘가에서 그것은 자취를 감췄다. 눈을 떼지 않고 좇았지만 속수무책이었다.

길을 되짚어 걷다가 순간 태오는 걸음을 멈췄다. 분명 시그마 구역 어딘가에서 누군가 달리는 듯한 소리가 들렸다. 본능적으로 몸을 숨겼다. 무성한 숲과 같은 옥수수들이 그를 가려주었다.

아주 빠르게 달려오는 발소리가 점점 가까워졌다. 검은 정장을 입은 매우 날렵한 몸의 남자가 알파콘 숲에서 달려나와 템페스트로 향했다. 아주 짧은 순간이지만 태오는 남자의 얼굴을 보았다. 낯익은 얼굴이었다.

그날 밤 침대에 누운 태오는 남자의 얼굴을 어디서 봤는지 깨달았다. 고전 영화에서 본 기억이 났다. 남자는 팔십 년 전 부르스 리의 얼굴이었다.

환생일 리는 없고 당연히 만든 얼굴이었다. 델피의 평원 어딘가에 탤로와 헤븐스몰 직원들 외에 누군가가 살고 있다는 확신도 들었다. 그는 지오가 그곳에 있기를 간절히 바랐다.

매일 아침 알파콘의 평원에 해가 떴다.

태양은 평원 한가운데서 솟아오르기라도 한 듯 곧게 떠올라 이슬에 젖은 튼튼한 옥수수에게 고루 양분을 나눠주었다.

햇빛의 베풂은 평등하고 자비롭게 보였다. 옥수수 생산의 거의 모든 과정에 사람의 노동이 사실상 필요하지 않았다. 대규모 작업은 기계와 드론이 담당했다. 인간 노동자들은 알파콘의 발육과 성장을 조금 거들 뿐이었다. 매일매일 지긋지긋하게 자라는 잡초를 뽑고 무수한 벌레들을 잡아내고 불량한 알곡을 솎아내는 일이었다. 아주 단순한 노동이었지만 구역의 땅이 넓고 노동 환경이 나빠서 노동 강도는 높았다.

태오는 잡초와 벌레를 제거하는 단순한 일에 로봇이 투입되지 않는 게 의아할 따름이었다. 벤은 잡초와 벌레의 종류가 매년 달라지기 때문이라고 말했다. 마틴은 잡초와 벌레가 진화하는 것 같다고 거들었다.

양양은 바이러스가 변이를 거듭하는 것과 같은 거라 덧붙였다.

아디닷은 자연에서 인간이 키운다는 걸 홍보해 베이츠가 곡물 단가를 높이기 위해서 탤로를 고용한다고 주장했다.

이곳에서의 하루는 매일 같았다. 매일 똑같은 시간에 노동이 시작되고 똑같은 시간에 끝났다. 자고 일어나면 다시 아침이었다. 새벽에 눈을 뜬 탤로들은 몸을 씻고 지하 식당으로 내려가 노동을 위한 양분을 채워 넣었다.

무더위가 시작되면서 사람들은 활기를 잃었다. 떠들썩한 웃음도 우스꽝스러운 슬랩스틱도 없었다. 회색 작업복을 입은 수백 명이 교대로 밥을 먹는 식당 안은 아주 조용했다. 천장이 높은 식당 내부는 포크와 나이프가 달그락거리는 소리만 울려서 종교 의례처럼 경건한 분위기를 자아냈다.

식사를 마치고 기계적으로 수송차에 올랐고, 구역에 도착하면 말없이 작업에 들어갔다. 옥수수 사이를 기어다니며 반나절 잡초를 뜯으면 허리가 아려오면서 숨이 턱턱 막혔다.

빽빽한 옥수숫대에 가려 땅에는 바람 한 점 드나들지 않았다. 폭염과 중노동을 견디지 못하고 떠나는 탤로가 늘어갔다.

오늘도 여지없이 아침부터 지열이 평원을 후끈 달궜다. 내리쬐는 햇빛에 현기증이 일자 태오는 허리를 펴고 일어섰다. 다리도 무지근했다. 바람에 옥수숫대들이 휘청대고 늘어지면서 땀에 젖은 몸을 휘감았다. 기다란 줄기는 억세면서 낭창거렸다. 목에 들러붙으면 쉽게 떨어지지 않았고, 털어내려고 몸을 흔들면 오히려 목을 옥죄듯 감겨들었다.

정수리 위로 하늘 가운데 태양이 붉게 타오르고 있었다. 휴식시간을 알리는 음악 소리가 들리자 태오와 동료들은 바닥에 벌렁 드러누웠다.

땀에 흠뻑 젖은 그들은 숨을 몰아쉬었다. 간간이 바람이 알파콘 평원을 파도처럼 훑고 지나가더라도 높다란 옥수숫대에 막혀 있어 소리만 들릴 뿐 그들에게 잠깐의 위안도 베풀지 않았다.

움슬라가 수송차에서 차가운 음료수와 음식이 담긴 상자를 가지고 왔다. 모두들 찬물을 들이켤 뿐 음식을 먹을 엄두도 내지 못했다.

"사십육 도가 넘어."

손목시계를 보며 양양이 아디닷에게 말했다.

"머리가 너무 뜨거워. 머리 위에서 잡초가 쑥쑥 자라는 것 같아."

아디닷이 장난기를 섞어 말했다.

"조심들 해. 요새 일사병으로 헛소리 지껄이는 인간들이 너무 많아."

태오가 의아한 표정을 하자 벤이 말했다.

"식당에서 못 봤어? 온종일 중얼대는 인간들이 요즘 많잖아."

"저는 그거보다 감마 지역이 유독 덥다는 게 더 이상해요. 친구가 아파서 제가 이틀 베타 구역에 갔다 왔잖아요. 거긴, 여기보다 훨씬 기온이 낮아요."

양양이 대단한 발견을 한 것처럼 말했다.

"그럴 리가 있나. 같은 평원 한가운데고, 몇 킬로 떨어져 있지도 않은데. 그냥 느낌이 그렇겠지."

기운이 없는지 누워 있던 마틴이 일어나 앉았다.

"정말이에요. 이상해서 베타 구역 친구와 수시로 비교해보니, 확실히 달라요."

양양이 진지하게 말했다.

"너도 일사병이 시작되려나 봐. 너무 더워서 어지럽지, 응?"

벤이 퉁명스레 대꾸했다.

"구역마다 알파콘 익어가는 속도가 다르다면서요. 그래서 구역마다 온도가 좀 다를 수도 있지 않을까요."

가만히 듣고만 있던 태오가 끼어들었다.

"옥수수가 성장하면서 열기를 내뿜는 거 아닐까요? 좀 이상한 말 같지만, 전 옥수수들이 내뿜는 열기가 생생하게 느껴져요."

아디닷이 분풀이하듯 알파콘을 쥐고 흔들어댔다.

"더워도 너무 더워. 미치도록 더워."

움슬라가 거들었다.

"역시 다들 제정신이 아닌 게 분명해. 그러지 말고 자기 머릿속 온도나 체크해봐."

벤이 핀잔을 주듯 말했다. 태오는 벤이 대화를 눙치려 한다고 느꼈다.

"크크크, 너무 더워서 제가 지금 제정신이 아닐지도 몰라요."

아디닷도 농담조로 대답했다.

태오는 옥수수의 급속 생육을 목적으로 땅속에 온도조절 시스템이 있을 거라는 생각마저 들었다. 리보솜 구역이나 헤븐스몰과 달리 알파콘이 자라는 평원은 더워도 너무 더웠다.

갑자기 천둥 같은 우르릉거리는 소리가 들렸다. 모두 거의 동시에 하늘을 올려다봤다. 작열하는 태양은 그대로였다.

스콜을 기대하며 잠시 후 번개가 요란하게 번쩍이길 기다렸다. 평원의 한쪽 끝에서 빛의 파도가 출렁거리며 알파콘의 숲을 훑었다. 곧장 평원 전체를 파도 소리가 휩쓸었다. 모두들 벌떡 일어섰다. 대평원의 허공이 초대형 스크린으로 변했다. 메타버스 사이니지였다.

태평양이 델피 대평원의 상공으로 이식되었다. 거대한 파도들이 삼만 탤로들의 눈과 귀를 덮쳤다. 모두 넋을 잃고 바다를 바라보았다. 움슬라는 십 미터쯤 되는 파도가 연이어 몰려오자 실제로 뒷걸음질 쳤다. 마틴과 벤이 손뼉을 치며 웃어댔다.

하늘 위의 바다는 오 분 후 사라졌지만 이벤트의 효과는 탁월했다. 방금까지 못 견디게 더웠는데 순식간에 머릿속이 시원해진 느낌이었다. 인간의 감각은 너무 단순한 것 같았다. 요즘 들어 태오는 가상게임에 빠져 살던 자신을 반성하고 있었다.

"우리의 기업 베이츠가 돈을 엄청나게 벌긴 하나 봐. 대평원에 사이니지라니, 대단하다."

벤이 냉소를 살짝 묻혀서 말했다.

"너무 좋은데요. 잠깐이라도 가슴이 뻥 뚫리는걸요."

아디닷은 아이처럼 신난 얼굴이었다.

"우리가 덥다고 불평하는 걸 상공에서 듣고 있나 봐. 나중엔 비도 뿌려줄 거 같아."

마틴이 농담처럼 말했지만 태오에겐 의미심장하게 들렸다.

점심시간이 되자 움슬라와 양양이 음식 상자에서 먹을 것들을 꺼냈다. 햄버거와 샌드위치, 고기가 듬뿍 들어간 샐러드와 과일 그리고 차가운 샴페인이 한 병 있었다. 음식은 나쁘지 않았고 샴페인은 훌륭했다.

"이왕 주는 거 한 병 더 주지. 좀 아쉽네요."

"적당히 마시고 열심히 일하라는 거지. 마저 먹고 얼른 수송차 들어가서 한숨 자자고."

"중간에 씨에스타가 없으면 지쳐서 도망간 탤로 엄청 많을 거야."

"우리끼리라도 탤로라는 말을 쓰지 말자고. 이상하게 기분 나쁜 단어야."

마틴이 샴페인으로 목을 축이며 말했다. 벤의 말에 태클을 거는 마틴의 모습은 낯설었다.

"맞아요. 어쩐지 탤로미어가 떠올라요. 우리를 유전자의 조직으로 여기는 거 같단 말이죠."

아디닷이 샐러드를 우걱우걱 씹으며 대답했다.

"이렇게 큰 도시와 평원이 생체시스템처럼 자율적으로 작동한다는 게 놀라워요."

태오가 샌드위치를 먹으며 넌지시 대꾸했다.

"컨트롤센터에서 마스터가 시스템을 관리하잖아. 조만간 신입들 호출할걸."

"그러니까 마스터라는 중간관리자 한 명이 이 넓은 도시 전체를 관장한다는 거네."

태오는 자신이 말하고도 믿기지 않았다. 삼만 명의 남자들을 수용하고 있는 도시를 단 한 명이 관리한다는 건 내부 통제 시스템이 완벽하다는 반증이었다.

"난 이곳에 경찰과 군대가 없다는 게 더 놀라워. 삼만 명의 젊은 남자들 그 자체가 무긴데. 시스템이 그만큼 촘촘하다는 자신감이겠지."

오늘은 마틴이 달라 보였다. 평소에 벤의 말에 맞장구나 치는 듯 보였으나 그게 다가 아니었다.

"베이츠의 실소유주가 늙다리라는 소문이 있던데, 사실일까요?"

태오가 묻고 싶은 걸 아디닷이 물었다.

"별별 소문이 다 있지. 미치광이라는 말도 있고, 심지어 최대 지분을 가진 건 인공지능이라는 말까지 있어."

벤이 자기 잔의 샴페인을 들이켜며 말했다.

"다른 구역 친구들한테 들었는데, 베이츠의 실소유주 이름이 베이츠라고 해요. 본명을 사명으로 바꾼 거라고."

가만히 듣기만 하던 양양이 끼어들었다.

"와, 생물학적 자신이 곧 다국적기업 베이츠라는 거네. 앙시앵 레짐!"

태오는 군주처럼 위풍당당하게 양팔을 펼쳐 보이며 너스레를 떠는 아디닷을 바라보았다. 하루하루 지낼수록 그가 똑똑한 친구로 느껴졌다.

모두 허기가 졌는지 음식을 빠르게 먹어치우고 일어섰다. 남은 샐러드와 샴페인을 먹던 움슬라가 하늘을 응시했다. 높은 하늘에 화려한 빛깔의 새 몇 마리가 유유자적 날고 있었다.

"여긴 유난히 새가 많아요. 곡식이 많아서 그렇겠죠. 알록달록한 새들 참 예뻐요."

"너무 멀어서 무슨 샌지 모르겠어."

태오도 새를 눈으로 좇았다.

"저게 새라고 확신할 수 있어?"

아디닷이 심드렁하게 말했다.

태오가 무슨 뜻이냐고 눈으로 묻자 아디닷이 어깨를 으쓱하며 대답했다.

"베이즈의 핵심 멤버들은 유전공학 최고 전문가들이야. 유전자 가위질로 못 만드는 게 없잖아. 저기 나는 것들도 새 플러스 박쥐 플러스 원숭이 플러스 인간일 수도 있지."

아디닷이 손가락으로 하늘을 가리켰다.

"이런 생각이 드네요. 새의 형상을 완벽히 갖춘 인공지능……."

양양의 말에 벤의 눈빛이 날카로워졌다.

"저게 원숭이든 로봇이든 모르겠고, 우린 잠이나 자자고."

마틴의 말에 모두 엉덩이를 털고 일어섰다.

규정상 수송차 안에서 식사는 금지였으나 휴식은 취할 수 있었다. 취침 상태로 설정하면 의자들이 간이침대로 바뀌었고 습도와 온도가 금방 쾌적해졌다. 노동에 지치고 샴페인에 몽롱해진 태오와 동료들은 나른한 잠에 빠졌다.

잠들기 전 태오는 차창으로 아름다운 새가 낮게 비행하는 것을 보았다. 알 수 없는 화려한 날개를 퍼덕이는 새와 시에스타가 어울린다고 생각하며 그는 잠에 빠져들었다.

지오는 시그마 73구역에서 일했고 들어온 지 한 달쯤 후 짐을 싸 이곳을 나갔다. 내내 어두운 얼굴이었고 말도 거의 하지 않았다. 세 번의 규정 위반으로 퇴사 당했다.

누군가는 이렇게 말했다. 지오는 누구보다 밝고 활기차고 열심히 일했다. 어느 날 갑자기 보이지 않았다. 같은 구역 동료들도 모른다고 했다. 특이하게도 지오가 사라진 후 시그마 73구역 동료들도 모두 퇴사했다.

그사이 태오가 신중하게 알아본 것은 그 정도였다. 의심을 사지 않으려고 동네 친구라고 둘러댔다. 모두 말이 달랐으므로 진실이 무엇인지는 여전히 오리무중이었다. 아마 그들 각자가 지오를 접한 시기와 상황에서 말하고 있을 뿐일 것이다.

어렵사리 시그마 73구역에서 지오와 같이 일한 동료들의 이름을 메모하고, 그중 한 명은 전화번호를 알아내 연락을 해봤지만 받지 않았다. 탤로들 사이에서 인기가 많은 아디닷을 통해서 은밀하게 알아보고 싶었지만 아직은 그를 믿을 수 없었다.

폭염이 절정에 이르자 연녹색 껍질로 둘러싼 옥수수는 알곡의 무게를 과시하듯 고개를 꺾고 축축 늘어졌다.

굵고 단단한 알곡을 위해 개발된 알파콘은 줄기가 약했다. 거센 바람이 평원을 쓸고 가면, 수억만 개의 알파콘이 지진이 났을 때처럼 흔들거렸다. 그 모습은 알곡들이 전자 추처럼 진자운동 하면서 지구의 자장에 반응하는 듯 보였다.

벌판을 가득 메운 알파콘의 꿈틀거림은 생명력이 넘쳐흘렀다. 대평원의 주인은 옥수수였다. 진녹색 알파콘은 완숙할수록 진한 리얼리티를 뿜어냈다. 태오는 옥수수의 성장을 위해 숨을 헐떡이며 흙바닥을 기어다니는 스스로가 비루하게 느껴졌다.

여섯 명이 조를 이뤄도 멀리 떨어져서 일하는 탓에 작업 중에는 서로를 보기 힘들었다. 어떤 날은 종일 기다랗게 솟은 옥수숫대에 파묻혀 혼자 있어야 했다. 벌레를 잡다가 고개를 돌리면 동료는 보이지 않고 바람에 움직이는 알파콘만 보였다. 아침에는 서글펐다가 낮에는 외로웠다가 저물녘이면 두렵기도 했다.

늦은 오후, 그는 끊어질 듯 저리는 허리를 펴고 일어섰다. 주위를 둘러봐도 아무도 보이지 않았고 미세한 소리도 들리지 않았다. 평원을 휩쓸고 지나가는 바람도 없었다. 완전한 침묵이 엄습했다.

저기요, 저기요, 하고 몇 번이나 동료들을 불렀지만 돌아오는 대답이 없었다. 광활한 알파콘 평야가 동료들을 삼켜버린 건 아닐까 싶은 기분이었다.

끝없는 녹색 평원에 자신과 알파콘들밖에 없다는 게 무서웠다. 알파콘과 자신만으로 이루어진 세계였다. 수많은 실험을 거친 후 탄생한 알파콘은 강인한 전사 같았고, 자신은 무기와 아이템을 잃은 한낱 미미하고 소심한 루저 같았다. 홀연 누군가 자신을 알파콘들의 세계에 삽입시킨 거라는 생각이 뒤통수를 끌어당겼다.

마른침을 꿀꺽 삼키고 소리를 내려 했으나 목이 잠겼다. 침을 한 번 더 삼키고 아디닷을 불렀다. 대답이 없자 더 큰 소리로 불렀다. 뒤쪽 알파콘 덤불에서 땀에 흠뻑 젖은 아디닷이 불쑥 튀어나왔다.

"몰래 숨어서 농땡이 중인데, 왜 날 애타게 불러?"

말은 퉁명스럽게 해도 까만 얼굴이 웃고 있었다. 가장 경계하던 아디닷을 저도 모르게 불렀다는 게 스스로도 의아했다.

"사람들이 안 보이니까 좀 걱정이 돼서……."

"아이구, 그래서 내 걱정을 했다고?"

"걱정이라기보단 궁금해서. 다들 어디 있나 싶기도 하고……."

멋쩍어진 태오가 둘러댔다.

"아 그러니까, 겁이 났던 거지? 괜찮아, 나도 그런 적 있어."

아디닷이 놀리는 말투로 배시시 웃었다. 그의 눈가에 순박해 보이는 주름이 잡혔다. 태오도 처음으로 경계 없이 눈으로 웃음을 지었다.

저녁 식사 후 동료들은 텔레비전을 보았다. 방마다 대형 텔레비전이 삽입돼 있었다. 원할 때면 언제든 플랙서블 스크린이 벽 안에서 옹달샘 샘물처럼 배어 나와 탈진한 탤로들의 목을 축였다.

온종일 폭염에 시달리며 땀을 쏟아낸 동료들은 입을 벌린 채 저녁 시간 내내 스크린에서 눈을 떼지 않았다. 벤과 마틴은 침대에 누워 베개를 높게 괴고 시청했고, 양양과 움슬라는 귀에 이어폰을 꽂고 음악을 들으며 눈으로 화면을 봤다. 태오와 아디닷은 누워서 소리만 들었다.

그들은 비로소 허리와 등뼈를 곧게 폈다는 안도감에 아무 말도 하지 않았다. 서너 시간씩 틀어놓고 있어도 채널을 바꾸거나 하지도 않았다. 보기 위해 본다기보다 마치 자신들이 쉬고 있다는 것을 확인하기 위해 텔레비전을 켜놓고 있는 듯했다.

벽 하나를 온전히 차지한 텔레비전은 세계의 그럴듯한 일들을, 바깥의 리얼리티를 들려주는 묵직한 도구였다. 이따금 비스듬히 누워서 국지전이 벌어지는 아프리카의 실전 상황과 동남아시아에서 발생한 지진 현장을 시청했다. 길이 2미터짜리 침대에서 보는 세상은 겨우 2미터였다. 팔다리를 쭉펴고 텔레비전을 보고 있을 때만 세계는 까무룩 존재했다.

스캔들에 휘말린 어느 나라 총리 이야기와 유럽 축구 경기의 결과를 가물가물 들으면서 태오는 천천히 잠들었다. 잠들면서 그는 자신이 여전히 세상과 연결된 가느다란 끈을 쥐고있다는 듯 손가락을 움직였다. 잡초 뽑기에 단련된 동작을반복하고 있는지도 몰랐다.

아침에 다시 일을 시작하면, 밤새 충전된 해는 정수리 위에서 샛노란 존재감으로 빛을 쏘아댔다. 시간은 자꾸만 흘러갔고 여전히 동생의 행적을 찾을 수 없자 그는 점점 초조해졌다. 말수가 줄고 표정이 어둡게 보였는지 동료들은 슬쩍그를 살피기도 했다.

태오가 일을 그만두면 여섯 명이 할 일을 다섯 명이 해야했다. 가장 힘든 시기에 조원 중 하나가 못 견디고 가버리면남은 탤로들은 못 견딜 만큼 견뎌야 했다. 인근 구역 중 그런 곳이 꽤 있었다.

여섯 명이 넓은 땅을 기어다니며 제거해도 잡초는 여전히 존재했다. 탤로들이 가장 힘들어하면서 또 가장 많이 하는 일이 잡초 뽑기였다. 잡초 때문에 사람을 고용한 것이 아닐까 하는 생각이 들 정도였다. 파종과 탈곡과 건조 따위 대부분 생산과정은 기계화된 시스템이었다.

아침부터 뽑기 시작해 한낮이 되면 땅에서 올라오는 열기에 머리가 띵했다. 온종일 잡초를 뜯다 보면 목덜미나 손등이 잡풀에 쓸려 쓰라렸고 알파콘의 기다란 이파리들이 땀에 젖은 목덜미를 휘감았다.

오전엔 움슬라가 노래를 흥얼거리고 벤과 마틴은 서로 고함치듯 농담을 던지며 흥을 돋웠다. 그러나 한낮의 무더위가 옥수수 줄기처럼 온몸을 타고 오를 때면 모두 입을 다물었다. 그럴 때면 숨 막힐 듯 고요했다.

말 한마디 나누지 않고 멀리 떨어져서 적막 속에서 하는 노동은 더 힘들게 느껴졌다. 몇 시간을 기어다니며 뽑은 잡초를 안고 일어서면 알파콘의 녹색 평원은 휘청거릴 듯 환해져 있었다.

키 높이로 쌓아놓은 잡초더미 위로 동료들이 기어올라갔다. 조금이나마 바람을 쐬기 위해서였다. 오후의 짧은 휴식 시간이었다.

무덤 같은 잡풀 더미는 탤로들이 일을 마친 저녁에 드론으로 실어가서 리보솜 안에 설비를 갖춘 공장에서 에너지로 바뀌었다. 공장은 무인자동 시스템으로 탤로가 필요 없었다.

잡초 위에 두 명씩 짝을 이뤄 앉은 동료들이 작업복 웃통을 벗고 물수건으로 몸을 닦고는 길게 한숨을 쉬었다. 눈이 닿는 저 끝까지 모든 것이 모두 알파콘이었다. 대지의 주인은 누렇게 여물어가고 있는 옥수수가 틀림없었다.

"여기서 한참 바라보고 있으면 말이야, 저렇게 끝없이 펼쳐진 대평원이 의미가 사라지는 느낌이 들어."

태오의 말에 아디닷은 대답하지 않았다.

"하긴 나도 무슨 말을 하는지 모르겠네. 그러니까 말이야, 의미를 알 수 없다고. 뭐랄까, 점점 추상적으로 돼버린다고 할까."

"아마 저 옥수수의 세계를 바라보고 있는 우리 자신이 점점 추상이 돼가는 거겠지."

아디닷이 누워서 중얼거렸다.

뜨거운 햇볕과 바람에 땀이 점점 말라갔다. 둘은 한동안 누워서 미동도 하지 않았다. 태오는 마르는 땀과 함께 마음속의 어떤 것이 말라가고 있다고 느꼈고, 옆에 누운 아디닷도 비슷한 생각을 하는 것 같았다.

"내일도 해가 뜰 거고 또 이렇게 우라지게 덥겠지."

태오가 저도 모르게 혼잣말을 했다.

"우라지게 그렇겠지."

"우리는 더 이상 달라질 게 없는 세상에 사는 걸까?"

"자연의 식물이 기업의 소유가 된 세상에 살고 있잖아."

태오와 아디닷이 서로를 마주 보았다. 햇볕에 그을린 아디닷의 얼굴은 어린애처럼 장난기 가득했으나 눈빛은 깊고 진중했다. 잠시 그의 눈빛이 태오에게 무슨 말을 하고 싶어 한다는 걸 느꼈다. 그러나 일순 구름이 해를 가리듯 얼굴이 어두워졌다.

태오는 머리를 들어 하늘을 올려다보았다. 까마득히 높은 상공에 작고 검은 물체가 멀리 빠른 속도로 날아가고 있었다. 아디닷이 태오의 시선을 따라갔다.

"저게 대체 뭔 거 같아?"

아디닷이 오래전부터 알고 있었다는 듯 태연히 말했다.

태오는 흠칫 놀라 아디닷을 돌아보았다. 자신이 안다는 걸 아는 아디닷이 더 놀라웠다.

아디닷은 빙그레 웃으며 윙크를 했다. 속마음을 알 수 없는 친구였다.

"설마 이곳에 아무것도 없다고 생각하진 않겠지?"

"상공에서 우릴 감시하는 드론일까?"

"에이, 그리 쉬울 리가? 그리고 어차피 센터에서 감시하고 있는데."

태오는 고개를 끄덕였다.

"여기서 다섯 달 일하는 동안 오늘까지 세 번 보네. 처음 일 시작할 무렵 규정을 어기고 휴일에 평원을 돌아다니다가 무심코 알파콘 블록을 들어갔지. 그때는 이곳이 너무 힘들고 갑갑하더라고."

아디닷은 평원을 쏘다닌 지 15분이 지나자 수송차가 나타났다고 했다. 그는 경고를 받았고 이후론 규정을 잘 지키고 있었다.

"리보솜이나 헤븐스몰 구역 말고 다른 곳에 사는 사람은 없을까?"

아디닷이 무슨 말이냐고 눈으로 물었다.

"그냥 해본 말이야. 내가 전쟁 게임을 워낙 많이 해서 지하 벙커 같은 데 익숙해서 그래."

얼결에 말했지만 예측 가능한 시나리오였다. 템페스트나 사막에 벙커 몇 개는 베이츠에겐 식은 죽 먹기일 것이다.

"아, 그러니까 초소형 제트기를 조종하는 사람이 사막 어딘가에 있는 지하 벙커에 살고 있다? 그런데 목적이 뭘까?"

역시 아디닷은 영리한 친구였다.

"만일을 대비한 보안 조직? 사설 군대 같은. 게임 스토리에선 그렇지만, 여긴 내가 어떻게 알겠어."

태오는 자신이 휴일에 본 것에 대해서는 말을 아껴두기로 했다. 부르스 리의 얼굴을 가진 남자에 대해서도. 남자가 아마도 인간병기인 것 같다는 말도.

4

컨트롤센터

한 무리의 탤로들이 일몰을 등에 지고 리보솜의 한쪽 끝으로 걸어갔다.

더위가 절정에 이르자 신입 중 절반이 다시 떠나고 고작 이백여 명이 남았다.

남은 사람보다 떠난 사람이 더 많았다. 경찰이 지오를 수많은 낙오자 중 하나라고 주장하는 이유였다. 이곳을 나간 청년 일부는 집으로 돌아가지 않았다고 했다.

동생은 아직 집으로 돌아오지 않았고 아무런 연락도 없었다. 지오는 결코 가족에게 무책임한 아이가 아니었다. 그는 델피 어딘가에 분명히 살아있었다. 태오는 초소형 제트기의 주인과 부르스 리가 있는 그 곳에 지오가 있을 거라 믿었다.

리보솜의 제분 공장과 화학연료 공장을 지나자 외따로 떨어진 한적한 숲이 있었고, 통나무로 지은 소박한 집이 보였다. 그것이 컨트롤센터라고 했다.

리보솜 구역의 막다른 끝, 숲의 큰 나무들에 파묻힌 센터는 농부의 오두막과 같은 작고 낡은 나무집이었다. 상상도 못 할 정도로 의외였다. 허클베리 핀이 살고 있을 듯한, 나무들 사이 이층집이었다. 외관은 작고 볼품없고 나무에 가려서 인공위성도 간과할 형태였다. 태오는 베이츠와 센터의 마스터라는 관리자가 그런 점을 노렸을 거라는 생각을 해봤다.

"아, 저게 뭐래? 걸레 안에 보석을 숨겨두는 수법인가?"

"내부가 너무 기대되는 겉모습이야."

"여기 왜 불러 모은 거지? 이 시간에."

"신입들 군기 잡는 거겠지. 겁도 좀 주고."

센터 앞에 선 신입 탤로들이 중얼댔다. 태오와 마찬가지로 뭐라 딱히 말할 순 없어도 허방을 디디고 있는 묘한 기분이 들었다. 속임수인 건 알겠는데, 뭐가 속임수인지 알 수는 없는 찝찝한 마음이었다.

오두막 바로 앞마당에는 무성한 열대 과실수와 화려한 꽃들이 천지로 늘어서 있어서 휴양지 같은 분위기를 풍겼다.

"지구에 얼마 안 남은 희귀식물들이 여기 있네."

익숙한 목소리에 돌아보니 호준이었다.

그는 10번째인 카파 구역이라 숙소가 달라서 마주칠 일이 없었다. 태오가 손을 흔들자, 호준이 다가와 어깨를 툭 쳤다. 재즈바에서 혼자 술 마시던 모습과 달리 오늘은 기분이 좋아 보였다.

"저 종려나무 좀 봐. 현실에서 이걸 보다니, 이곳은 정말 상상 초월이네."

신입 하나가 통나무집 뒤쪽을 가리켰다.

"배고파 죽겠어. 밥이나 먹고 소집하든가 하지."

"난 빨리 씻고 싶어. 땀이 말라붙어서 온몸에 소금이 굴러 다니는 것 같아."

태오는 통나무집 뒤쪽의 흔적을 눈여겨보았다. 길은 아니었지만 발길이 오간 흔적이었다. 이쪽 숲에서 템페스트로 이어지는 통로가 있을지도 몰랐다.

손때 묻은 나무 손잡이를 밀고 들어섰을 때 내부 모습에 당황했다. 거대한 도시를 통제하는 센터라는 게 믿기지 않았다. 내부 공간이 하얗게 비어 있었다.

벽 한쪽 구석에 백 년은 되어 보이는 마호가니 책상 하나가 성스럽게 놓여 있을 뿐이었다. 아무것도 없는 휑한 실내에 들어선 탤로들은 위축돼서 괜히 두리번거리며 웅성거렸다.

잠시 후 호리호리한 체격에 학자풍으로 보이는 삼십 대 남자가 흰 벽에서 나왔다.

말로만 듣던 마스터였다.

그는 옅은 갈색 뿔테 안경을 쓰고 푸른색 셔츠와 옅은 베이지색 면바지를 입고 있었다. 척 봐도 엘리트 냄새가 났다. 땀 흘리는 노동은 고사하고 축구 따위도 할 시간이 없을 만큼 평생 초엘리트로 살아왔을 것이다. 그렇지 않다면 다국적 기업의 생산기지 전체를 아우르는 총책임자가 될 수 없을 테니까. 태오는 그런 생각이 들었다. 동시에 삼만 명의 혈기 왕성한 남자들을 혼자 통제한다는 건 내부 시스템이 갖춰져 있다 해도 상당한 통찰력이 없으면 불가능할 터였다.

마스터는 신입들의 얼굴을 주의 깊게 쳐다보며 일은 할 만하냐고 물었다.

태오는 마스터의 눈빛이 뭔가 좀 묘하다고 생각했다. 분명 탤로들을 쳐다보는 것 같은데 눈을 마주치고 있다는 느낌이 없었다. 아무도 대답이 없자, 마스터가 혼자 고개를 끄덕이고는 말을 이었다.

"새로 베이츠에 입사하신 여러분을 환영합니다. 제가 이곳의 총책임자입니다. 아마도 무슨 일이 일어나지 않는다면, 일하시는 동안 저를 볼 일은 없을 겁니다. 규칙에 따라 안전하게 일하시고, 가급적 저를 볼 일이 없기를 바랍니다. 아시다시피 여러분들과 함께 들어오신 분들의 절반이 이미 퇴사하셨습니다. 힘든 노동을 견디지 못하고 나가신 분들도 있고 규칙을 어겨 나가신 분들도 있습니다."

말을 끊고 살짝 미소 띤 얼굴로 신입들을 둘러보곤 다시 말을 이었다.

"가장 기본적인 규정만 지키신다면, 그다지 잘생기지도 않은 저를 보지 않아도 됩니다."

사람들 속에서 가벼운 웃음이 오갔다.

"혹시 이곳 생활이나 규칙에 대해 질문 있습니까?"

"떠도는 소문이 많던데, 베이츠의 실소유주는 어떤 분인가요? 공식 대표이사 말고요. 궁금합니다."

앞줄의 누군가가 용감하게 물었다. 센터 안에 조용한 술렁임이 일었다.

"여러분이 하는 일과는 무관한 질문이군요. 그분은 조용히 지내시길 바라서……."

"설마 인공지능은 아니죠?"

호준이 끼어들었다. 소문을 처음 들은 신입 몇 명이 숙덕거렸고 마스터는 큰형 같은 미소를 지었다. 보기에 따라서 권위적인 미소였다.

"그런 소문까지 있나 보군요. 재밌네요. 원래 소문이란 출처도 실체도 없죠. 그분은 오래전부터 건강이 좋지 않아서 외부활동을 하지 않는 걸로 압니다. 저도 그 정도만 알 뿐입니다."

마스터는 사람들을 날카롭게 훑으며 갈색 뿔테 안경을 손끝으로 밀어 올렸다.

"이곳에 들어서면서, 의아하게 생각하셨을 겁니다. 수천 헥타르를 관리하는 중앙 통제센터이므로 뭔가 복잡한 장치들로 가득 차 있을 거라 상상하셨겠죠. 하지만 눈에 보이는 것은 이렇듯 단순합니다. 아시겠지만, 단순함이 기술이고 곧 과학입니다."

마스터의 말에 신입들이 고개를 끄덕였다.

마스터가 벽으로 다가갔다. 흰 벽에 손가락 두 개를 가져다 대자, 둥글게 모여 선 신입들의 머리 위로 각자의 신상정보들이 홀로그램으로 떴다.

"호준 씨, 이곳에 오신 지 한 달 되셨는데, 어떠신가요?"

"아, 뭐, 좋습니다. 너무 더워서 그렇지 다른 건 만족합니다."

떨떠름한 표정으로 호준이 대답했다.

"이번엔 뒤쪽에 계신 분에게 물어볼까요. 레이 씨, 어떠세요. 힘든 점은 없으시나요."

"기대했던 것보다 훨씬 만족합니다. 시설도 좋고 주변 환경도 좋고요."

"다행입니다. 언제라도 개선사항이 있다면 말씀해주세요. 이곳은 세계 최고의 식량을 생산하는 세계 최고의 기업입니다. 여러분은 지금 모두가 부러워하는 곳에 계신 겁니다. 현재 세계 옥수수의 품종은 오직 하나입니다. 가장 강인한 알파콘만이 살아남았습니다. 아시다시피, 세계 식량 전쟁을 겪은 후 곡식뿐만 아니라 세상의 모든 식물에 대한 권리는 이제 개인에게 주어지지 않습니다. 다국적기업들의 소유죠. 알파콘은 저희 베이츠의 대표 곡물이자 유전공학 신기술의 총아이며 무엇보다 인간에게 건강과 행복을 안겨주는 신의 은총입니다."

그 후 그는 알파콘의 생육 과정과 수확과 출하 과정에 관해 오 분 정도 설명했다.

한 사람이 대평원 전체를 관리한다니 조금 놀랍기도 하지만 쉽게 이해됐다. 작업 대부분이 기계화되었으며 생산된 알파콘의 출하 등 복잡한 절차 또한 프로그램화돼 있다는 것쯤은 태오도 짐작할 수 있었다.

마스터가 등을 돌려 벽을 향해 섰다. 벽에 손바닥을 대자 스크린이 하나둘 생성됐다. 모든 벽이 수백 개의 화면으로 채워져 알파콘 블록 전체의 모습을 살려냈다. 영상은 모든 곳을 보여주었고, 마스터의 손끝에 따라 빠르고 충실하게 떠올랐다. 그는 오케스트라 지휘자처럼 팔을 부드럽게 저으면서 화면을 움직여 수천 헥타르의 대지 곳곳을 불러냈다. 대평원이 손동작의 강약과 빠르기에 따라 재생되고 움직이며 변화했다.

작업 중인 탤로들의 모습도 보였다. 그들은 재바르게 혹은 굼뜨게 같은 일을 반복하고 있었다. 등을 구부리고 일하는 회색 작업복의 탤로들이 똑같아 보여서 태오는 그들 모두가 자신처럼 보였다.

센터 안에 모인 동료들은 신기한 듯 리얼리티 가득한 영상들을 바라봤다. 분할된 스크린의 풍경들은 같으면서도 조금씩 달라 보였는데, 그것은 알파콘의 발육상태가 달라서였다. 모두 멍한 표정으로 같으면서도 다르며 다르면서도 같은 옥수수의 모습을 오랫동안 응시했다.

알파콘은 빠르게 생성되고 바뀌고 반복되면서 순식간에 자라나고 성장해갔다. 알파콘의 탄생과 성장과 소멸이 거기 있었다. 그리고 그것에는 대자연의 변화를 저속 촬영으로 보고 있을 때처럼 놀랍고도 덧없는 감각이 있었다.

마스터의 가늘고 기다란 손가락이 한 곳을 톡톡 건드리자 화면이 확대되고 소리가 재생되었다. 트랙터 소리, 하비스터에서 알곡이 튕기는 소리, 벌크 트레일러가 알곡을 쏟아붓는 소리, 옥수숫대가 바람에 쓸리는 소리, 탤로들이 주고받는 의미가 분절된 말소리……. 하비스터를 타고 옥수숫대를 베는 탤로의 시커먼 얼굴과 옥수숫대 사이에 엎드린 채 잡초를 뽑는 흙 묻은 손까지 다 보였다.

실제 일할 때는 막막한 기분이 들곤 했는데 스크린 안에서 노동은 진짜 같았다. 리얼한 세계가 거기 있었다. 무심한 리얼리티였다. 태오는 자기 모습을 찾으려고 눈동자를 빠르게 굴렸다.

팔짱을 끼고 스크린을 들여다보고 있던 마스터가 성큼성큼 신입들에게로 걸어왔다. 텅 빈 실내에 구둣발 소리가 또각또각 울렸다.

탤로들 앞으로 바짝 다가온 그는 각자의 얼굴 앞 허공에 화면을 하나씩 띄웠다. 화면 속의 시각은 오후 세 시 십육 분에서 배속으로 지나갔다. 탤로들은 분주하게 옥수숫대를 맴돌며 이리저리 기어다니고 있었다. 그 모습은 개미가 먹이 주변을 정신없이 맴도는 것과 흡사했다.

마스터가 호준 앞으로 다가가 화면을 확장했다. 고개를 숙인 노동자 하나가 바삐 움직이고 있었다. 그 노동자는 호준이었고 태오였고 그리고 모든 탤로였다. 센터 안의 호준은 당황한 기색이 역력했다. 화면이 빨리 지나가고 있었지만 태오는 더 빨리 지나가기를 바랐다. 다행히 몇 분 사이, 스크린에선 하루의 노동이 끝났다. 평원에 햇빛이 사그라지면서 사람들도 사라져갔고 잠시 후 그곳엔 굵고 알찬 알곡을 품은 알파콘만 남아 줄기를 바람에 나른하게 흔들고 있었다.

센터 안에 묵직한 침묵이 내려앉았다. 놀라움과 당혹감 그리고 묘하게 슬픈 공기마저 맴돌았다. 여전히 신입들은 눈앞에 커다란 스크린을 하나씩 마주하고 있었다. 태오는 몹시 허기가 졌다. 어서 돌아가 침대에 눕고 싶었다. 그러나 아직 끝난 게 아니었다.

마스터는 익숙하단 듯 신입들의 표정을 훑었다. 태오의 표정을 유심히 살피던 마스터가 다가왔다. 마스터가 손가락을 움직여 스크린 속 태오를 증강현실로 불러냈다.

멍한 얼굴로 서 있던 태오는 확대된 화면에서 불려 나온 자신의 모습에 넋을 잃었다. 세 시간 전 감마 98구역에서 일하는 태오가 더위에 숨이 막힌 듯 헐떡이는 모습이 생생하게 재현됐다. 그리고 아디닷과 나눈 대화가 증강현실에서 되풀이됐다.

'내일도 해가 뜰 거고 또 이렇게 우라지게 덥겠지.'

센터 안에 서 있는 태오는 증강현실 속 땀에 젖은 자신을 바라봤다. 이어 땀에 절고 새까맣게 탄 그와 아디닷이 허공에 우뚝 섰다. 그와 완전히 같은 입체 홀로그램이었다. 내가 나를 본다는 건 슬픔이고 분노이고 고통이었다.

'우리는 더 이상 달라질 게 없는 세상에 사는 걸까?'

'자연의 식물이 기업의 소유가 된 세상에 살고 있잖아.'

재생된 태오가 아디닷을 물끄러미 바라봤다. 허공에 세워진 아디닷이 머리를 들어 붉어가는 하늘을 물끄러미 바라봤다.

컨트롤센터 안에 숨죽이던 신입들은 뒤통수를 맞은 듯 움찔한 얼굴들이었다. 팔짱을 끼고 바라보던 마스터가 아디닷의 모습을 유심히 바라봤다. 태오의 심장이 빠르게 뛰었다.

다행히 마스터가 영상을 멈췄다. 십 초 후 두 사람이 나눈 지하 벙커에 관한 대화는 공개되지 않았다. 태오는 신중하지 못한 오후의 대화를 자책하고 또 자책했다.

컨트롤센터를 나선 신입들이 숙소를 향해 터덜터덜 걸었다. 작고 붉은 해는 지평선 가까이 내려와 있었다.

"우리를 불러 모은 이유가 겁을 주기 위해서였어."

카파 구역의 신입이 낮게 투덜댔다.

"쉿, 말조심하는 게 좋아."

호준이 검지를 입술에 댔다.

"너랑 대화한 친구한테 말해줘야지."

호준이 태오에게 다가와 낮게 속삭였고 태오는 고개를 끄덕였다. 아디닷은 컨트롤센터의 시스템이 이렇게까지 디테일한지는 모르는 듯했다. 벤과 마틴이 평원에서 늘 말을 아끼는 모습으로 보아 그 두 사람은 어느 정도 짐작하고 있을지도 몰랐다.

다른 신입들은 떨어지는 해처럼 머리를 숙이고 각자의 숙소로 흩어졌다. 태오와 호준은 리보솜 주위를 걸었다. 누가 먼저 그렇게 하자고 한 게 아니고 흡사 그래야만 한다는 듯 말없이 걸었다.

평일 저녁 일곱 시 이후로 리보솜 밖으로 나가는 것은 규정 위반이었다. 둘은 공터에서 운동하고 음악을 듣는 탤로들로 시끌벅적한 숙소 주위를 천천히 돌았다. 해는 지평선 아래로 완전히 잠겨서 조금 어두웠다. 잠시 후 여섯 시가 되면 곳곳에 알파콘 연료로 밝힌 불빛이 점점 강해질 것이므로 눈에 띄지 않게 걷기엔 지금이 최적이었다.

"열 살 어린 여동생이 있어. 부모님이 안 계셔서 사촌네 집에 살고 있지. 내가 여기 들어올 때 가지 말라고 울면서 매달렸어."

"난 할머니와 한 살 아래 동생이 있어. 나도 부모님이 어릴 때 돌아가셨어."

호준이 고개를 돌려 태오의 눈을 들여다보았다. 검은색 눈동자가 말 안 해도 안다고 말하고 있었다. 어릴 때 부모님이 죽은 게 어떤 것인지.

"회사가 원하면 언제라도 우리를 서랍 속 팬티처럼 꺼내 까뒤집는다는 건, 어느 정도 예상했지만 영 기분이 별로네."

"역발상도 하자. 언제든 원하는 것을 볼 수 있다."

태오가 호준의 눈을 응시하며 조용히 대답했다. 호준의 까만 눈동자에 결단이 서렸다. 그가 불쑥 태오의 주머니에 손을 넣었다 뺐다. 주머니에 무언가를 넣었다는 걸 알았지만 태오는 꺼내 보지 않았다. 언제든 어디서든 센터의 컴퓨터는 그들을 꺼내 볼 수 있었다.

"난 3차 시험장에서부터 네가 마음에 들었어. 엇, 네잎클로버다!"

호준이 듬성듬성 풀이 솟은 땅바닥에 앉았고 태오는 그의 의도를 따랐다. 가로등 불빛으로 인해 짙은 그림자가 졌다.

"내 여동생 이름과 생일 그리고 우리 사촌네 주소다."

호준이 낮게 읊조렸다. 만일 자신이 죽는다면, 내 여동생을 살펴달라는 말인 듯했다. 순간 울컥했지만 태오는 침착하게 고개를 끄덕였다.

호준이 등을 구부리고 손가락으로 흙에 글자를 이어 썼다.

'아무도 믿지 마라.'

태오도 글자를 썼다.

'수상한 게 많다.'

둘의 상체에 가려 센터는 확인할 수 없을 거지만, 글자를 황급히 지웠다.

짧은 순간 둘은 한 번 더 확인하려는 듯 서로의 눈을 바라봤다.

이번엔 태오가 '돈'이라는 단어 옆에 엑스 표시를 했다. 호준이 재빨리 알아채고 눈을 깜빡였다. 호준 역시 돈이 아닌 다른 이유로 이곳에 왔다는 뜻이었다. 고개를 돌려 태오의 눈을 본 호준이 '사람'이라고 쓰고 지웠다. 태오는 그의 손을 잡으며 '나도'라고 말했다.

그리곤 태오가 '하늘에 검은 물체'라고 쓰자 호준이 그 위에 '사막'이라 쓰고 지웠다. 마지막으로 호준과 태오는 사촌 형과 동생을 푸석한 흙에 새기고 일어섰다.

"에이, 이런 데 네잎클로버가 있을 리 없지. 내일이 금요일이니 너희 팀도 술 마시러 나가겠네."

호탕한 모습으로 돌아온 호준이 앞서 걸으며 말했다.

"우리 고참이 헤비메탈을 좋아해서 제플린으로 가게 될 거야."

"거기 알지. 그 집이 맥주가 젤 좋더라. 우리 팀도 그리 가자고 할까."

"일하는 누나들도 거기가 제일 예쁘더라고."

농담 따위 할 줄 모르는 태오가 능청스레 말했다.

"그래? 알았어. 내일 맥주 마시며 내기 다트 어때?"

"그러자. 내일 봐."

돌아서기 전에 호준이 악수를 청했다. 힘든 노동 때문인지 아니면 피곤해서인지 그의 악력이 전보다 약했다. 태오는 새삼 손가락뼈가 아팠다. 그동안 긴장해서 아픈지도 모르고 지냈다. 혼자가 아닐지도 모른다는 사실이 통증을 일깨웠다.

다시 아침이 왔고 노동이 시작됐다. 밤새 잠을 설쳐서 태오는 일이 더 힘들었다.

사라진 사람이 또 있다는 사실은 충격이었다. 베이츠가 조직적으로 은폐하는 무언가가 반드시 있었다. 답답하고 어지러웠다. 무얼 밝혀낼 수 있을지 엄두도 나지 않았다. 그는 지오를 찾을 수 있다는 희망을 붙들고 억센 옥수숫대를 흔들어 댔다.

멀겋고 뿌연 하늘 가운데 번쩍이는 해가 빛을 쏘아댔다. 사람들은 자연의 햇볕에서 자란 곡식을 좋아했다. 그래서 알파콘 생산지의 최우선 조건이 일조량이었다. 정수리에 내리꽂히는 이곳의 햇볕은 바늘 끝처럼 따가웠다. 일조량과 습한 무더위는 절정이었고, 속이 꽉 찬 옥수수는 하루하루 무르익었다.

오전 휴식시간이 되자 동료들이 수송차가 있는 빈터로 모였다.

아디닷이 수송차에서 차가운 물과 음료수를 꺼내왔다. 동료들은 오늘 저녁부터 일요일까지 쉴 수 있다는 걸 위안 삼아 기운을 끌어올렸다. 저녁이 되면 시원한 맥주를 마시고 게임을 즐길 수 있고 이틀 동안 편히 쉴 수 있다는 기대로 농담도 주고받았다.

태오는 왁자지껄 떠들어대는 동료들과 달리 굳은 표정으

로 입을 닫고 생각에 잠겼다. 센터에 다녀온 걸 아는 터라 동료들은 모른 척해주었다. 센터와 마스터가 탤로를 통제하는 방식을 직접 확인하고 유쾌할 리 없다는 걸 그들도 알았다. 아디닷이 태오를 빤히 보다가 엉덩이를 털고 일어났다.

"이놈의 옥수수가 어찌나 질긴지 장갑이 찢어졌어요. 옆 구역에 가서 하나 빌려올게요."

벤이 자기 거도 조금 찢어졌다며 하나 더 빌려오라고 했다.

"심각할 거 없어. 우린 할 수 있는 만큼 일하고 돈이나 벌고 나가면 돼."

마틴이 물병을 건네며 태오에게 말했다. 고개를 끄덕여 보였지만 태오는 다른 생각에 빠져 있었다. 컨트롤센터에 들어가야 했다. 센터의 컴퓨터 속에 지오가 있을 것이다! 지오와 마지막으로 통화한 3월 17일 이후부터 접속하면 생생하게 볼 수 있을 것이다.

그러나 방어벽을 뚫을 방법이 떠오르지 않았다. 뛰어난 해커도 뚫지 못할 정도로 보안 시스템이 철저할 게 뻔했다. 다시 음악 소리가 울리자 동료들이 장비를 챙겨 일어섰다. 멀리서 아디닷이 어깨를 늘어뜨린 채 휘청거리며 걸어오는 게 보였다.

"쟤, 왜 저래? 아침부터 더위 먹었나."

벤이 웃으며 아디닷을 보았고 양양이 물과 음료수 따위가 든 박스를 수송차로 가져갔다.

양손에 장갑을 든 아디닷이 고개를 푹 숙이고 다가왔다.

"뭐야, 똥 누다 만 것 같은 그 얼굴은?"

벤이 물었다.

"감마 37구역에 제일 나이 많은 분 있잖아요, 그 사람이 위독하대요."

"식당에서 소란 피우던 그 인간? 콧수염?"

마틴이 심드렁하게 말했다.

"아니 왜? 오늘 아침에도 식당에서 투덜대는 거 보니까 멀쩡하던데."

"정확한 건 모르겠는데, 발견했을 때 알파콘 줄기에 온몸이 칭칭 감겨 있었대요. 질식 직전에 발견했다고는 하는데, 어찌 될지 모른다고 하니……."

"그게 가능한 얘깁니까?"

태오는 조금 놀랐다.

"작년에도 그런 일이 있었어. 바람 심한 날, 이파리들이 몸을 휘감잖아. 몸이 감기면 당황해서 버둥거리지 말고, 움직이지도 말고 침착하게 끊어내야 해. 특히 목이 감길 때 위험하니까 조심들 해."

벤이 진지하게 말하곤 장갑을 끼고 옥수수 숲으로 걸어갔다. 휴식 종료를 알리는 음악 소리가 늘린 지 삼 분이 지났다. 다른 동료들도 주섬주섬 연장을 챙겨 각자의 자리로 돌아갔다.

태오는 온종일 노동에 매달려 귀한 시간을 허비하는 자신이 한심했다. 동생의 행방을 찾으려면 어디서부터 어떻게 해야 할지, 자신이 정말 해낼 수 있을지 자신이 없었다. 매일매일 얼굴에 자라는 수염처럼 알파콘 주위에서 쉬지 않고 솟아나는 잡초도 지긋지긋했다. 수염처럼 단백질 성분인지 오늘따라 뽑힌 잡초더미에서 퀴퀴한 냄새가 나서 역겨웠다.

속이 메스꺼워 등을 펴고 일어섰다. 동료들은 옥수숫대에 가려서 보이지 않았다. 대평원 구석구석에 삼만 명의 탤로가 일하고 있는데 일한다는 느낌이 들지 않았다. 곳곳에 엎드린 탤로들 모두가 땅속 알파콘 뿌리로 스며든 기분이었다.

갑자기 거센 바람이 감마 구역을 훑었다. 흡사 때가 되었다는 듯, 인공 강우나 인공 햇빛 시스템이 작동하듯, 느닷없이 불어 닥친 바람 소리가 평원을 쓸었다.

옥수수 떼가 꿈틀거리며 진녹색 물결이 거친 해일처럼 요동쳤다. 알파콘 이파리들이 펄럭이고 휘청거리며 '스스스' 소리가 평원 끝까지 달려갔다. 음산한 소리가 이어지는 가운데, 비명이 들렸다.

이어서 누군가 '살려줘!' 하고 고함을 질렀다.

태오는 알파콘 덤불을 헤치고 소리가 나는 방향으로 내달렸다. 멀리 있던 동료들도 달려왔다.

아디닷이 머리를 감싸고 주저앉아서 괴성을 질러대고 있었다. 빽빽한 알파콘 사이로 크고 기이한 형태의 곤충이 날아다녔다.

태오가 아디닷의 목덜미와 등에 붙은 곤충을 잡아서 멀리 던졌다. 땅바닥에 떨어진 곤충들은 몸집이 두툼하고 생김새도 흉물스럽고 징그러웠다. 아디닷은 웅크린 채 연달아 '아힘사'를 중얼거렸다.

"멀쩡한 녀석이 벌레 때문에 이 난리야."

벤이 핀잔을 주었다.

"못 죽이는 게 아니고, 안 죽이는 겁니다. 난 자이나교도라고요. 아힘사!"

태오와 동료들이 헛웃음을 지었다.

움슬라가 굵은 알파콘 대를 잡고 흔들어서 남은 곤충들 쫓아냈다. 바닥에 떨어진 두툼한 벌레 떼는 옥수수 사이로 빠르게 도망쳤다.

"알파콘이 워낙 튼튼해서 잡초도 엄청 억세고 꼬이는 벌레마저도 센 것들이야."

양양이 아디닷을 일으키며 말했다.

"생김새가 이파리나 진물 빨아먹는 녀석들이 아니고 육식 곤충 같아. 옥수수밭에 뭘 잡아먹으려고 온 거지?"

"그러게. 잡아먹을 것도 없을 텐데 말이야."

여느 때처럼 벤의 말에 마틴이 응답했다.

"식물들이 변형을 거듭하니까, 곤충들도 적응하느라 변형을 시작한 거 아닐까요. 육식을 채식으로 말입니다."

여전히 멋쩍은 얼굴로 아디닷이 말했다.

"넌 시답잖은 소리 늘어놓는 게 재준가 봐."

"상상력이 좀 과했나, 헤헤. 그나저나 오늘 밤에 어디로 가실래요? 제가 놀라게 한 벌로 살게요. 다 같이 나가시죠?"

아디닷이 너스레를 떨었다.

"그거 좋지."

단번에 벤이 반겼다.

"나도 오케이야. 속옷도 좀 사고 이것저것 살 것도 있고."

"속옷이 없었어, 설마? 어쩐지 벌거벗고 자더라."

아디닷이 농담조로 말했다.

"땀을 많이 흘리니까 빨아도 속옷이 누래. 넌 안 그래?"

양양이 무안해했다.

"그래서 나는 흰색 속옷 안 입잖아. 저녁에 내가 빨간 팬티 하나 사줄게."

동료들이 쇼핑할 얘기로 분주한 가운데 태오는 호준과 어떻게 자연스럽게 대화를 나눌지 궁리했다. 헤븐스몰 내에서도 가장 시끄러운 술집 중 하나인 제플린은 대화를 나누기에 꽤 괜찮은 장소였다. 호준도 분명 지금쯤 그런 것들을 생각하고 있을 것이다. 같은 생각을 하는 친구가 있다는 것만으로도 용기가 났다.

수백 대의 자율주행 트럭이 석양으로 물든 대평원을 가로질렀다. 헤븐스몰로 향하는 차량 행렬이었다.

해방감에 젖은 탤로들은 창문을 활짝 열고 마구 고함을 질러댔다. 헤비메탈이나 록 따위 음악을 사운드를 한껏 올려 따라 불렀다. 탤로들이 목청껏 부르는 노랫소리가 진초록 평원에 쿵쿵 울렸다. 젊음의 열기가 평원을 둘러싼 템페스트에 부딪혀 반사되어 되돌아오는 듯했고, 탤로들은 한낮의 지열만큼 뜨거워진 심장으로 늑대 울음 같은 비명을 평원을 향해 발사했다.

태오의 동료들도 그랬다. 노래를 부르고 어깨를 들썩이며 평원을 향해 소리를 질렀다. 움슬라의 목청이 가장 컸고 벤과 아디닷은 상체를 흔들었고 마틴은 맥주를 들이켰다.

"나도 맥주 하나 꺼내줘."

살짝 상기된 표정의 양양이 뒤쪽에 앉은 태오에게 말했다.

"어쭈, 우리 양양이 자발적으로 술을 다 먹고."

마틴이 양양을 놀렸다.

"무알콜이잖아요. 지난번에 양양이 알파콘 맥주 한 병 먹고 기절한 거 아시죠?"

아디닷이 우스꽝스러운 표정으로 기절한 시늉을 하자 움슬라가 노래를 부르다가 돌아보고 슬그머니 웃었다.

태오는 웃는 척하다가 콜라 캔을 따서 마시며 창밖을 봤다. 콜라에도 알파콘이 함유돼 있었다.

잠깐 사이, 불그스름한 평원의 대기는 점점 짙은 어둠에 먹혀갔다. 헤븐스몰에 도착하면 걱정하고 계실 할머니에게 전화부터 해야 했다. 리보솜 내에도 공동전화가 있으나 시끌벅적한 도심이 나왔다.

지오도 쇼핑몰의 전화를 사용했을 것이다. 컨트롤센터는 통화 내용 따위 얼마든지 알아낼 것이다. 지오가 반어법과 모호한 말을 남긴 이유도 위험을 감수하고서라도 무언가를 알리기 위해서였으리라.

천국 중심가에는 한꺼번에 몰려나온 노동자들로 북적였고 반짝이는 불빛들로 대낮처럼 환했다. 여름이 절정이었고, 내일은 휴일이었다. 벤의 단골 술집인 제플린에 들어간 동료들은 쾅쾅 울리는 음악과 떠들썩한 분위기에 절로 흥이 난 눈치였다.

테이블에 모여 앉은 사람들에게 아디닷이 잔을 돌렸다. 벤이 컵에 진한 위스키 같은 투명한 술을 붓고 이어 술의 양만큼 물을 부었다. 술이 물과 섞여 색깔이 탁한 우윳빛으로 변했다. 여기서는 알파콘으로 빚은 위스키가 맥주보다 저렴했다. 술잔을 받아든 태오는 코로 냄새를 맡아보고 살짝 입을 대고는 인상을 썼다.

"물을 섞어도 독하지. 천천히 마셔. 빨리 취하니까."

마틴이 말했다.

"알파콘으로 빚었으니 당연하죠."

양양도 인상을 쓰며 말했다.

"여름은 금방 지나갑니다, 여러분. 가을 되면 지금보다 낫겠죠. 그런 의미에서 건배합시다. 우리의 팔다리로 키워낸 알파콘을 위하여."

벤이 큰소리로 외치며 팔을 높이 들었다. 그는 평소보다 부드럽고 활기차 보였다. 모두 잔을 들어 부딪쳤다.

"난 알파콘 술만 먹으면 기분이 묘해요. 무슨 환각 성분 같은 거라도 있는 거 같아."

아디닷도 들떠 보였다.

"난 잘 모르겠는데. 빨리 취해서 그런 거 아닐까."

마틴이 술을 홀짝이며 말했다.

"벤 형님은 기분이 좋아 보여요. 무슨 좋은 일이라도 있어요?"

양양이 물었다.

"그래 보여? 내가 왜 여길 자주 오는지 알아? 여기 엄청 시끄럽잖아. 그러니 아무 말이나 할 수 있어서 오는 거야. 춤도 추고 노래도 부르고 깔깔 웃고."

"맞아. 매일 조용하게 살다가 시끌시끌한 데 오니까 사람 사는 거 같지."

마틴이 맞장구를 쳤다. 벤이 테이블로 상체를 구부리고 손가락으로 이목을 모았다.

"여기는 시끄러워서 잘 안 들려. 웃고 떠들면 아무 문제 없는 줄 알아."

태오와 동료들은 그의 말뜻을 잠시 생각했다. 순간 침묵이 날카롭게 모두를 훑었다. 벤과 마틴이 씨익 웃고는 일어나서 음악에 맞춰 호들갑스럽게 춤을 췄다. 술을 좋아하는 움슬라가 뿌연 위스키를 죽 들이켜고 벙글벙글 웃으며 말했다.

"바보처럼 웃는다. 그리고 하고 싶은 말을 한다."

마틴이 움슬라를 껴안았다.

영어가 서툰 움슬라의 문장은 격언처럼 들렸다.

"바보처럼 웃는다. 하고 싶은 말을 한다."

태오가 움슬라의 말을 반복했다.

아디닷과 양양도 술잔을 부딪치며 웃었다.

즐겁게 웃고 떠들면 센터의 마스터와 인공지능은 우리에게 무관심해질 것이고, 그러면 명석한 마스터가 우리를 증강현실로 불러낼 일이 없을 것이다. 벤의 말이었다.

"시켜서 웃는 건 멍청하지만 스스로 웃는 건 즐겁잖아."

마틴이 거들었다.

"이제부터 신나게 즐기기만 하면 되네요. 와우, 신나!"

아디닷의 환호성에 모두 깔깔대고 웃었다.

술집 안에는 다른 구역 탤로들도 많았다. 포켓볼을 치거나 다트 게임을 하던 치들이 왁자지껄 웃어젖히는 태오의 동료들을 힐끗거렸다. 누군가 태오의 어깨를 툭 쳤다. 돌아보니 예상대로 호준이었다.

"여기서 또 보네. 하도 재밌게 놀길래 봤더니 너도 있군. 우리 팀은 저쪽 구석 테이블이야."

"이 집 맥주 맛있지? 나랑 다트 한판 어때?"

동료들은 적당히 취했고 지금이 가장 자연스러울 것 같았다.

"좋지. 무슨 내기 할까? 알파콘 맥주 열 캔 어때?"

"알고 보니까 같은 동네에 살더라고요. 이 친구와 게임 한판만 하고 올게요."

태오가 연장자인 벤과 마틴에게 양해를 구했다.

"이런 데서 같은 동네 사람을 만나는 거 쉽지 않지. 나와 마틴은 오십 마일 떨어진 지역이라도 친구가 됐는데. 안 그래, 마틴?"

"암. 그렇고말고. 새미나게 놀아야지."

마틴은 벌써 취했는지 말끝이 살짝 늘어졌다.

태오는 호준과 다트 게임을 하는 곳으로 천천히 걸어갔다. 그는 호준의 어깨를 툭툭 치고 웃으면서 '부르스 리, 아마도 살인 병기'라고 작게 속삭였다. 호준의 눈빛에 놀라움이 담겼다.

다트 하나를 과녁의 중심에 쏜 호준이 양팔을 들어 환호하면서 제트기는 사막에서 출발한다고 읊조렸다.

태오의 다트는 과녁을 완전히 빗나갔다. 호준이 태오를 약올리는 표정을 짓고는 알파콘이 자라는 평원의 땅속에 어떤 시스템이 작동하는 것 같다고 말했다.

고개를 끄덕인 태오가 이번에 다트를 정중앙에 꽂았다. 그가 브이 자를 그리며 평원이나 사막의 지하에 누군가 살고 있을 가능성을 피력했다.

호준도 동의했고 실종자들은 어떤 이유로 그곳에 갇혀 있을 거로 추측했다. 태오는 실종자들이라는 단어에 힘을 주었다.

호준의 게임 실력은 수준급이었고, 게임에서 진 태오가 맥주 캔 열 개를 호준의 품에 안겼다. 차가운 맥주를 안고 휘파람을 불면서 호준은 베이츠의 주인이 이곳 델피에 있는 것 같다고 말했다.

만약 그렇다면 템페스트나 사막 지역일 거라고 태오가 대답했다.

동료들이 있는 테이블로 돌아왔을 때 혀가 꼬인 마틴이 배시시 웃으며 얼마 전 7번째와 8번째 구역인 이타와 시타 구역에서 탤로들끼리 패싸움이 났던 이야기를 하고 있었다.

"그때 마스터가 버튼 두 개로 싸움을 끝냈어. 땅속에서 장벽이 올라왔거든."

"땅속에 자동 온도조절 시스템이 있다는 발상도 가능한 거네요."

양양의 말에 벤과 마틴이 활짝 웃으며 고개를 끄덕였다.

"마스터라는 사람, 굉장히 스마트해 보이던데요."

태오가 잔에 남은 독주를 마시며 끼어들었다.

"박사학위가 세 개라더군. 경제학, 유전공학, 의학."

벤이 말했다.

"역시 그렇군요. 지적인 냄새가 나잖아요. 자기관리도 철저해 보이고."

"아침마다 십 킬로미터를 조깅 한다고 들었어."

마틴이 달리는 시늉을 했다.

"이 큰 도시 전체를 혼자 관리하다니 대단한 사람이죠. 인공지능으로 시스템을 운영한다고 해도 말이죠."

"아침에 조깅 하는 것 말고는 센터와 숙소만 오가고 블록 내 어디에도 가지 않는대. 매일 음식도 직접 만들어 먹고,

식후에 혈액 검사와 유전자 검사를 한다는 거야. 고급 정보지?"

아디닷도 취해서 얼굴이 붉어졌고 어투가 늘어졌다. 그러나 태오는 그의 의중을 알 수 없어 입을 다물었다. 벙글벙글 웃으며 아디닷이 은밀한 손짓으로 사람들의 시선을 모았다.

"베이츠라고 개명하신 분이 일 년에 한 번 기다란 롤스로이스를 타고 이곳에 온다고 하던데, 보신 분 있으세요?"

"검은 양복을 입은 뒷모습을 봤다고 떠들어대는 치들이 있더라만, 신빙성이 있을까. 혹시 오더라도 땅으로 오겠어? 제트기 타고 날아오지. 우리 같은 사람들이나 땅을 기어다니지."

"검은 양복을 입은 사람은 회장 대리인이거나 회사 중역일 거야. 알다시피 회사 공익광고에도 절대 나타나지 않잖아. 모든 일을 대리인과 법률팀을 통해 처리하고."

태오는 사람들이 봤다는 검은 양복의 사내가 부르스 리일지 아닐지를 가늠했다.

"그분은 왜 공식 석상에 전혀 나서지 않는 걸까요? 외모가 너무 아니신 건가?"

양양이 평소와 달리 검지를 흔들며 농담을 했다.

"제가 희한한 소문을 들었어요. 베이츠의 주인인 베이츠 노인네가 알비노라고."

"넌 어디서 그런 말들을 다 들었어? 여기 온 지 몇 달 안 됐는데 말이야."

벤이 묻자 아디닷이 아이처럼 으쓱한 표정을 지었다.

"제가 다른 구역 사람들하고 잘 놀잖아요. 거기서 주워들은 거죠, 헤헷."

"일하는 곳 말고는 우리 사생활이 보호돼야 해요. 다른 장소에서 감시하는 건 불법이고요. 하긴, 애초에 델피가 만들어지는 과정 자체가 비밀이었죠. 알파콘을 보호한다는 이유로 우리는 아무것도 알 수 없어요."

"우리 양양, 술 먹으니 바른말만 하네. 근데 좀 웃어."

벤이 웃으며 타이르자 양양이 눈이 풀린 채 헤벌쭉 웃었다.

움슬라가 새로 산 알록달록한 양양의 속옷을 재치있게 테이블에 늘어놓았다. 태오가 팬티를 공중에 휘휘 돌리다 붉은색 팬티를 머리에 벙거지처럼 썼다. 양양의 얼굴이 벌게졌고 동료들이 박장대소했다.

"시스템은 우리 탤로에 대해 아무것도 모릅니다."

태오의 말에 순간 웃음을 멈춘 동료들이 눈을 반짝였다. 태오의 대답을 기다리며 그들은 다시 미소를 지었다.

"능력자 마스터도 완벽한 인공지능도 할 수 없는 게 딱 하나 있어요. 우리 마음을 알 수는 없다는 겁니다. 어떤 행동을 하지 않는 한, 우리가 무슨 생각을 하는지는 모른다는 거죠.

그런데 말입니다, 우리는 의기투합하면 서로의 마음을 알 수 있습니다."

벤이 술잔을 들어 태오의 잔에 부딪혔다. 그리고 단숨에 독주를 마셨다. 태오도 남은 술을 털어 넣었다.

아디닷이 날카로운 눈빛으로 보자, 태오도 정면으로 마주보았다. 태오는 아디닷과 자신의 잔에 알파콘 위스키와 물을 섞었다. 술잔이 우윳빛처럼 하얗게 변했다.

태오가 일어서서 엉성하게 춤을 추자 아디닷도 따라 일어나서 우스꽝스럽게 춤을 췄다. 둘을 보고 웃던 동료들도 따라 일어나 몸을 마구 흔들어댔다.

5

베이츠

우윳빛 희뿌연 수증기가 넓은 실내에 가득했다.

안락의자 실루엣이 보이고, 팔걸이 밖으로 작은 손이 꼼지락거렸다. 유난히 하얘서 아침 강가에 자욱한 물안개 같은 베이츠 노인의 얼굴이 보였다.

그의 무릎담요 위에는 비단에 둘러싸인 아기가 있었다. 전투 테스트 승자들의 유전 정보에 까르르 웃어대던 아기였다. 눈을 감은 아기는 짜증스러운 얼굴로 눈을 찡그렸다.

수백 대의 스크린이 리보솜 주위와 컨트롤센터의 내부, 대평원과 헤븐스몰 곳곳을 비추었다. 베이츠가 오른쪽 손가락을 움직일 때마다 델피 전체의 모습이 빠르게 확대되고 흘러갔다. 작은 손이 쇼핑몰의 술집들을 순회하는 가운데 노크 소리가 들렸다.

흰색 조깅복을 입은 마스터가 들어서자, 방 한쪽 끝에서 조건반사처럼 부르스 리가 나타났다.

그는 마스터를 빠르게 훑고 눈을 번뜩였다. 말끔한 슈트를 입은 부르스는 기업 베이츠의 실험실에서 불법으로 태어난 인간병기였다. 수십 년 전부터 그래왔듯 현재도 여전히 유전자편집 아기는 철저한 통제를 받고 있었다.

안락의자에 기댄 채 등을 돌리고 있는 노인에게 마스터가 고개 숙이고, 보고할 내용이 담긴 칩을 전달했다. 알비노인 회장의 흰 손이 칩을 컴퓨터에 연결하고 보고서를 꼼꼼히 읽었다.

한동안 음, 음, 하는 노인의 음성만 들렸다.

가만히 서 있던 마스터는 기다리기 지루해서 바로 옆 책장으로 시선을 옮겼다. 오래된 고서들 속에 백 권이 넘는 전집이 휠체어를 타는 베이츠의 눈높이에 꽂혀 있었다. 그중 한 권을 뽑아들었다. 얼마나 넘겨봤는지 손때가 묻고 표지가 너덜거렸다. 그도 익히 잘 아는 책들이었다. 인간의 유전체 염기서열 전체를 종이에 인쇄해서 책으로 엮고 염색체마다 각기 다른 색 표지로 구분한 귀한 서적이었다.

"일하는 사람들 다치지 않게 계속 신경 쓰고. 각별히 챙겨보라고 한 명단은 알 테지."

베이츠가 안락의자를 돌려 마스터를 바라봤다.

베이츠의 하얀 얼굴은 분명 늙었음에도 주름 하나 없어 나이를 짐작하기 어려웠다. 목소리는 쇳소리에 가랑거리는 중 늙은이였으나 팽팽한 피부는 오십 대로까지 보였다. 알비노 특유의 우윳빛 피부 때문인지도 몰랐다.

"살펴보고 있습니다."

마스터가 단정하게 대답했다.

"그럼, 그럼. 희귀한 유전자들이야. 그러니 다치면 안 되지."

"그 부분은 염려하지 않으셔도 되는데, 작은 사고가 있었습니다. 일 년 전 질식사와 거의 흡사한 일입니다. 다행히 사망자는 없습니다."

"음, 완벽한 일은 없으니까. 일 마무리는 매끄럽게 했겠지."

"네. 잘 처리했습니다. 회장님은 지금도 연구 중이시군요."

마스터가 32억 개의 유전 정보가 담긴 책을 만지며 말했다.

"아직 젊어서 모르겠지만 인생은 너무 짧다네. 내 인생은 크리스퍼 기술 이전과 이후로 나뉘지. B.C, 그러니까 비포 크리스퍼Before Crispr는 내겐 암흑기였어. 알다시피 규칙적인 간격으로 분포하는 회문 구조의 짧은 반복서열Clustered Regularly Interspaced Short Palrindromic Repeats의 앞글자를 딴 게 크리스퍼잖아. 난 이런 규칙과 반복의 서열이 우주의 질서보다 아름다워."

"회장님은 웬만한 유전공학자들보다 뛰어나십니다. 공동 연구 없이 혼자서 성취한 것은 델피의 템페스트 산처럼 높고 험준한 결과물입니다."

"물론 어려웠어. 알다시피 난 태어날 때부터 30억 개 유전자 중 하나가 잘못된 바람에 이렇게 됐잖아. 조금만 일찍 크리스퍼 기술이 발전했다면 편집기술에 내 몸을 맡겼을 거야. 단 하나의 유전자 때문에 난 평생 외톨이로 지냈지."

"덕분에 식물과 곡물의 새로운 탄생을 직접 창조하시지 않았습니까?"

"그렇긴 하지. 그래도 아쉬운 건 늘 남아 있어."

"알파콘은 이미 완벽한 식물입니다. 더 나은 식물이 되지 않더라도 말입니다. 이제 지구상에서 알파콘은 무엇도 따라올 수 없는 최고의 식량이 되지 않았습니까?"

베이츠의 표정이 미묘하게 달라졌다. 실내를 뒤덮은 수증기도 조금씩 걷히고 있었다.

"그러니까 더 이상 실험하지 않아도 된다는 말이 하고 싶은 거로군."

"외람되지만, 제 소견으론 득보다 실이 많을 것 같습니다."

마스터가 조심스럽게 말했다.

"모든 것은 한번 굴러가기 시작하면 브레이크란 없어. 영원히 달려가는 거야. 팔십 년 전 아이오와의 옥수수밭에서 맨 처음 유전공학을 실험했던 자들이 더 많은 이윤을 위해서였다면, 지금 나는 그걸 넘어섰어. 실험 그 자체가 목적이랄까. 어디까지 창조할 수 있는지 알고 싶은 거지."

베이츠의 무릎에 누워 있는 아기가 찡찡댔다.

"우리 나르키소스가 오늘따라 일이 많나 보네."

그가 아기 궁둥이를 톡톡 두드리곤 몸을 돌려 커다란 책상 위 컴퓨터 화면을 터치했다. 자동 감응을 1초에서 2초로 바꾼 후 화면을 공간에 띄웠다.

백여 개의 영상이 동시에 빠르게 떠올랐다 사라졌다. 리보솜 주위와 알파콘의 대평원 그리고 헤븐스몰의 식당과 술집들의 모습이었다. 태오와 호준이 다트게임 하는 장면도 지나갔다. 빠르게 전환되는 술집 내부의 모습을 훑어보며 베이츠가 고개를 돌렸다.

"마스터가 아주 꼼꼼하고 계산이 빠른 사람인 거 알지. 실질적인 득이 없다는 거잖아. 네 모습은 동양인이지만, 혈통을 부계로 거슬러가면 고대 미케네인의 피가 묻어 있지. 고대 그리스인들이 아주 잇속에 밝았거든."

마스터는 베이츠가 은근히 야료를 부리는 것 같아 불편했다. 알면 알수록 노인네는 유전자 이중나선구조처럼 복잡하게 꼬인 내면의 소유자였다. 인간의 정서가 어린아이 때 완성된다는 이론은 심리학의 정설이 돼야 했다.

"지구상에 사람이 먹을 수 있는 식물의 23퍼센트의 권리를 가지고 있는 분이 바로 회장님이십니다."

"그러니까 식물의 천지창조를 나의 확고한 계획에 따라서 만들려는 거야. 나처럼 약하지 않고 아주 건강하게. 그대는 알파콘 블록을 잘 살피면 돼. 사람 관리 더 신경 쓰고."

"탤로들의 생각까지 통제하는 것은 불가능합니다."

"생각이 별건가. 모든 생각은 말과 행동으로 드러나게 돼 있어. 그래서 시스템이 작동하고 내 품에 나르키소스가 있잖아. 요즘에 이 녀석이 쉴 틈이 없어."

회장은 무릎 위에 아기를 쓰다듬었다.

"인공지능의 분석은 어떻습니까?"

"자네는 도대체 왜 아이의 이름을 부르지 않는 거야."

안락의자에 앉아 있던 회장이 화를 내며 벌떡 일어섰다.

몇 걸음 떨어져 조용히 서 있던 부르스 리가 한 걸음 다가와 날카로운 눈빛으로 마스터를 쳐다봤다.

베이츠가 안고 있던 아기를 마스터의 눈앞으로 디밀었다. 당황한 마스터는 얼굴을 젖히다 하는 수 없다는 듯 아이를 내려다봤다.

"아기 얼굴을 보라고. 얼마나 천재적으로 생겼어? 안 그래?"

마스터의 눈에 아기는 너무 평범해 보였다. 그래서 그는 대답하지 않았다. 빈정 상한 베이츠가 입술을 삐죽거렸다.

"나한테 이 아기는 알파콘 다음으로 내 걸작품이야. 아니 둘은 샴쌍둥이야. 애가 알파콘을 지키고 있잖아."

"나르키소스가 델피를 위해 많은 일을 하고 있죠. 최근엔 무얼 예견했습니까?"

마스터의 말투가 냉랭했다. 회장이 자신이 하는 일은 늘 당연하게 치부하고 인공지능만 추켜세우는 게 못마땅했다. 인공지능에게 비교당하는 것도 불쾌했다.

"한 달 후 폭동이 일어날 가능성이 28퍼센트라고 하는군. 최근에 알파콘에 대한 의문이 6퍼센트 증가했다고도 하고."

"지난달보다 조금씩 더 증가했군요."

"아무래도 여름엔 일이 힘드니깐 그럴 수도 있지만 잘 살펴보라고."

"저는 위험 등급들을 직접 관리해야겠군요."

"토미가 알아서 잘하리라 믿어, 지금까지도 잘해왔고."

토미는 원자atomy에서 착안한 마스터의 애칭이었다. 노인은 애칭을 아껴 사용했다. 뭐든지 흔하면 질이 떨어졌다. 베이츠의 칭찬에 마스터의 표정이 미묘하게 밝아졌다. 베이츠 노인이 곁눈질로 슬쩍 보고는 속으로 쓴웃음을 지었다. 아버지가 아들을 칭찬하듯 한마디만 던져주면 뛰어난 능력을 지닌 초엘리트는 우주 목성처럼 스스로 자전하고 공전했다.

"나야, 언제나 마스터의 능력을 믿지. 그래도 땅 위에서 일하는 건강한 사람들을 식물이라 생각하고 잘 돌봐줘야 해. 지금은 유전자가 곧 신화이지 않은가. 무슨 말인지 알 거야."

나르키소스는 여전히 눈을 감고 있었다. 실핏줄이 보이는 얇은 눈꺼풀 아래 눈동자가 구슬처럼 쉴새 없이 움직였다. 베이츠가 아기 머리를 쓰다듬고 책상 밑의 벨을 눌렀다.

안쪽에서 또 다른 부르스가 쟁반을 가져왔다. 쟁반을 든 부르스는 베이츠 옆에 부동자세로 선 부르스보다 체구가 조금 작았다. 오래전 배아 유전자로 만든, 베이츠의 일 년의 노고가 들어간 회심작이었다. 얼핏 보면 구분하기 어려웠으나 전체적인 얼굴 윤곽이 부동자세의 인간병기보다 조금 부드러웠다.

쟁반에는 꽃무늬 접시에 사과 한 알과 시리얼이 담겨 있었다. 베이츠가 옴팍한 접시에 시리얼을 넣고 우유를 부었다.

"저녁 먹은 지 얼마 안 됐는데 배가 고프군. 신경을 좀 써서 그런가. 내가 이래 봬도 젊은 장기를 가지고 있잖아. 가죽이야 별 볼 일 없지만."

마스터는 눈을 동그랗게 뜨고 베이츠를 바라봤다. 회장이 시리얼에 사과를 잘게 잘라 넣고는 우걱우걱 씹어먹었다. 마스터는 흠칫 놀랐다. 베이츠가 알파콘이 주성분인 시리얼을 저렇게 맛있게 먹을지는 몰랐다. 베이츠가 베이츠를 먹고 있었다.

"요즘도 식재료를 직접 구입하나?"

"이따금 드론으로 공수하고 나머진 제가 직접 만듭니다. 배양육이나 채소 따위 만드는 재미도 있고……."

마스터가 말끝을 흐렸다. 베이츠는 고개를 끄덕이곤 그릇에 남은 시리얼을 후딱 해치웠다.

"그것도 나름 재미나겠군. 그렇지만 귀찮잖아. 토미가 할 일이 얼마나 많은데. 나처럼 편하게 아침은 시리얼을 먹게. 영양소가 완벽하잖아. 습관 되면 편하고 맛도 좋아."

"네."

마스터가 마지못해 짧게 대답했다.

"최근에 비행하신 적 없으시죠?"

마스터는 화제를 바꿨다.

"없어. 두 달 전에 너한테 잔소리 들을 만큼 들었잖아. 그 때도 일 년 만에 포포가 내려서 잠시 구경한 거뿐이야. 고향 생각나서."

"고공비행이라도 목격자가 발생할 수 있습니다."

"알았어, 알았다고. 미리 말하는데, 다음 주 주말에 저 녀석 내보내서 헤븐스몰을 둘러보게 하려고. 우리 아기가 보내는 신호를 점검해봐야지."

그가 옆에 선 부르스를 가리켰다. 마스터는 대답 대신 고개를 끄덕였다.

벽을 둘러싼 영상은 천국의 텔로들 모습을 보여주고 있었다.

베이츠가 입을 쩝쩝거리며 영상을 훑었고 마스터도 무심히 쳐다봤다. 움슬라가 양양의 팬티를 탁자에 올렸다. 태오가 빨간 팬티를 머리에 쓰자, 동료들이 박장대소하는 모습이 휙 지나갔다. 베이츠가 픽 웃자 마스터도 슬쩍 따라 웃었다.

마스터가 인사하고 돌아서 나가자, 베이츠의 무릎 위에 누워 있던 나르키소스가 눈을 반짝 떴다.

나르키소스가 칭얼대며 울어댔다.

부르스가 헤븐스몰을 돌아본 후 나르키소스는 더욱 바빠졌다. 회장은 무릎에 안긴 아기를 달래려고 아기의 심장 쪽 가슴에 손을 얹었다. 울음소리가 잦아들자, 그는 기저귀를 열곤 작은 손가락을 항문에 넣어 칩을 꺼내 컴퓨터에 연결했다.

하루의 대부분이 딥슬립 상태인 나르키소스는 모든 중요한 정보를 취합하고 분석하고 나아가 예견했다. '베이츠'와 '알파콘'이 첫 번째 키워드였고, 다른 다국적기업들이 두 번째 키워드였다. 나르키소스가 다른 경쟁 기업의 모든 정보를 분석했으며, 베이츠와 알파콘의 명성을 키우고 지키고 있었다. 말하자면 세계의 모든 언론을 포함한 데이터를 관리하고

통제했다. 회장이 지금의 기업을 다국적기업으로 키우는 데 아기의 능력은 절대적이었다.

아기는 유전자와 관련된 새로운 논문과 실험들을 분석하는 데 뛰어났다. 잠깐씩 깨어 있을 때는 대평원 곳곳에서 노동자들이 하는 말들을 분석했다.

"여름이 막바지가 됐군. 이때가 가장 불만이 많을 때지. 그러니 우리 나르키소스가 얼마나 힘이 들어 그래."

회장은 손자를 어르듯 아기를 쓰다듬었다. 나르키소스는 그에게 피붙이나 다름없었다. 아기를 태어나게 한 것이 자신이기 때문이었다. 십 년 넘게 공들여 개발한 AI가 나르키소스였다.

20세기 후반부터 그는 인공지능과 유전공학에 인생을 바쳤다. 나르키소스의 초기 모델이 완성된 후부터 그는 본격적으로 유전공학에 몰두했고 그것을 가능하게 해준 것 또한 나르키소스였다. 아기는 그에게 필요한 모든 정보를 알려주고 그가 가진 것을 통제하고 앞으로 나아가게 하는 파트너였다.

나르키소스는 오랜 시간 그의 삶과 함께였고 죽음도 함께할 것이었다. 회장의 심장이 박동을 멈추면 아기는 죽음을 실행에 옮기게 될 터였다. 그렇게 프로그래밍 돼 있었다.

그가 전동 휠체어를 작동해 움직였다. 집무실은 동굴처럼 어두웠고 곳곳에 낮은 조도의 조명들이 가구와 장식장 따위를 비췄다. 책장과 장식장들은 모두 백 년쯤 돼 보이는 물건이었다. 장식장 안에는 이제는 구하기도 힘든 장난감들이 가득 들어 있었다. 블록들, 조립식 로봇 장난감, 미니 자동차 모델들, 보드게임 따위였다.

전동 휠체어가 빠르게 움직였다. 집무실 안쪽은 거대한 정원이자 실험실이었다. 사과나무와 오렌지 나무, 올리브나무와 포도 덩굴 그리고 온갖 다양한 종류의 꽃들이 만발했다. 화려한 꽃들 사이에 푹신한 깔개가 깔린 요람이 놓여 있었다. 붉고 노란 꽃들은 억세고 튼튼한 꽃대에 장미와 튤립을 섞은 꽃잎을 활짝 열고 있었다.

그가 무릎 위의 아기를 요람 안에 뉘었다. 꽃향기를 빨아들이듯 코를 벌름거리며 회장은 요람을 부드럽게 흔들었다. 요람을 둘러싼 붉고 노란 꽃들이 요람의 흔들거림에 따라 센서에 반응하며 움직였다.

정원으로 걸어간 그가 흥얼흥얼 콧소리를 내다가 짧은 팔을 뻗어 사과 한 알을 따서 먹었다. 살짝 맛을 보던 회장이 얼굴을 찌푸리곤 잇자국 난 사과를 휙 던졌다.

"햇빛이 부족한가, 늙어서 내 입맛이 바뀐 건지, 원."

그가 휘파람 소리를 내자 어두운 구석 어딘가에서 부르스리가 다가왔다.

회장은 부르스에게 손짓으로 지시한 후 전동 휠체어로 집 무실까지 이동했고, 그가 멀어지자 부르스 리가 벽 한쪽으로 돌아서서 여러 개의 버튼 중 하나를 눌렀다. 정원에 인공햇빛이 가득 쏟아졌다. 눈부신 햇살을 잠시 바라보던 그가 다시 벽으로 돌아서서 버튼을 조작했다.

잠시 후 상공에서 새와 나비들이 쏟아지더니 나무와 꽃들 사이에 내려앉았다.

그것들은 인공지능으로 탄생한 것이 아니었다. 형형색색의 새와 나비들은 모두 작고 아름다웠다. 손가락 한 마디 정도의 크기로 베이츠의 취향이었다.

장난감 블록을 쌓고 부수고 다시 쌓으며 어린 시절을 보낸 그는 늙어서 유전자들을 붙이고 끼워 넣고 다시 허물면서 오랜 세월을 보냈다. 그들은 그 시절에 태어났다. 그것도 오래전의 취미였다. 잠시 나비와 새를 감상하던 베이츠가 팔을 들어 휘저었다. 나무 사이를 가볍게 날던 나비와 새들이 공중에서 회오리처럼 휘감겨 상공으로 솟구쳐 올랐다.

검은 땅에서 솟아오른 현란한 새와 나비가 대평원으로 날아갔다. 막바지 여름의 대평원은 짙은 녹색이었다. 수천 헥타르의 땅이 건강한 옥수수로 가득 찼다.

햇볕과 바람이 좋은 날이면 대평원이 건강과 풍요로 끝없이 이어지는 듯 보였다. 녹색 껍질에 둘러싸인 알파콘은 여름을 지나면서 더욱 크고 단단해졌다. 델피 대평원의 햇빛도 절정이어서 탤로들의 등껍질이 벗겨지기 시작했다. 노동이 끝나고 밤에 숙소에 모이면 피부가 약한 마틴과 양양이 서로에게 피부약을 발라주었다.

알파콘 우듬지 위로 형형색색의 작은 무언가가 폴짝거렸다.

너무 작아서 태오의 눈에 그것은 메뚜기 따위의 벌레로 보였다. 베이츠가 창조한 작고 화려한 장난감은 살아있는 생명체의 눈을 좋아했다.

"오늘부터 탈곡하는 구역도 있다던데, 우리는 언제쯤 할까요?"

양양의 말을 듣고 벤이 연녹색 껍질을 들춰내 옥수수를 확인했다.

"열흘 정도 더 있어야겠어. 얼른얼른 좀 자라라."

벤이 알파콘을 툭툭 치며 말했다.

"그러게 말이에요. 탈곡하면 잠시라도 편해지겠죠."

자연재해나 병충해 따위에 강하도록 개발된 알파콘은 구역마다 조건을 달리해 재배해서 파종과 수확하는 시기가 달랐다. 열성 알파콘을 솎아내는 작업을 하던 태오가 땅바닥에 털썩 주저앉았다.

늦여름에 접어들면서 일이 조금 수월해지긴 해도 여전히 평원의 한낮 온도는 사십 도에 가까웠다. 알파콘이 하루가 다르게 자랄수록 이파리 여기저기 열성 열매들도 자라났다. 그것들은 잊을 만하면 작은 열매를 맺었고, 솎아내지 않으면 더욱 일그러진 형상이 되었다.

열성들을 솎아내야 알파콘이 영양을 듬뿍 받아 더 단단하게 자랄 수 있었다. 샛노랗게 익어가는 옥수수가 알곡의 무게를 과시하듯 고개를 꺾고 축축 늘어져 있었다. 완숙한 알파콘은 건장한 남성의 장딴지만큼 굵었다.

태오는 물통에 든 차가운 물을 마시고 일어섰다. 거센 바람이 뒷덜미를 지나 평원을 천천히 휩쓸고 지나갔다. 늦은 오후가 되면 바람이 꽤 선선했다. 서늘한 바람이 평원을 내달리는 '쏴아' 소리와 함께 흥겨운 라틴 댄스음악 소리가 들렸다. 오후 4시를 알리는, 노동에서 해방되기 1시간 전임을 알려주는 움슬라의 작은 반란이었다. 그가 손목시계에 오후 4시에 자동으로 음악을 설정한 것이었다.

며칠 전부터 움슬라와 동료들은 몸을 흔들면서 일했지만 아직 센터의 징계나 지적이 내려오진 않았다. 춤을 추지 말라는 규정은 없었다. 역시 벤의 말대로 웃으면서 무언가를 하면 시스템 그물망에 잡히지 않는지도 몰랐다. 태오도 어깨를 흔들면서 열성 알파콘을 따서 휙휙 던져버렸다.

갑자기 평원에 피아노 소리가 들렸다. 라틴댄스 음악 소리가 파묻힐 정도로 웅장한 피아노 선율이었다.

벤이 움슬라에게 눈짓하자 그가 서둘러 음악이 흐르는 손목시계 버튼을 눌렀다. 피아노 소리가 틀림없었다. 사방에 막힘이 없는 대평원 곳곳에서 동시에 울리는 피아노 음악은 장대했다. 입을 쩍 벌린 아디닷이 감탄했다.

"무슨 영문인지 몰라도 대평원에 피아노 소리 참 멋지다."

"이 힘차고 선명한 터치는 아르투로 베네딕트 미켈란젤리야. 틀림없어."

양양이 뜻밖의 선물을 받은 아이처럼 눈을 빛냈다.

"와우, 양양 너 여기 들어오기 전에 예술가였어, 혹시?"

아디닷이 조금의 빈정거림도 없이 놀라서 물었다.

"아니, 그냥 음악을 좀 좋아할 뿐이야."

"근데 이게 무슨 일이야. 컨트롤센터 마스터가 실수했나?"

마틴이 말했다.

"실수 같은 거 할 사람 아니지. 무슨 꿍꿍인지 기다려보자고."

벤이 대답했다.

"사운드가 엄청난데 평원에 사운드 시스템이 있어요?"

태오가 물었다.

"헤이, 아직 몰랐어? 평원 곳곳에 큰 돌이나 바위 같은 거 있잖아. 그것 중 일부는 바위가 아니야."

아디닷이 알려주었다. 태오는 전투 테스트를 치르던 상황을 떠올리고 고개를 끄덕였다.

'안녕하십니까, 베이츠 가족 여러분. 안타깝게도 최근 감마 구역의 가족 중 한 분이 사고를 당해 치료를 받던 중 사망하는 불상사가 발생했습니다.'

피아노 소리가 잦아들고 마스터의 목소리가 끼어들었다. 평원에 작은 술렁임이 바람처럼 일었다.

"괜찮아졌다더니 결국 콧수염이 죽은 거네."

"저도 오늘 아침에 들었어요. 몰래 술을 반입해서 아침부터 술 먹고 일하다가 사고가 났대요."

마스터가 사람들의 반응을 보고 있는 듯 말을 멈췄다가 이었다.

'자체 조사 결과, 규칙위반으로 인한 사고였음이 확인됐습니다. 하여, 다음 달부터 불미스러운 사고를 미리 방지하고, 더욱 효율적인 알파콘 블록을 만들기 위해 각 구역에 책임자를 둘 것입니다. 구역 책임자인 메이저로 발탁된 분들이 더욱 엄격하게 여러분들에게 규칙들을 준수하도록 할 것입니다. 여러분들이 이곳에 오시면서 서약서에 서명하신 대로, 규칙을 세 번 이상 어기면 퇴출이라는 사실을 다시 한번 상기해주시길 바랍니다. 5시가 되기 40분 전이군요. 오늘은 이

시간에 일을 마치도록 하겠습니다. 오늘 하루도 수고하셨습니다.'

"실제 육성보다 마스터 음성이 더 좋긴 하다."

"지금 그게 중요해. 말 잘 들으라고 명령하고 있는데."

양양이 아디닷에게 말했다.

"구역 책임자라니, 뭘 책임지게 하겠다는 거야. 우리 목숨이라도 책임진다는 거야."

벤이 카악, 하며 침을 뱉었다. 마틴이 어깨를 치자 벤은 자동인형처럼 웃어댔다.

"우리가 스스로를 책임질 수 있다는 걸 알려줘야 하나."

"가을에 일 편해질 때 잘리면 억울하지."

수송차를 타고 숙소로 돌아오는 차 안에서 움슬라가 다시 음악을 켰고 동료들은 실컷 떠들어대면서 춤을 췄다.

운전석에 앉은 태오는 동료들을 돌아보며 간간이 웃음을 터트렸다. 웃음과 웃음 사이 그는 동료들이 자신을 즐겁게 해준다는 것을 느꼈다. 집에서 혼자 게임을 할 때 느끼던 즐거움과는 다른 것이었다. 인공 태양의 빛과 자연의 햇빛이 다르듯.

리보솜에 도착하자 태오는 속이 거북하다는 핑계를 대고 주위를 걸었다. 호준이 그를 기다리고 있을 것 같았다. 땅바닥에 글자를 쓰면서 속마음을 터놓았던 곳으로 천천히 걸어갔다.

일찍 식사를 마치고 산책하는 탤로가 드문드문 보였다. 호준이 맞은편에서 걸어오고 있었다. 태오를 보며 걷던 호준이 풀숲으로 시선을 돌리더니 방향을 틀었다. 영문도 모른 채 태오도 빠른 걸음으로 다가갔다. 호준이 쪼그리고 앉아 무언가를 살피고 있었다. 새끼고양이가 죽어 있었다. 흰 살갗에 검은 반점이 있는 손바닥만 한 작은 고양이였다.

"리보솜에선 동물을 키울 수 없잖아. 이게 누구 고양이지?"

"헤븐스몰 근무자 중에 고양이 키우는 여자들이 몇 있어."

호준은 헤븐스몰 근무자들과 두루 친하게 지냈다.

"그런데 누가 이런 짓을 했을까? 이 작은 애를 칼로 세 번이나 찔렀어."

호준이 고양이를 뒤집자 칼에 찔린 세 개의 자상이 드러났다. 상흔으로 보아 칼에 장기를 찔린 후 과다출혈로 죽은 것 같았다.

"어느 놈인지 상당히 잔인하다. 단번에 죽이지 않고 새끼고양이가 죽는 걸 즐겼어. 천천히 죽어가는 걸 지켜보고 나중에 여기 던져버린 거 같아."

태오의 생각도 같았다. 삼만 명이 모였으니 괴상한 놈도 있을 순 있지만, 이건 좀 찜찜한 일이었다. 둘은 돌멩이로 흙을 파서 고양이를 묻었다. 흙을 팔 도구가 없어 더 깊게 묻어

주지 못해 안쓰러웠다.

흙 묻은 손을 털고 일어선 두 사람은 다른 탤로들이 걷는 길을 따라갔다. 둘은 지난번 다트 게임에 대해 말하면서 한참 시시껄렁한 얘기를 나눴다. 어두워질 무렵 태오는 계획에 대해 말했다. 호준 역시 센터의 메인 컴퓨터에 접속하려면 메이저가 돼야 한다고 생각했다.

태오가 마스터의 눈에 들기 위해 내일 새벽부터 평원을 달릴 거라 말하자 호준은 그동안 다져둔 인맥을 동원해 헤븐스몰에 영향력을 행사하겠다며 웃었다.

"이번 토요일에 제플린에서 만나 사막을 한번 달려볼까. 여긴 재밌는 게임도 없고 답답해."

"헤븐스몰 게임장은 너무 구닥다리야. 최신 게임이 없어." 호준이 맞장구쳤다.

"참, 지난번에 빚진 거."

태오가 둘둘 말린 지폐 몇 장을 호준에게 건넸다. 그 속에는 지오의 사진이 들어 있었다. 호준의 사촌 형 사진은 이미 태오의 가슴 주머니에 있었다. 호준의 사촌 형은 실종되기 며칠 전, 이곳에 갑자기 사라진 탤로들이 있다는 말을 남겼다. 두 사람은 형제의 사진이 든 가슴을 동시에 주먹으로 툭툭 쳤다. 그리곤 슬프고 비장한 눈빛을 감추고 웃으며 손을 흔들었다.

숙소로 돌아오면서 태오는 호준과 자신의 앞날이 안전하지 않다는 걸 깨달았다. 어느 한순간 정체가 탄로 나면 자신들이 실종자가 될 수도 있었다.

방으로 들어오자 아디닷이 양양과 움슬라에게 게임 이야기를 하고 있었다. 며칠 전에 구글 메타버스에서 새로운 전쟁게임이 출시된 모양이었다. 이곳에 있지 않았다면, 지오가 사라지지 않았다면, 자신이야말로 아디닷처럼 흥분하고 떠벌렸을 게 틀림없었었다.

"완전 신세계라네. 스펙터클에 현실감 지린대. 아, 밖에 있는 친구들은 좋겠다."

"아디닷은 살생을 안 한다며. 아힘사."

텔레비전을 보던 마틴이 놀리는 말투로 말했다.

"에이, 게임이잖아요. 포인트가 뭐냐면, 레벨업되면 인공지능과 연합작전을 펼 수도 있어."

아디닷이 다시 양양과 움슬라에게 손짓하며 주절댔다.

"주말쯤 되면 헤븐스몰 게임장에도 깔리지 않을까?"

"오, 제발, 제발."

아디닷이 손바닥을 비비며 기도하는 시늉을 하자 벤과 마틴이 귀엽다는 듯 피식 웃었다.

아디닷이 혹시나 자신과 메이저를 두고 경쟁하지 않을까 하는 걱정이 좀 줄긴 했으나 방심하면 안 됐다. 그래도 그가 신상 게임에 꽂혀서 호들갑일 줄은 몰랐다.

"조만간 업데이트 하겠지. 언제 한번 나랑 게임 붙어보자."

태오가 아디닷을 보며 말하자 그의 눈빛이 반짝였다. 아디닷이 설레발을 치는 건 이유가 없을 리가 없었다.

어슴푸레한 방 안에 사람들의 숨소리가 잔잔히 흘렀다. 이른 새벽 모두 깊이 잠들어 있었고, 낮게 코 고는 소리도 섞여 있었다. 침대에 모로 누운 태오는 얕은 신음을 내고 있었다. 꿈속에서 그는 안개처럼 뿌연 수증기가 가득한 낯선 공간에 있었고 한쪽 구석에 앉아 있는 갓난아기를 보았다. 아기가 자신을 발견하자마자 기어서 다가오기 시작했다.

무서웠지만 꼼짝도 할 수 없었다. 몸이 움직이지 않았다. 벌거벗은 아기가 그의 눈앞으로 다가와 태오의 눈을 빤히 응시했다. 아기의 눈빛에 태오는 공포에 사로잡혔다. 사람의 모든 것을, 깊은 영혼까지 흡수해버릴 눈빛이었다. 그는 눈빛에 붙잡힌 채 부르르 몸을 떨었다. 악몽에서 깨어난 그가 눈을 번쩍 떴다.

태오는 잠시 숨을 고르고 주위를 살폈다. 침대 여섯 개가 있는 익숙한 방을 확인하고 안도하고는 시계를 보고 옷을 입었다. 조용히 일어나 숙소를 나서며 보는 사람이 없는지 신중하게 돌아보며 문을 닫고 나갔다.

태오가 나가자 아디닷이 침대에서 일어났다. 그가 묘한 눈빛으로 비어 있는 태오의 침대를 바라보며 생각에 잠겼다.

아직 해가 뜨지 않은 회색빛 대기가 축축했다. 대평원이 옅은 안개로 뿌옇게 흐렸고, 물기에 젖은 알파콘들이 짙은 녹색으로 번들거렸다. 그는 운동화 끈을 고쳐 매고 녹색 평원을 힘차게 달렸다. 속력을 낼수록 거친 숨소리가 귀에 들렸고 심장박동 소리가 평원으로 퍼져나가는 기분이었다.

지오와 함께 에너지 광장을 향해 달리던 기억이 떠올랐다.

'김태오, 이번엔 한번 이겨봐. 이기면 오늘 번 거 절반 준다.'

지오의 숨소리와 심장 소리가 평원을 가득 울렸다. 태오는 그때처럼 둘이 함께 달리는 상상을 했다. 그의 눈가가 뜨거워졌다. 달릴수록 숨이 찰수록 동생이 이 땅 어딘가에 살아 있다는 강렬한 느낌이 종아리에서부터 명치를 타고 올랐다. 일란성 쌍둥이가 서로를 느끼는 기분과 흡사했다.

평원의 한쪽 끝에서 해가 떠오르기 시작했다. 태양의 붉고 환한 빛을 마주하고 달려가는 젊고 싱싱한 육체는 자연만큼 아름다웠다. 숨이 턱 끝에 차오를 때쯤 속도를 줄여 주변을 살폈다. 가파르고 메마른 템페스트 산악지대가 멀리 보였다. 여기서부터는 알파콘 경작지가 아니었다. 유난히 커다란 바위와 비쩍 마른 나무들이 듬성듬성 솟은 산은 출입 금지구역이었다. 이곳에 발을 들였다 발각되면 곧장 퇴사였다.

멀리 템페스트 중턱 마른 나무와 바위들 사이로 움직이는 검은 물체가 포착됐다. 정체를 확인하려고 달려갔으나 잠깐 사이 사라지고 없었다. 검은 비행체와 부르스 리가 뇌리에 박혀 있어서 헛것을 본 것일지도 몰랐다.

템페스트 진입로에 출입 금지를 알리는 작은 팻말만 있을 뿐 출입을 막는 장치 따위는 보이지 않았다. 그것이 더 두려웠다. 구역 안으로 발을 들이면 어떤 공격을 당할지 알 수 없었다. 컨트롤센터에 경고음이 울리는 상상을 했다.

그는 주위를 살피며 산악지역을 옆으로 돌아 천천히 달렸다. 갑자기 어디선가 휘휙, 날카로운 소리가 들렸다. 그가 머리를 들자 형형색색의 현란한 벌레 떼가 얼굴을 향해 돌진했다.

화들짝 놀란 태오는 팔을 마구 휘젓다가 왔던 길을 되짚어 빠르게 달려 내려갔다. 다행히 그것들이 쫓아오진 않았다. 팔과 손등이 긁히고 찢어져 피가 조금 뱄으나 상처가 크진 않았다. 태오는 처음에 손가락 마디만 한 그것들이 새가 아닌 평원의 벌레 중 하나라고 여겼다. 눈 깜짝할 사이 공격을 당해 제대로 보지 못해서였다.

달리면서 손등의 상처를 유심히 살폈다. 그는 유전자조합으로 태어난 생명체가 평원 곳곳에 존재할 가능성을 알고 있었다. 그런 가능성의 뒷면은 이곳 어딘가에서 생명 실험을 하는 누군가가 있다는 말이기도 했다. 그러나 태오는 여전히 작고 현란한 생명체가 노리는 것이 인간의 눈알이라는 걸 알지 못했다. 나르키소스가 분류한 등급에 따른 공격이라는 사실 또한 짐작도 할 수 없었다.

평원을 거슬러 달려가는 사이에 해는 완전히 떠올랐다. 산악 지역 도로를 벗어나 알파콘 구역을 달릴 즈음, 멀리서 흰 조깅복을 입은 남자가 마주 달려오고 있었다. 아침마다 조깅하는 마스터였다.

태오를 발견한 마스터가 속도를 줄이며 숨을 골랐다. 태오가 다가오자 멈춰 선 그는 뿔테 안경을 바로잡으며 분석적인 눈빛으로 바라봤다.

"피곤할 텐데 아침에 조깅을 하는군요. 이렇게 달리는 이유라도 있습니까?"

"입사지원서를 보내고 합격하기 위해 매일 아침 달렸습니다. 지금은 책임자가 되기 위해 체력단련을 하는 겁니다."

태오가 숨을 가다듬으며 말했다.

"메이저가 되고 싶은 이유가 궁금하군요."

"더 나은 보수를 받게 되니까요. 그리고 이곳에서 조금 더 중요한 사람이 되고 싶습니다."

"중요한 사람은 어떤 사람인가요?"

"많은 것을 알아서 중요한 일을 하는 사람일 것 같습니다.

마스터님처럼."

"당신은 아마도 많은 것을 알고 싶은 것 같군요."

마스터는 날카로운 칼날을 부드럽게 찌르는 전문가이기도
했다.

"남들과 다르게 살고, 돈을 벌려면, 다른 사람이 모르는 것
을 알아야 하니까요."

두 사람의 얼굴에 긴장이 서렸다. 태오는 면접 보는 것처
럼 긴장한 것을 일부러 숨기지 않았다. 마스터는 순간 차가
운 눈빛이다가 이내 입가에 슬쩍 미소를 띠고 말했다.

"최근에 불미스러운 사고가 있었죠. 그 사고의 원인이 뭐
라고 생각하나요?"

"규칙을 지키지 않아서 벌어진 일이라고 생각합니다. 술을
반입했으니까요."

마스터는 고개를 끄덕이고는 땀에 젖고 햇볕에 탄 태오의
몸을 감별하듯 바라봤다.

"부럽군요. 알파콘처럼 튼튼하고 강인한 육체입니다."

태오는 마스터의 말이 무슨 뜻인지 이해하려고 상대의 눈
을 응시했다. 단단히 무장한 마스터의 눈빛에 진실은 담겨
있지 않았다. 단순한 칭찬과 부러움 같기도 했지만 새벽에
꾼 꿈처럼 서늘한 느낌이 들었다.

"감사합니다. 며칠 전부터 이렇게 달린 것은 체력단련을

위해서이기도 하지만, 당신의 눈에 띄기 위해서이기도 했습니다. 메이저가 되기 위해 노력하는 모습을 당신에게 보여주고 싶었습니다."

"솔직하군요. 참고하지요. 새벽에 달리는 사람이 또 있다는 거 반가운 일이에요. 그런데, 그런 사람이 당신 말고 또 있었습니다. 몇 달 전이었죠. 그분도 당신처럼 아주 멋진 육체를 가진 분이었는데, 지금은 퇴사했죠."

태오는 땀을 흘렸다. 이른 아침부터 쏟아지는 열기에 흘리는 땀이 아니었다. 그는 주어진 시간이 많지 않다는 걸 직감했다.

"저는 그럼 이만. 아직 절반을 더 달려야겠군요. 평원을 달리는 건 아주 멋진 일이죠. 알파콘 덕분입니다. 이런 곳은 이제 지구상에 거의 남아 있지 않으니까요."

마스터는 다시 달리기 시작했다. 마스터의 뒷모습을 바라보고 서 있던 태오는 가슴 안쪽에서 할머니의 목걸이를 꺼내 입을 맞췄다.

센터로 돌아온 마스터는 공중에 노동자들의 유전자 정보 기록들을 띄웠다.

수십 개의 웃는 얼굴들이 허공에 둥둥 떠 있었다. 그는 뭔가 기억이 날 듯 말 듯 하는 표정을 하다가 지휘하듯 팔을 휘저어 무언가를 증강현실로 끄집어냈다. 조금 전의 태오가 숨을 헐떡이며 산악지대 아래 도로를 달렸다. 도로 아래에서 호기심 어린 얼굴로 힐끗거리는 모습도 보였다.

별다른 징후를 발견하지 못한 마스터가 정지 버튼을 눌렀다. 의문 가득한 얼굴의 태오는 달리다가 허공에 멈춰 섰다.

태오에게 다가간 마스터가 얼굴을 손가락으로 톡톡 두드렸다. 그의 현재 얼굴이 입사지원서의 얼굴로 변환됐다. 이어 환하게 웃고 있는 태오의 얼굴 옆에 'Aα' 표식이 떴다. 곧바로 신상기록과 병력 조회 기록과 마지막에 유전자 정보를 알려주는 숫자와 데이터들이 개미 떼처럼 줄지어 증강현실에 기어다녔다.

마스터가 빠른 손놀림으로 태오의 유전 정보와 가장 흡사한 유전자를 찾았다. 수백 명의 얼굴이 빠른 속도로 공중에 떴다가 사라졌다. 정보처리 바의 붉은 선이 95, 96, 97, 98로 치닫고 수많은 얼굴들이 멈췄다 사라지며 98.67의 숫자와 함께 한 얼굴이 허공에 멈췄다. 지오였다.

지오의 얼굴에 마스터가 손을 가져가 끌어당기는 손짓을 하자, 환하게 웃고 있는 지오가 증강현실로 불려 나왔다.

'얼굴은 별로 안 닮았군.'

마스터가 중얼거렸다.

병원에서 팔을 걷고 칩을 삽입하는 지오, 동료들과 함께 기계로 뿌려진 씨앗을 다지고 있는 모습, 식당에서 밥을 먹는 얼굴, 이른 새벽 평원을 달리는 지오의 모습이 빠르게 흘러갔다. 컨트롤센터에서 자신과 단둘이 이야기를 나누는 지오의 모습을 마스터가 공간에 세웠다.

증강현실 속 지오가 앞을 정면으로 보았다. 희고 검은 배경만 보이는 공간에 검게 그을린 지오가 앉아 있었다. 잠시후, 마스터의 목소리가 들렸다.

'왜 이곳에 들어오게 되었죠?'

'기회가 있을 거라는 희망 때문입니다.'

'희망이라……. 어떻게 그런 희망을 품게 됐는지 궁금하군요.'

'더는 불행해질 것도 없기 때문입니다. 저는…….'

흰 조깅복을 입은 현실의 마스터가 손가락을 한 번 두드려 지오의 말을 끊었다. 그러곤 미지근한 물로 홍차를 우려 홀짝이다가 다시 두 번 두드렸다.

'저는 남들과 다르게 살고 싶습니다. 인간의 노동 가치가 남은 곳이 베이츠밖에 없으니까요.'

마스터가 홍차 맛을 음미하며 기억이 난다는 듯 고개를 끄덕였다.

'당신은 자신의 현재를 잘 아는 사람이군요.'

'현재가 아니라, 미래를 아는 사람이 되고 싶습니다.'

'식량 기업 베이츠는 당신에게 무슨 의미입니까?'

'베이츠는…… 베이츠는 미래입니다.'

미래를 말하는 지오의 얼굴이 진지하고 밝았다.

마스터가 정지 버튼을 눌렀다. 잔에 남은 홍차를 홀짝이고는 손가락으로 마호가니 탁자를 톡톡 두드리며 생각에 잠겼다. 붉은 홍차와 다갈색 마호가니 탁자는 잘 어울렸다.

증강현실 속 형제는 허공에 그대로 세워진 채였다. 밝은 표정의 지오와 의심 가득한 얼굴의 태오는 정면을 바라보고 있었다.

의자에서 일어선 마스터가 홍차 잔을 들고 둘 사이 공간을 지나갔다. 정면을 응시하던 둘의 몸이 약간 돌려세워졌다. 다시 돌아온 마스터가 팔짱을 낀 채 턱을 문지르며 둘을 번갈아 보았다.

공중에 껑충 걸린 형제는 수많은 평범한 날 그랬듯 서로를 마주 보았다.

6

검붉은 사막

수송 트럭이 부연 흙먼지를 일으키며 사막을 달렸다. 델피의 사막은 광활하고 황량한 가운데, 붉고 검은 바위산이 듬성듬성 솟아 있었다. 간간이 잡풀이 보였으나 생명체가 살수 없는 공간이었다.

수송차 안에 태오와 호준은 무알콜 맥주를 홀짝이며 사막 풍경을 훑었다. 차창을 활짝 열고 흥겨운 음악을 틀었다. 신난 표정으로 대화하는 걸 잊고 두 사람은 사막 가운데 무언가를 발견하려 밖을 골똘히 살폈다. 엇비슷한 풍광이 이어졌고 넓은 사막에서 특정 좌표를 찾는 건 태평양 한가운데서 혹등고래를 발견하는 것만큼 막막했다.

검은 제트기의 착륙장은 사막 구역에 있을 가능성이 컸다. 제트기가 탤로들 눈을 피해 이륙이나 상륙을 하려면 사막밖에 없을 듯했다. 완전히 시야가 트인 대평원이나 사람들로 북적이는 헤븐스몰이나 리보솜 구역일 리는 없었다. 제트기가 숨겨져 있는 곳이 부르스 리가 있는 곳일 터였다. 그리고 그곳에 그들의 형제가 갇혀 있을 공산이 컸다. 태오와 호준의 추론은 그랬다.

태오가 차를 멈춰 세웠다. 주변에 바위산이 없는 구역의 가운데 즈음이었다. 바위산이 없는 곳이 땅을 파서 내려가기 쉬울 터였다. 호준이 주위를 살피며 차에서 내렸다.

푸석 마른 땅을 걸어가며 태오가 낮게 중얼거렸다. 무언가가 있다면 바위산이 아닌 평지일 거라고. 말을 아끼고 조심해야 했다. 알아들었다는 듯 호준이 고개를 끄덕였다.

요의가 없어도 태오는 일부러 소변을 눴다. 무릎까지 잡풀이 엉성한 곳에서 소변을 보는 사이, 호준이 잡풀 사이를 천천히 걸었다. 잠시 후 호준이 은밀한 눈빛을 보냈고 태오는 어슬렁거리는 걸음걸이로 다가갔다.

"네 오줌 줄기가 여기까지 흘렀나 봐. 풀이 축축해."

"내가 오줌을 많이 눴지. 잡초에게 일용할 양식을 주려고."

시계를 보니 오후 세 시 십오 분이었다. 늦은 오후에 사막의 풀이 젖어 있었다. 아침 이슬이라면 벌써 말라 있어야 했다.

그는 팔을 뻗어 손끝으로 촉촉한 풀을 훑으며 일대를 걸었다. 흡사 인근에만 일부러 선택적으로 비를 뿌린 형국이 었다.

걷다가 태오가 주저앉자 뒤따르던 호준도 구부정하게 앉았다. 석 달의 옥수수 노동자 생활에 쪼그리고 앉는 자세가 자연스러워졌다. 그가 잡초를 뽑듯 풀뿌리를 뭉텅 뽑았다. 뿌리도 촉촉이 젖어 있었다.

호준이 알겠다는 듯 눈짓을 했다. 수상한 물기는 땅에서 배어 나오는 듯했다. 사막은 인공 강인 알파강으로부터 직선 거리로 백 킬로미터 이상 떨어진 곳이었다.

"여기 오래 머물면 의심을 살 거야. 다른 곳도 한번 보자."

"그러는 게 좋겠어. 여기 널린 돌덩이 중 일부는 컴퓨터잖아."

둘은 낮게 속삭이곤 엉덩이를 털고 일어섰다. 다시 수송차로 돌아가면서 태오가 눈에 보이는 돌과 작은 바위를 발로 툭툭 찼다. 눈으로 구분하는 건 의미가 없었다. 마틴의 말에 따르면 부피에 비해 가벼운 게 인공지능일 가능성이 컸다. 오래 일한 탤로들 사이에 떠도는 소문 중 하나였다. 태오를 슬쩍 본 호준도 싱긋 웃으며 돌을 걷어찼다. 델피의 모든 곳이 지뢰밭이었다. 땅에 돌덩이 하나, 하늘에 새 한 마리도 의심해야 했다.

"메이저 되니까 좋아? 돈은 얼마나 더 받는 거야?"

호준이 지금 상황에 할 만한 질문을 했다.

　지난 월요일 예상보다 빨리 각 구역의 메이저 명단이 발표됐다. 대부분 일한 지 오래되거나 나이가 많은 사람들이었으므로 감마 구역 메이저로 자신의 이름이 불렸을 때 누구보다 태오 스스로가 놀랐다. 무엇보다 마스터가 자신을 의심하고 있으므로 자신이 될 리 없다고 생각한 그는 허를 찔린 기분이었다. 동료들 반응도 그랬다. 의심의 눈길로 그를 바라보는 게 느껴졌다. 별 존재감도 없는 새로 들어온 어린 신입이 구역을 관리하는 메이저가 된 것이다.

　마스터가 가까이 두고 자신을 관리하려는 목적임을 아는 태오는 역설적으로 자신이 감마 구역 탤로들의 감시하는 시선에 걸렸다는 걸 며칠 새 피부로 느꼈다. 그들에게 자신은 돌덩이이자 새 한 마리였다.

　"잘 모르겠어. 하루에 세 번 감마 구역 전체를 돌아다녀야 하니까 좀 힘들어. 동료들한테 은근히 눈치도 보이고. 괜히 한다고 했나 봐."

　메이저에게 주어진 가장 큰 임무는 사고를 방지하는 거였다. 그러기 위해 규칙을 지키지 않는 탤로들을 관리하는 게 다음이었다. 마지막으로 각 구역의 작황을 기록하는 작업이었다. 감마의 동료들은 햇병아리 메이저에게 감시당한다는 사실을 불편해했고 그래서 예민하게 굴었다.

"그래도 좋은 점도 있을 거 아냐?"

"다른 구역 사람들과 대화를 하게 됐지. 그것도 내가 먼저 말을 걸어서. 사실 난 사교성이 없어서 지금까지 다른 사람들과는 거의 말 안 하고 지냈거든."

"여기 처음 들어올 때 너한테 내가 한 말 기억해?"

걷다 말고 태오가 호준을 쳐다봤다. 무슨 말인가 한 것 같긴 한데 그때는 너무 긴장했던 터라 기억이 없었다.

"3차 시험장에서 너는 진짜 남자였다고. 그때 나는 너랑 친구 하려고 마음먹었어."

"나, 그런 말 처음 들어봐."

태오가 어색해하며 호준을 바라봤다.

"지금은 네가 메이저가 된 걸 좀 이상하게 생각해도 곧 모두 너를 믿게 될 거야."

지금까지 살면서 누군가에게 인정받은 적이 없는 태오는 아랫배에 힘이 들어가는 기분이었다.

"나는 네 여동생을 기억하고 너는 우리 할머니를 기억하고."

두 사람은 동시에 주먹을 맞댔다. 그러곤 수송차에 올라 사막의 더 깊은 쪽을 향해 달렸다.

일요일 오후, 헤븐스몰은 축제가 벌어지는 거리처럼 사람들로 붐볐다. 여름이 저물고 한낮에도 선선한 바람이 불었다.

리보솜의 숙소에서 이곳으로 몰려나온 노동자들은 천국에서 먹고 마시고 게임을 즐겼다. 모두 약속이나 한 듯 청바지와 티셔츠에 야구 모자를 쓰고 있었다. 여름 내내 평원의 노동으로 까맣게 탄 태오의 동료들도 각자 시간을 보냈다.

벤과 마틴은 담배 연기 자욱한 도박장에서 카드놀이를 했다. 양양과 움슬라는 쇼핑을 마치고 음반매장에서 음악을 들으며 콧노래를 흥얼거렸다. 아디닷은 게임장에서 고글을 쓰고 전쟁 게임에 빠져 신음과 탄성을 질러댔다.

아디닷은 메타버스 전용 룸에 앉아 점심도 거르고 값비싼 블루베리를 한 줌씩 씹고 콜라를 마시며 전쟁에 몰두하는 중이었다. 중세시대 십자군 전쟁을 모티브로 한 게임이었다. 델피의 평원 같은 밀밭을 가운데 두고 수만 명의 군사가 대치하고 있었다.

그의 캐릭터는 뭉툭한 망치와 기다란 낫을 든 대장장이였다. 작은 키와 근육질 몸집에 주먹코의 대장장이는 공중을 날아올라 무어인의 머리통을 깨고 목을 댕강댕강 벴다. 그때마다 그는 냅다 소리를 질렀다. 다행히 모두 고글을 끼고 있어서 아디닷의 고함이 들리진 않았다.

적진이 퇴각하자, 말을 탄 기병과 칼을 든 보병들이 뒤를 쫓았다. 그가 달리는 척하다 컨트롤러로 멈춤 버튼을 눌렀다. 양손에 망치와 낫을 치켜든 채 대장장이가 멈춰 섰다. 뒤를 쫓아 빠르게 달려가는 것도 점수가 쌓였지만 더 중요한 일이 남았다. 빠른 손놀림으로 공중으로 날아서 대평원에서 친구를 찾았다. 십자가를 목에 건 성직자가 달리다가 대장장이를 보고는 팔을 뻗었다. 짤막한 대장장이의 몸이 신부의 품에 안겨 땅으로 내려왔다. 신부는 델피 밖에 있는 아디닷의 친구였다.

"요즘 게임이 영 지루해."

대장장이가 신부에게 말했다.

"게임 속보다 바깥이 더 지루하지."

"스펙터클한 전쟁 게임이 조만간 출시된다던데, 아는 거 있어?"

"우리도 스마트한 게임 기대하고 있지. 열흘 후 개봉박두!"

신부와 대장장이를 피해 수만의 보병들이 밀밭을 달려갔다.

둘은 마주 서서 게임에 대한 대화를 몇 분 더 나눴다. 게임은 델피를 뜻했고 전쟁은 돌발사건을 의미하는 은어였다. 십자가를 멘 신부는 아디닷과 함께 활동하는 트루어쓰의 회원이었다.

트루어쓰TrueEarth는 진정한 식물보호를 위한 연대를 꿈꾸는 단체로 지하 점조직으로 활동했다. 기업의 식물 독점을 반대하는 트루어쓰 대원들은 기업의 비리와 비밀을 파헤치기 위해 다국적기업들에 잠입했다. 2년 전부터 델피로 들어온 대원들이 차례로 실종됐다. 세 명의 대원들이 생사를 알 수 없는 상황에 이르자 아디닷이 자원해서 이곳에 잠입한 것이었다.

도박장에서 나온 벤과 마틴은 쇼핑몰에서 햄버거와 오렌지주스를 사고 걸어서 오 분 거리의 공원으로 향했다.

"넌, 왜 하필 공원에서 햄버거 먹는 걸 꼭 하려는 거야."

벤이 마틴에게 투덜댔다.

"세 시간 동안 네가 원하는 대로 도박장에 있었으면, 내가 한 시간 공원에 있겠다는 걸 수용해야지, 안 그래?"

마틴이 사춘기 소년이 따지듯 말했다.

형형색색의 꽃과 인공분수 물줄기가 보이자 벤이 어깨를 으쓱했다.

"그래, 좋아. 그런데 궁금한 게 있는데, 공원에서 하는 일도 없이 그냥 한 시간이나 앉아 있을 게 뭐야?"

두 사람은 하얀 벤치에 털썩 앉았다. 음료수와 맥주캔을 든 탤로들이 산책하고 있었다.

"그냥 아무것도 안 하는 거 좋잖아."

"뭐가 좋아. 답답하고 지루하기만 하지."

"그러니까 넌 행복이 뭔지 모르는 거야."

"난데없이 그건 또 무슨 말이지?"

벤이 햄버거를 씹으며 짜증을 냈다.

"난 말이야, 노동에 지쳐서 쉬는 거 말고, 몸에 기운이 넘치는 가운데 가만히 햇빛을 쐬고 아무 생각이나 하면서 쉬는 게, 진짜 행복이라고 생각하거든."

"가만히 있으면 생각할 게 없잖아. 뭐라도 해야 생각을 하지. 아침 여덟 시부터 일하면서 종일 끝도 없이 생각하고 있다고."

"그런 거 말고, 몸과 마음이 편안한 상태에서 생각하는 거."

주스를 빨대로 마시며 마틴이 진지하게 말했다.

"공원에 남자들만 득시글하니까 보기 싫다."

"여자도 아이도 또 노인도 같이 있는 게 아름답지."

고개를 끄덕이며 벤이 사람들을 쳐다봤다. 둘의 벤치 앞으로 회색 티에 챙 넓은 모자를 눌러쓴 남자가 지나갔다.

마틴의 시선이 남자를 좇았다.

"저 인간, 누구 닮았는데 기억이 안 나네."

마틴이 빠른 걸음으로 공원을 건너가는 남자를 턱짓으로 가리켰다. 부르스였다. 그의 뒷모습만 보면서 벤이 말했다.

"몸이 끝내주네. 지방이 하나도 없는 근육질이야."

"저놈이 쓰윽 지나가는데 싸한 느낌이 들었어. 수상한 인간들 더러 있지."

잠깐 사이 부르스는 인파 속으로 사라져 보이지 않았다.

"태오도 좀 싸한 느낌이지? 여기 온 지 석 달이 지났는데 아직도 바짝 긴장해 있잖아."

"난 아디닷이 이상한데. 지나치게 호들갑이잖아."

마틴이 빈 주스 곽과 햄버거 포장지를 휴지통에 툭 던져 넣었다.

"한 놈은 내내 긴장하고, 또 한 놈은 방실거리고. 둘 중 하나는 뭔 꿍꿍이가 있는 게 틀림없어."

"태오가 메이저로 발탁된 게 아무래도 수상하지. 나이도 짬밥도 안 되는데. 일 년 넘게 일한 우리 같은 멤버 중 하나가 되는 게 맞지. 난 돈 더 준대도 안 할 거지만."

"태오가 마스터와 짬짜미가 있을 거란 뜻이네."

"합리적인 의심이지. 구역 관리는 표면적인 이유고 실제 목적은 따로 있지 않을까?"

마틴의 말에 벤이 고개를 끄덕였다.

사막엔 이른 저녁부터 붉은 기운이 퍼지고 있었다. 검붉은 바위산과 광활한 상공에 다홍빛 색조의 그러데이션이 음울했다. 태오와 호준은 오후 내내 사막을 달렸으나 제트기 착륙장으로 의심되는 지점을 발견하지 못했다. 가도 가도 엇비

숫한 사막 풍경이 이어졌고 암울한 심정으로 둘은 한동안 말이 없었다. 어느새 날이 저물어가는 사막의 하늘은 한층 낮아져 있었다.

정차한 수송차에 등을 기댄 채 태오와 호준이 상공을 올려다봤다. 짙은 회갈색 새 두 마리가 날개를 활짝 펼치고 상공을 비행하고 있었다.

"저건 진짜 독수리겠지?"

호준이 한숨을 쉬며 말했다.

근엄하게 하늘을 선회하는 모습이 유전자 조작 같진 않았다. 태오는 커다란 독수리가 지오와 실종자들이 있는 곳으로 데려다줬으면 하는 바람으로 그것들의 움직임을 눈으로 좇았다. 지오가 베이츠로 들어간다고 하던 날이 떠올랐다.

그날 저녁에도 일몰의 상공에 알 수 없는 커다란 새가 날았었다.

말없이 호준의 팔을 이끌었다. 독수리들이 특정 구역을 맴도는 듯했다. 델피의 20퍼센트를 차지하는 사막 구역은 식물이 자라기 어려웠다. 따라서 독수리가 사냥할 만한 생명체도 거의 없을 구역이었다.

독수리가 기다란 타원형을 그리는 지점을 향해 둘은 천천히 걸어갔다. 바짝 마른 풀은 가시처럼 따가웠다. 걸어가면서 호준은 커다란 돌과 바위를 발로 툭툭 건드렸다. 그는 포기하지 않고 수많은 돌과 바위 중에서 컨트롤센터와 연결된 인공지능을 찾으려 했다. 자신과 달리 인내심이 강한 친구가 듬직했다.

아무도 없는 사막에서조차 편하게 말할 수 없어 좀 답답했다. 평원과 리보솜에서는 다른 탤로들이 의식됐고, 헤븐스몰의 술집과 광장에서는 센터가 의식됐다. 두 사람뿐만 아니라 모든 노동자는 나르키소스의 존재를 몰랐다. 델피의 어느 장소에서든 그들이 나눈 대화를 아기가 분석해서 매달 위험 등급을 분류한다는 것을.

뒤따르던 호준이 돌과 바위를 확인하는 사이, 태오는 성큼성큼 걸어서 독수리가 맴돌던 반원의 중심으로 다가갔다. 말라서 회색빛이 감도는 마른 풀들 사이에 얼핏 짙은 갈색의 덩어리가 보였다.

흠칫 놀라서 태오는 숨을 죽였다. 조심스레 다가가 굽어보자 알 것 같았다. 왜 독수리들이 인근을 빙글빙글 돌고 있는지.

뒤이어 다가온 호준도 멈칫했다. 태오가 호준을 슬쩍 돌아보곤 엎어진 독수리의 사체를 바로 뉘었다. 몸집으로 보아 어린 독수리였다. 가슴 한가운데 구멍이 뚫려 있었고 쏟아진 피가 굳어 갈색 털을 타르 덩어리처럼 뭉쳐놓았다.

"총상 모양으로 봐서 저공 비행하는 걸 노렸다가 쏜 거야."

태오가 눈을 찡그리며 말했다.

"누가 이랬을까? 여기 총기 반입이 안 되잖아."

"혹시 부르스 리? 그놈은 총을 가지고 있지 않을까?"

"그런데 왜 죽였을까? 하늘 높이 나는 새가 뭘 어쨌다고."

호준이 검붉은 사체를 가만히 내려다보며 말했다.

"일전에 리보솜 산책길에서 본 고양이 사체 기억나지? 어쩐지 동일 인물 소행 같아."

"아기 고양이를 칼로 세 번이나 찔렀지. 템페스트 아래 도로에서 너구리 사체를 본 사람도 있어. 그것도 칼로 난도질했대."

태오가 주변을 돌면서 주먹 크기의 돌을 한아름 주위 왔다. 그러곤 사체 주위로 돌을 두르고 마른 풀을 꺾어 십자가를 만들어 사체의 머리맡에 놓았다. 둘은 잠시 눈을 감았다 떴다. 호준이 성호를 그었다. 태오는 지오와 호준의 사촌이 죽임을 당하지 않았길, 제발 살아만 있기를 빌었다. 저녁 어스름이 내리고 있었다.

갑자기 태오가 벌떡 일어나 주위를 살폈다. 어두운 사막 한가운데 총알 두 개면 자신과 호준은 독수리가 될 수 있었다.

사막을 가로질러 수송차로 향했다.

두 사람은 검붉은 대기에 휩싸인 채 황량한 땅을 건넜다. 둘의 손아귀에 길고 날카로운 돌이 들려 있었다. 뒤에서 걷는 태오는 호준의 뒷모습을 보았고 앞서 걷는 호준은 이따금 하늘을 올려다봤다.

차에 오른 태오는 시동 버튼을 누른 후 자율주행을 해제 했다. 지금까지 생각 없이 습관적으로 자율주행만 했다는 게 어이없었다. 실제로 운전하는 건 처음이라 긴장은 됐지만 잘 할 수 있을 것 같았다. 어차피 마스터가 자신들을 감시하는 걸 예상하고 나선 길이었다. 지금 이 시각, 자신들의 경로를 들여다보고 있을지도 몰랐다. 그러나 자율주행을 해제하면 조금은 운신의 폭이 생길 거라 판단했다.

"쇼핑몰까지 달려보자. 손님, 안전하게 시간 딱 맞춰서 천 국까지 모시겠습니다."

"천국이 아니라 지옥 보내는 건 아니겠지?"

둘은 피식 웃었다. 헛웃음이지만 기분전환이 됐다. 태오가 액셀러레이터를 밟으며 사막을 질주했다. 호준이 얼결에 차 창 옆 손잡이를 붙잡았다.

"가상게임으로 시뮬레이션만 삼 년 한 실력이야."

자율주행을 끄고 직접 운전하는 게 규정 위반이 아니라는 걸 이제야 생각해냈다는 게 우스웠다. 이십 년 동안 주어진 대로 편하게만 살아온 습관은 무섭고 우스운 거였다. 지오가 자신에게 했던 말을 이해할 수 있었다. 도로는 끝도 없이 일 직선이고 오가는 차도 없어 손만 핸들에 올려놓아도 됐다.

지금부터 수송차는 멍텅구리가 되는 것이다. 센터에서 차의 이동 상황은 볼 수 있어도 둘의 대화를 들은 확률은 희박했다. 만일을 대비해 라디오 채널을 켜고 태오가 말했다.

"오늘 송금할 때 뭐라고 쓸 거야?"

잠시 호준이 단어를 고르며 생각에 잠겼다. 둘은 일주일에 한 번 할머니와 여동생에게 돈을 송금하면서 메모를 남겼다. 만에 하나 두 사람 모두 실종되거나 죽게 되는 상황에 대비해 가족들에게 남기는 메시지였다. 할머니와 호준의 가족은 퍼즐 맞추기를 하게 될지도 몰랐다.

"사막 총탄 죽은 독수리. 넌 할머니께 뭐라 남길 건데."

송금 메모는 네 단어만 기록할 수 있었다.

"네 주소를 쓸 거야. 우리 할머니는 내일쯤 너희 집에 갈 거고, 네 여동생과 사촌 누나를 만나면 우리가 함께하는 걸 알아채실 거야. 네 사촌 형 얘기를 듣게 되면 할머니가 네 여동생을 챙길지도 몰라."

"말만 들어도 든든하다. 그런데 지하세계로 이어지는 출입구는 대체 어디일까?"

"단순하게 생각하자고. 탤로가 움직일 수 있는 델피의 곳곳일 거야. 틀림없이."

사막을 둘러보며 태오가 확신에 차서 말했다.

"곳곳? 그러니까 출입구가 하나가 아니라고?"

"이 어마어마한 땅을 관리하려면 하나일 수도 없지. 네가 델피 전체를 설계한다고 상상해 봐. 백만 명도 살 수 있는 땅에 경찰도 군대도 없다는 게 핵심이지."

젊고 강한 육체를 가진 삼만 명의 탤로가 상주하는 도시에 치안을 위한 경찰이 없다는 건 강력한 메시지였다. 베이츠의 시스템으로 언제 어디서나 통제 가능하다는 방증이었다.

베이츠는 탤로들이 폭동을 일으킬 상황에 대비했을 것이다. 따라서 어느 순간에든 인간병기를 투입하려면 출구가 여러 곳으로 분산됐다는 게 합리적인 추론이었다. 컨트롤센터와 템페스트, 사막과 헤븐스몰 어딘가 그리고 어쩌면 리보솜과 대평원 곳곳에도.

"그런데 너는 왜 땅속이라고 생각하는 거야, 아닐 수도 있잖아. 템페스트 어딘가에 은폐한 건물이 있을지도 모르잖아."

"인공위성에 포착될 게 뻔한데 너라면 그러겠어? 우리 할머니가 찾는 물건이 안 보이면 늘 이렇게 말했어. 대체 요것이 하늘로 솟았나 땅으로 꺼졌나."

"하늘에 솟아 있지 않으니 땅속이 맞긴 하지. 고대에도 전쟁이 나면 지하에 도시를 만들었지."

"베이츠의 주인인 베이츠가 정말 알비노라면 지하에 있겠지."

태오는 상공을 날던 제트기에 알비노인 베이츠가 타고 있었다고 믿었다. 호준도 뭔가 맞아떨어진다는 표정으로 눈을 깜빡였다.

자율주행 물류 트럭이 태오가 운전하는 수송차를 빠르게 스치고 지나갔다. 물류 트럭은 일주일에 한 번 알파강을 건너 도시로 진입해 헤븐스몰로 향했다.

"저 트럭으로 사제 총 들여오자. 조립은 여기서 하면 되고."

태오가 흙먼지에 감싸인 물류 트럭을 보며 말했다. 마스터와 베이츠가 그들을 가만 내버려 둘 리 없었다. 그것도 조만간.

호준이 그게 가능한 일일까, 하는 표정으로 태오를 쳐다봤다.

"우린 독수리가 돼선 안 돼."

인간병기와 몸으로 싸워선 승산이 없었다. 틀림없이 부르스가 그들 앞에 나타날 것이다.

"해보자. 세상에 안 되는 일이 어딨겠어. 내가 구해볼게."

태오의 단호한 말에 호준이 응답했다.

"우리, 살아서 델피를 나가자."

"우리의 형제를 데리고!"

호준이 큰 소리로 말하곤 태오의 어깨를 쳤다. 핸들이 꺾이며 수송차가 차선을 벗어나 기우뚱했고 둘은 소리 내 웃었다.

사막이 끝나고 멀리 천국의 휘황찬란한 불빛이 보이자 태오는 속도를 올려 달렸다.

호준을 재즈바 앞에 내려주고 제플린으로 들어섰다. 날카로운 메탈 사운드가 계단 아래에서부터 울렸다. 가게 안은 사람들로 가득했고, 동료들은 일찌감치 모여 벌써 술을 마시고 있었다.

태오가 다가가자 메이저님 오셨다며 아디닷이 설레발쳤다. 기분이 별로였으나 일부러 웃어 보였다. 오늘은 메이저가 된 턱을 내는 술자리였다. 양양과 움슬라가 손을 흔들어 그를 반겼다.

"태오가 찬바람을 가득 묻혀 온 모양이야. 옆에 앉으니까 찬 기운이 느껴져."

벤이 농담인 척 뼈있는 말을 던졌다. 동료들의 뜨악한 눈길이 태오를 향했다.

감마 구역 수천 명의 탤로 중 애송이인 자신이 메이저가 된 것에 의문을 품을 만했다. 다른 구역은 대체로 일 년쯤 일한 고참들이 선정됐다. 벤과 아디닷도 내심 메이저가 되고 싶었을지도 몰랐다. 오늘 밤 동료들의 오해를 풀 작정이었다. 그런데 할 수 있는 말이 별로 없을 것 같아 걱정이었다. 자신이 메이저가 된 진짜 이유를 알릴 수 없었고, 그렇다고 동료들의 오해를 방관할 수도 없었다.

탁자 위로 태오의 맥주잔이 놓이자, 아디닷이 모두 축하하자며 잔을 들고 건배를 외쳤다.

"김태오의 레벨업을 위하여."

불쾌했지만 진정한 레벨업을 위해 태오는 잠자코 있었다. 모두 잔을 들어 부딪쳤으나 분위가 묘했다.

"난 태오가 메이저 된 게 좋아요. 감마에서 우리가 전혀 모르는 사람이 된 거보다 훨씬 좋잖아요."

양양이 맥주를 한 모금 마시곤 인상 쓰며 말했다.

"듣고 보니 그렇긴 하네, 헤헤."

약삭빠르게 아디닷이 실실거렸다.

"메이저는 우리보다 주급을 얼마나 더 받는 거야?"

벤이 태오가 아닌 마틴을 보며 물었다.

"아마 이십 프로? 소문이 그렇더라고요."

마틴이 아닌 아디닷이 대답했다.

"똑같은 시간에 일하고, 마스터에게 보고하는 대가치곤 괜찮네."

벤이 약간 비아냥거리듯 말했다.

"대신 할 일이 더 있잖아요. 사고 나면 책임져야 하고."

움슬라가 태오를 보고 웃으며 거들었다.

"사고를 대비하려면 구역 탤로들 감시하는 게 필수이지

않을까? 태오 너는 그런 일로 돈 벌고 싶니?"

감자칩을 우걱거리며 아디닷이 이죽거렸다.

태오가 맥주잔을 탁자에 쾅 내리쳤다.

"너, 아주 오랫동안 내가 맘에 안 들었지. 나도 너 헤헤 실실거리는 거 재수없었어. 어때? 오늘 우리 한번 붙어볼까."

말은 조용히 했으나 태오의 눈에 불꽃이 튀었다.

"와, 무섭다. 내가 왜 너랑 붙냐? 내가 바보야? 몸을 봐, 애초에 체급이 달라."

벤과 양양이 분위기를 누그러뜨리려 일부러 크게 웃었다.

"아디닷, 말이 좀 과했어. 넌 뭐든 오버하더라."

잠자코 있던 마틴이 진중하게 말했다.

"내 말이 지나쳤다면 사과할게. 그리고 난 너랑 싸우기 싫어. 생각만 해도 무서워."

화를 삭이느라 눈을 지그시 감았다 뜬 태오는 맥주를 꿀꺽 삼킨 후 동료들의 얼굴을 둘러봤다.

"저는 어떤 상황에서도 누군가를 희생해서 이득을 취하지 않을 겁니다. 그리고 모두 돈 벌려고 여기 온 거지만, 저는 정말 돈 많이 벌어야 합니다. 일찍 돌아가신 부모님 대신 일곱 살 때부터 저를 키워준 할머니를 위해서요."

억울하고 화가 나서 얼결에 한 말이지만 진심이었다.

맞은편에 앉은 움슬라가 긴 팔을 뻗어 태오의 어깨에 손을 엎었다. 벤이 자신의 잔에 든 맥주를 태오에게 부어주며 말했다.

"할머니가 태오를 잘 키우셨나 봐."

"아무렴. 할머니의 무병장수를 위해 건배하자고."

마틴의 말에 모두 잔을 들어 부딪쳤다. 여느 날처럼 시답잖은 농담을 하면서 태오와 동료들은 와자지껄 떠들고 웃었다.

양양은 간간이 노래를 흥얼거렸고 일찌감치 취한 움슬라는 마음에 드는 음악이 나오면 일어나 춤을 췄다.

맥주를 꽤 마신 태오가 화장실에서 소변을 보는데 아디닷이 들어와 옆 변기에 섰다.

"너 요즘은 새벽 조깅 안 하는 눈치더라."

태오는 대답하지 않고 돌아서서 세면대에서 손을 씻었다. 누구와도 부딪치고 싶지 않았고 자신의 상황을 제대로 설명할 수 없다는 걸 알았다.

"역시 마스터의 눈에 들려고 새벽에 조깅 한 거였어, 맞지?"

세면대로 온 아디닷이 거울 속 태오를 보며 간족댔다.

티슈로 손을 닦으며 태오도 거울 속 아디닷을 노려봤다.

"혹시 내 뒤를 캐고 있는 건 아니겠지."

"그럴 리가 있나. 자다 깨보니 침대가 비었더라고. 어디 갔을까 생각해보니 자연스레 답이 나오던데, 크크."

"새벽에 침대에 없다고 바로 그렇게 생각하는 건 너도 그럴 마음이 있었다는 거겠지."

티슈 뭉치를 쓰레기통에 던지며 맞받았다.

"오, 노노. 난 메이저 따위 관심 없어. 그리고 난 지금 너를 이해할 수 있을 거 같다고 생각 중이야."

"부탁인데, 앞으로는 나한테 관심 꺼줘."

화장실 문을 밀며 태오가 말했다.

"나도 부탁 있는데, 앞으로 나 좀 많이 도와줘."

태오가 뜨악한 눈길로 아디닷을 돌아봤다.

"내가 너를 도울 일이 있을지도 모르잖아. 미래는 모르는 거거든. 고향에 계신 우리 할머니 말씀에 따르면, 미래는 신의 머리카락 땋기란 말이지."

아디닷이 그를 향해 윙크하고 휭하니 태오가 열어놓은 문을 밀치고 먼저 나갔다.

아디닷과 눈을 마주친 태오는 그의 눈동자에서 할머니가 기도할 때 손끝으로 매만지는 묵주 같은 단단함을 느꼈다.

재즈바에는 블루스 음악이 흐르고 있었다.

조금 취한 호준의 귀에 'Don't Wanna Sleep'이라는 구절이 맴돌았다. 잠들지 말라니까 더 자고 싶었다. 노동도 하지 않고 사막을 달렸을 뿐인데 어느 때보다 피곤했다.

"바텐더 형님은 몇 살까지 살고 싶어요?"

"핑크라고 부르라니까."

핑크는 긴 장발에 잘 생기고 조금 우울해 보이는 서른 살 남자였다. 호준은 델피에 들어온 첫 주말부터 이곳에서 주말을 보내곤 했다. 핑크와는 그다지 많은 대화를 나누지 않았지만 츤데레 같은 표정의 그가 왠지 편하고 마음에 들었다. 말도 별로 없고 감정도 드러내지 않고 때론 시니컬한 핑크는 잘생긴 외모 덕분에 여자 근무자들에게 인기가 많았다.

"그래요, 핑크. 당신은 몇 살까지 살았으면 좋겠어요?"

"아무나 백 살까지 사니까 난 좀 더 일찍 가고 싶어. 오래 사는 게 꼭 좋은 건 아니잖아."

호준이 핑크에게 잔을 들어 보였다.

"그렇죠, 오래 사는 게 뭐 꼭 좋진 않겠죠."

재즈바를 찾는 노동자가 별로 없어 이곳은 늘 한가했다. 호준이 자주 오는 이유였다.

그는 혼자서 조용히 아무 말도 하지 않고 이런저런 생각을 할 수 있는 공간이 필요했다. 다시 핑크가 만들어준 푸른색 칵테일을 마시던 그는 아무 말이나 던져보기로 했다. 마침 바 테이블엔 그와 핑크뿐이었다.

"여기 대마나 가벼운 약물 같은 거, 수송되는 물류에 묻어 오는 거겠죠?"

마른 헝겊으로 잔을 닦던 핑크가 의심스러운 눈빛으로 바라봤다.

삼만 명이 넘는 탤로와 근무자 중에는 분명 약물 중독자가 있으리라는 판단이었다. 사실 소문은 무성했다. 혈액 검사는 어찌어찌 조작으로 통과하고 들어왔으나, 이곳의 따분하고 힘든 일상을 견디려고 다시 약을 구하는 인간들은 분명 있을 터였다.

"아는 사람은 다 알아요. 우리 구역에도 천국에서 약 구한 친구가 있죠."

호준이 일부러 미소를 지으며 목소리를 낮췄다. 중요한 말일수록 미소를 지어야 했다.

"소문은 들었지만 나도 자세한 건 몰라."

핑크가 평소와 똑같은 심드렁한 말투로 대답했다. 표정에도 변화가 없었다.

"그런데 트랜스쉽과 출입구 레이저를 어떻게 통과하죠?"

"이봐, 필요한 게 뭐야? 뭐가 궁금한 거지?"

그는 강력한 수면제가 필요하다고 운을 띄웠다. 총은 다음 일이었다.

호준은 불면증을 호소하면서 다른 사람이 구하는 루트만 살짝 귀띔해달라고 넌지시 말했다.

"수면제라면 리보솜 병원에서 처방해주지 않나?"

"처방해준 거 먹어봤는데 효과가 없어요."

호준이 둘러댔다. 그는 침대에 누우면 바로 잠드는 타입이었다.

"혹시 알게 되면 알려주지."

핑크는 심드렁하게 말하고 다시 유리잔을 불빛에 비춰보며 닦았다.

"소문 들으니까, 여기 누나들이 형한테 다 까였다면서요. 왜 그랬어요, 예쁜 누나들인데."

예상대로 핑크는 대답하지 않았다.

"그런데 형은 또 백 프로 이성애자라면서요. 여기 누나들이랑 연애 많이 하지 그래요?"

"너, 여자 사랑해본 적 있어?"

호준이 침울하게 고개를 저었다.

"사랑은 한 여자하고만 하는 거야. 한 번 했으면 그걸로 끝. 나머지는 장난이지."

"사랑은 모르겠고요. 난 한번 믿으면 끝까지 믿어요. 무슨 일이 있어도 그냥."

핑크가 돌아서서 노란 칵테일을 만들어 호준에게 내밀었다.

"내가 제일 좋아하는 칵테일. 서비스야."

노랗고 끈적한 칵테일은 너무 맛있었다. 호준이 약간의 팁을 내려놓자 핑크는 한사코 거부했다.

"이봐 호준. 내 서비스라고. 미안하면 다음에 또 와."

웃는 법이 없는 핑크가 호준을 보며 희미하게 웃음기를 머금었다. 호준은 그의 표정을 보며 며칠 안에 수면제를 구할 수 있으리라 짐작했다.

밖으로 나온 호준은 작은 술집들이 늘어선 골목을 걸었다. 밤이 되니 공기가 꽤 선선했다. 동료들과 만나기로 한 시간까지는 삼십 분 남짓 여유가 있었다.

내일부터 다시 일해야 하니 오늘은 10시에 모여 수송차를 타고 숙소로 돌아가기로 했다. 고개를 들어 하늘을 봤다. 작고 흐린 달이 공중에 걸려 있었다. 골목길은 상점들의 불빛으로 어둡진 않았다.

술에 취한 몇몇이 골목을 걷고 있었다. 모두 적당히 취해 비틀거리는 가운데, 유독 올곧고 빠른 걸음으로 걷는 남자의 뒷모습이 눈길을 끌었다. 골목 안쪽으로 꺾은 회색 티셔츠의 남자는 앞서 걷는 남자에게 다가가 뭐라 말하며 어깨동무를 했다. 술 취한 동료를 부축하려는 모양이었다.

시선을 거둔 호준은 세 걸음 내딛다가 오싹한 느낌에 뒤돌았다. 불과 이 초 사이에 그들은 사라져버렸다. 뭔가 꺼림칙했던 그는 골목을 되돌아 동료들이 있는 곳으로 서둘러 걸어갔다.

부르스는 탤로를 손끝으로 가수면 상태로 만든 후 안쪽에서 호준이 되돌아가는 것을 지켜봤다. 잠시 후 그는 기울어진 육체를 이끌고 어둠 속을 걸었다. 슬쩍 보면 취한 동료를 부축하는, 천국 어디서나 볼 수 있는 모습이었다. 몇 분을 걷던 그가 건물 안으로 들어갔다. 헤븐스몰의 근로자 전용 숙소 중 하나였다. 숙소 가까운 곳에 탤로들은 없었다.

근로자들은 모두 각자의 상점에서 일하고 있었다. 자정이 되기 전까지 이곳은 텅 빈 건물이었다. 주위를 둘러본 그가 손바닥을 대고 문을 열고 들어섰다.

방은 고급 침대와 테이블 따위로 깔끔하게 채워져 있었으나 사람의 손을 탄 흔적이 없었다. 그는 앳된 얼굴의 탤로를 벽에 기대 세우고 창문으로 바깥을 살폈다. 으스름한 달빛만 보일 뿐 아무것도 없었다.

그는 다시 탤로를 이끌고 성경과 위스키 몇 병이 놓인 장식장 문을 열고 손을 붙였다.

뒤편 벽이 열리고 아래로 내려가는 승강기가 올라왔다.

부르스는 잠든 친구를 이끌고 땅속으로 내려갔다.

끈질긴 부르스의 집념은 그렇게 탤로들을 지하세계로 하나둘 잡아끌고 있었다.

나른 테이블의 밸로들이 무리를 지어 빠져나가기 시작했

다. 자정까지 리보솜으로 돌아가야 했다. 늘 그렇듯 일요일 밤엔 대개 열 시쯤 파장하는 분위기였다. 내일의 노동을 생각하면 일찌감치 침대로 돌아가야 했다.

태오와 동료들 모두 꽤 취했다. 술을 못 먹는 양양도 얼굴이 발갰고 움슬라는 테이블에 엎드려 있었다.

"이제 술맛이 나기 시작했는데, 제길, 가야 할 시간이군."

"남은 술 비우고, 우리도 일어서자고."

마틴이 벤에게 말했다.

"내일부터 또 일해야 하네. 우린 자정 전에 숙소에 도착해야 하고. 우라질 규정을 지켜야 하는 거지, 마틴?"

벤이 떼쓰는 아이처럼 흥얼거렸다.

"위반 세 번이면 퇴출이잖아요. 나는 한 번 어긴 적이 있어서 걱정돼요."

"착실한 양양이 규정을 위반한 적이 있다고? 정말? 왜? 언제?"

아디닷이 혀가 말린 목소리로 속사포처럼 물었다.

"말하고 싶지 않아!"

양양이 새침한 여자아이처럼 대꾸했다.

"오오, 나 알 거 같아. 딱 떠올랐어."

아디닷이 양양을 놀렸다.

"말하면 죽여버릴 거야. 말하지 마."

"주말에 천국에서 실컷 먹고 놀다가 돌아가던 중에 배탈이 났던 게지. 정신없이 사람들 피해 냅다 달려가서 푸지직하고 보니 옥수수밭이었던 게야, 크크. 너 말고 그런 인간들 또 있어, 크크크."

발그레한 볼이 더 빨개진 양양이 고개를 푹 숙였다. 정말 창피한 모양이었다.

"마틴, 오늘 우리 둘은 남아서 진탕 마셔볼까, 어때?"

"나도 그러고 싶은 맘 굴뚝이지만, 우리가 어딨는지 그분께서 아시잖아."

마틴이 팔뚝의 칩을 가리켰다.

아디닷이 손가락으로 탁자 아래를 가리켰다. 모두 장난치듯 의자에서 엉덩이를 빼고 원탁 테이블 아래로 몸을 수그렸다. 다른 구역 친구들에게 들었다며 아디닷이 알파콘 가루를 반죽해서 팔뚝에 붙이면 감쪽같다고 속삭였다.

"뭐야, 알파콘 가루가 위성 신호를 교란한다는 거야?"

"설마 그렇기야 하겠어?"

"사실이라면, 알파콘은 못 하는 게 없는 물건이야."

못 믿겠다는 투로 말하면서도 벤과 마틴은 솔깃한 눈치였다. 사실이라면 태오에겐 반가운 소식이었다. 가루를 온몸에 바르고 평원과 템페스트 구역을 살펴볼 수 있으리라.

"내 쌍구로 원리는 모르지만, 각자의 고유 번호가 읽히지 않아서 센터의 그물망에 잡히지 않는 게 아닐까."

"에이, 설마. 말도 안 돼."

아디닷이 어깨를 으쓱했고 벤과 마틴은 입맛을 다시며 다시 테이블 위로 올라왔다.

태오도 의자에 몸을 곧추세우며 생각에 잠겼다. 델피의 곳곳이 지뢰밭이라는 생각만 할 게 아니었다. 정말 그렇다면 출입 금지구역인 템페스트를 수색하고 컨트롤센터에 어떻게든 잠입해야 했다. 문제는 센터의 방어벽을 뚫는 것이었다. 틀림없이 마스터의 생체인식 코드가 걸려 있을 것이다. 그것만 뚫으면 지오의 행방을 알 수 있었다. 방법을 찾아야 했다.

"태오는 무슨 생각을 진지하게 하는 거야?"

마틴의 말에 동료들이 쳐다봤고 그는 어색하게 웃었다.

"여러분, 제가 델피에 친구가 엄청 많잖아요. 개중에 밤새 퍼마시는 녀석들이 있어요. 완전 괴짜들이죠. 세상은 괴짜들이 많아야 살만하다고요."

"나는 열여덟 살에도 자정까지 놀아본 적이 없었어. 밤 열시 반이 우리 부모님이 정한 통금 시간이었다고. 어기면 용돈을 안 줬거든."

"여러분, 메이저로서 말하는데, 자정까지 숙소에 입소하라는 규정은 있어도 밤에 걸어서 숙소로 가지 말라는 규정은 없어요."

태오가 뜸을 들이다 다시 말을 이었다.

"우리 오늘밤 대평원을 걸어볼까요? 술을 마시며 걷는 겁니다. 어때요?"

태오의 말에 동료들이 대박이라며 환호성을 질렀다.

"우리 팀이 최강팀인 거 같아. 벤과 마틴 형 상황 파악 잘하지, 아디닷은 별의별 정보 다 물어오지, 움슬라는 성실하고 헌신적이지, 규정의 허점을 노리는 듬직한 태오도 있지. 난, 뭐 하면 돼요?"

양양이 그렁그렁한 눈으로 동료들을 보며 말했다.

"넌, 그냥 술만 조금만 더 마시면 돼."

태오의 말에 벤이 피식 웃으며 일어섰다.

"해보자고. 재밌겠어. 혹시 나중에 문제가 되면 나와 마틴이 주동했다고 해. 너희들은 취해서 따라갔을 뿐이고. 어때, 마틴, 괜찮지?"

"괜찮고말고. 우린 올해까지만 일하기로 했어. 돈도 꽤 모았고 가족들도 보고 싶고."

천국에서 리보솜까지는 친친히 걸으면 한 시간 이십 분 거리였다. 태오가 동료들을 재촉했다. 어쩌면 마지막이 될 추억을 만들고 싶었고, 자신이 그들을 감시하지 않는다는 걸 보여주고 싶었다. 그리고 늦은 밤 대평원의 변화를 포착하고 싶었다. 일몰 이후로 알파콘 평원을 출입 금지한 이유가 있을 것이다.

얼굴이 벌건 양양이 움슬라를 수송차에 태워 보내고 오겠다며 들떠서 말했다. 그는 자기보다 덩치가 큰 움슬라를 단숨에 업고 계단을 내려갔다.

태오는 술값을 정산하고 나오다 다시 들어가 위스키와 맥주를 더 샀다.

깊은 밤 알파콘 평원에 바람이 거셌다.

기다란 회색 구름이 하늘을 뒤덮어 흐릿한 달이 가려서 어두웠다. 움슬라를 제외한 다섯 명은 나란히 평원을 걸어갔다. 모두 한 손에 위스키와 맥주병을 들고 있었다.

출발할 때만 해도 수십 대의 차량이 지나갔고 이후로도 이따금 지나갔으나 삼십 분 전부터는 알파콘만 바람에 휘청일 뿐 깜깜한 암흑이었다. 흐린 달빛에 겨우 두어 걸음 앞만 보일 정도였다. 바람에 알파콘 이파리들이 부딪치는 소리가 절로 몸을 움츠리게 했다.

"우리 지금 맞게 가고 있는 거죠?"

아디닷이 추위에 떨면서 말했다.

"인생엔 맞는 거 따윈 없어."

"벤 형님, 멋진 말이네요. 맞아요, 자신이 믿는 대로 그냥 가는 거죠, 헤헤."

아디닷이 혀가 꼬인 채로 흥얼거렸다.

"한밤중에 대평원을 가로지르는 기분을 만끽하라고. 이런 경험 아무나 못 해."

기분이 좋은지 마틴이 위스키를 들이켜며 한발 앞서 걸었다. 태오는 본능적으로 동료들보다 조금 뒤에서 엄호하듯 걸으며 주변을 살폈다. 시계를 보니 걷기 시작한 지 사십 분째였다. 절반쯤 온 것이고 알파콘 평원의 한가운데쯤이었다.

엄호할 건물도 없는 확 트인 공간에 아무런 대비도 없이 밤길을 걷자고 한 게 후회됐다. 총알이 심장을 뚫은 독수리도 떠올랐다.

맥주를 몰래 땅에 흘려버리고 양손에 빈 맥주병 두 개를 움켜잡았다. 태오는 양옆으로 무한으로 뻗은 옥수수 평원을 훑었다. 팻말로 보아 시그마 구역을 지나고 있었다. 템페스트와 가장 가까운 곳이며, 몇 달 전까지 지오가 속한 구역이었고, 함께 일한 탤로들 모두가 퇴사한 땅이었다. 지오도 검은 제트기와 인간병기를 보았을까. 아니면 템페스트에서 무언가를 목격했던 걸까.

생각에 빠져서 그는 벤이 부르는 소리를 못 들었다.

"무슨 생각을 하느라 불러도 몰라?"

벤이 태오를 돌아보았다.

그는 맥주병을 들어 보이며 대평원의 밤을 구경했다고 얼버무렸다.

앞서 걷던 마틴이 휙 돌아섰다.

"벤, 기억났어. 아까 그놈 닮은 영화배우가 누군지. 옛날에 우리 할아버지 방에 사진이 있었지. 아시아계이니 태오나 양양은 알겠군. 왜 있잖아, 무술 잘하는 옛날 배우. 아, 이름이……."

태오는 제발 마틴의 입에서 '부르스'라는 이름이 나오지 않길 바랐다. 양양은 전혀 모르는 눈치였다. 끝내 마틴은 기억을 살리지 못했고 태오는 안도의 한숨을 쉬었다.

어느새 템페스트 구역이 가까웠다. 어두워서 산세와 내부는 보이지 않았다. 음영으로 드높게 솟은 험준한 산은 으스스한 기분마저 풍겼다. 판타지 게임에선 이런 곳이 요괴와 괴물의 성지였다. 그는 더욱 긴장해서 주위를 살폈다. 템페스트는 전혀 알 수 없는 영역이었다.

"늑대가 나타날 것 같은 밤이야."

"템페스트에 늑대가 있을까요?"

제일 멀쩡한 양양이 말했다.

"모르지. 접근 불가 지역이니까. 그래도 산이 깊은데 뭐라도 있을 수 있지."

"우우!"

아디닷이 늑대 울음소리를 냈다.

"나무 작대기 같은 거라도 가져올걸 그랬어. 혹시 모르잖아."

"아, 오후엔 머리통을 깨부술 망치와 목을 벨 낫이 있었는데."

아디닷이 소리 높여 말했다.

"쟤 뭐라는 거야? 완전히 맛이 갔구나, 아디닷."

"전쟁 게임 얘기하는 거 같아요."

벤의 말에 양양이 대답했다.

"나는야 대장장이, 우리 신부님이 날 꼬옥 안아줬지."

아디닷은 아예 노래를 흥얼거렸다.

다리를 휘청거리며 벤이 마틴에게 다가가 어깨에 팔을 둘렀다.

"마틴, 우리 지금 몇 살이지?"

"나도 몰라. 여기서 젊음을 다 보낸 기분이야."

대평원에서 바라보는 지평선의 끝자락에 리보솜의 불빛이 아른거렸지만 걸어도 걸어도 가까워지지 않는 기분이었다.

"이상한 기분이 들어요. 여기 이 길에 우리만이 아니라 다른 사람들이 있는 것 같아."

양양이 맥주를 홀짝이며 말했다.

"양양, 여긴 삼만 명이 있는 거야. 대평원이 모두 옥수수잖아. 저 많은 옥수수를 누가 키웠는데."

요즘 들어 태오는 마틴이 새로웠다. 몇 달 사이 그는 눈빛이 깊어졌고, 이따금 자아를 가진 사람이 쓸 법한 문장을 구사했다. 태오는 마틴이 고통스러운 육체노동을 하면서 자신만의 땅속 세계를 일구고 있다는 생각이 들었다.

템페스트 어디선가 '스스스' 소리가 들렸다. 태오와 아디 닷이 거의 동시에 고개를 돌렸다. 마른 나뭇가지들이 바람에 흔들리는 소리인 듯했다.

그들은 기계적으로 발을 옮겼다. 그리 먼 길이 아니었지만 캄캄한 밤길이어서 조금씩 지쳐갔다.

어둠에 잠긴 산속, 나무 우듬지에 앉아 있던 새들이 푸드덕 날아올랐다. 커다란 나무가 문처럼 쩌억 열리고, 검은 양복의 부르스가 나왔다.

그는 빠르게 산 아래로 내려갔다. 부르스의 빠르고 날카로운 발걸음에서도 '스스스' 소리가 났다.

차도로 내려선 부르스는 오십 걸음 떨어져서 소리 없이 태오 무리를 따라 걸었다. 길이 어둡기도 했으나 너무나 은밀한 추적이어서 아무도 눈치채지 못했다.

부르스로부터 백 걸음 떨어진 길에 휠체어를 탄 베이츠가 나르키소스를 무릎에 올린 채 밤 풍경을 감상했다. 아기는 반듯이 앉아 있었고, 옆으로 체구가 작은 부르스가 그들을 경호했다. 지상에 처음 나온 아기는 연신 눈알을 굴렸다. 번쩍이는 눈빛이 공기의 성분과 자연물의 정보를 빨아들일 듯 이글거렸다.

그들의 뒤쪽에 무엇이 있는지 모르는 감마 98 탤로들은 알 코올 기운에 다리를 흐느적거리며 걸었다. 리보솜의 불빛이 가까워지자 마음이 편해지면서 걸음이 느려졌다.

템페스트 구역을 벗어나는 고개를 돌 무렵, 태오는 귀에 익은 소리를 들었다. 피리 소리 같고 휘파람 같은 소리였다.

가느다랗게 들리던 휘파람 소리가 몇 초 만에 귀를 찢을 듯한 쇳소리를 내며 공중을 덮쳤다.

소리의 정체를 알아챈 순간, 한 무리의 무언가가 그들을 향해 순식간에 돌진했다.

부드러운 털에 날카로운 주둥이를 가진 생명체가 얼굴을 공격했다. 놀란 동료들이 손에 쥔 술병을 공중에 휘둘렀다. 비명 소리가 쩌렁쩌렁 울렸다. 얼굴과 팔이 찢어진 벤이 술 병을 휘두르며 고함을 질렀다.

누군가 아디닷의 이름을 부르는 소리가 들렸다. 태오는 양 손에 든 술병을 공중에 휘저으며 작아서 잘 보이지도 않는 새 떼를 뚫고 아디닷에게 달려갔다.

불과 열흘 전 겪은 터라 손가락 마디만 한 그것이 새라는 걸 알 수 있었다. 손으로 얼굴을 감싼 아디닷은 새들의 집

중 공격을 받고 있었다. 태오가 그의 몸을 감싸는 동시에 아디닷의 얼굴을 향해 몰려드는 그것들을 맨주먹으로 때리기 시작했다. 송곳처럼 날카로운 부리에 찔린 주먹에 피가 흘렀다. 새들이 이번엔 태오를 향해 몰려들었다. 태오는 다시 맥주병을 집어 들고 일어서서 정신없이 그것들을 향해 휘둘렀다.

정신을 차린 양양과 마틴이 달려와 술병을 휘두르며 도왔다. 잠시 후 새 떼는 퇴각하는 군대처럼 휘파람 소리를 내며 하늘 높이 사라졌다.

사람을 공격하는 새 떼에 대해 생각하느라 그는 새벽까지 잠들지 못했다.

너무 어두웠고, 순식간에 당한 터라 동료들은 벌레나 벌이라고 생각하는 모양이었다. 그러나 태오는 틀림없이 손가락 마디만 한 새라고 확신했다. 두 번의 공격으로 미루어 그것들은 사람의 얼굴이나 머리를 공격하도록 설계된 생물 같았다. 가장 두려운 것은 언제 어디서나 누구라도 공격할 수 있다는 점이었다.

한 시간 정도 잠들었다가 새벽에 깬 태오는 조용히 일어나 화장실로 들어갔다. 욕실 변기에 앉아 붕대를 갈고 소독약을 바르면서 상처를 들여다봤다. 벌레나 벌일 수가 없는 상처였다. 어두웠지만 그의 맨주먹은 분명 새의 부리를 느꼈다.

태오는 어떻게 은밀하게 감마 구역 탤로들에게 사실을 전할지 고민했다. 붕대에 감긴 손을 내려다봤다. 그는 이곳에 들어오기 전에 치른 마지막 육체 테스트를 떠올렸다. 죽을 만큼 고통스러웠던 순간들이 뇌리를 스쳤다. 이제 곧 다시 고통스러운 시간이 다가오고 있음을 그는 직감할 수 있었다.

변기에서 일어나 거울 속 자신의 얼굴을 보았다. 얼굴에도 작은 상처가 있었다. 태오는 복싱하듯 붕대를 감은 주먹을 거울 속 자신을 향해 내밀었다.

잠시 후 잠이 깬 동료들이 하나둘 일어나 여느 날처럼 욕실에서 씻고 작업복을 입었다. 아디닷이 찢어진 눈두덩이에 약과 반창고를 발랐다. 벤과 마틴이 리보솜 병원에 가서 치료받으라고 했으나 고개를 저었다. 지난밤부터 그는 입을 꾹 닫고 있었다. 늘 부산스럽고 설레발 떨던 그가 침묵하니 전체가 고인 물처럼 가라앉은 느낌이었다. 그가 노동에 지친 태오와 동료들에게 활기였음을 새삼 느낄 수 있었다.

평원으로 나간 동료들은 각자의 자리에서 말없이 작업에 돌입했다. 한여름처럼 더운 날씨가 아니었는데도 모두 지친 듯 행동이 굼떴다.

태오 역시 아침부터 녹초가 된 기분이었다. 오전이 되자 모두 숨을 헉헉거리며 열성 열매를 솎아내고 있었다. 간밤의 일은 아무도 꺼내지 않았다. 다만 말을 아끼며 생각에 잠긴 채 간밤에 겪은 일의 실체를 나름 곱씹는 분위기였다.

"아, 누가 얼음물 좀 갖다줘. 양양, 부탁 좀 하자."

벤이 소리를 지르자 양양이 곧장 음식 상자가 있는 수송차로 향했다.

얼음물이 담긴 병을 들고 오던 양양이 사람들을 불렀다. 옥수숫대에 파묻혀 일하던 태오와 마틴이 일어섰다. 멀리 올리브색 고급 세단이 감마 구역 안으로 들어서는 게 보였다.

마틴이 벤을 불렀고 움슬라는 눈을 동그랗게 떴다. 잠시 후 차가 그들의 구역에 멈췄고 땀 한 방울 없이 옅은 향수 냄새를 풍기며 마스터가 내렸다.

마스터가 평원에 직접 왔다는 건 보통 일이 아니었다. 모두 초원에서 사자를 본 것처럼 놀랐다. 간밤의 일을 떠올리지 않을 수 없었다. 동료들은 올 것이 왔다는 듯 부스럭대며 마스터 앞으로 모였다.

"제가 여기 온 이유를 아시죠?"

모두 굳은 표정으로 서 있었다. 평원에서 보니 마스터는 의외로 키도 작고 왜소해 보였다. 엄청난 육체 테스트를 거친 탤로들에 비할 바가 아니었다.

"특히 감마 구역 메이저가 탤로들과 동참했다는 걸 알릴 수가 없어 직접 찾아온 겁니다."

"마스터님, 저희는 밤 12시 전에 숙소로 돌아왔습니다. 차로 이동하지 않고 걸어서 오면 안 된다는 규정은 없습니다. 저희는 옥수수의 영역이 아니라 차도로만 걸었습니다."

벤이 나지막이 말했다.

"옥수수가 아니라 알파콘입니다."

부정한 자식의 패륜을 지적하는 듯한 말투였다.

"네, 알파콘으로 정정합니다."

벤이 마지못해 대답했다.

"그래서 여러분을 해고하지는 않습니다. 그리고 감마 98 팀원들 사례 덕분에 새로운 규정을 추가할 것입니다. 밤길을 걷는 것은 위험합니다. 여러분처럼 사고를 당할……."

"젊은 남자 다섯이 평원을 걷는 게 왜 위험한 일인가요?"

아디닷이 말을 자르고 차분한 어조로 물었다. 화가 났지만 꾹 누르고 있는 듯한 말투였다. 눈두덩이 욱신거리는지 인상을 쓰고 있어서 더 그렇게 보였다.

"술에 취해 밤길을 걷는 건 어디라도 위험합니다. 여러분들이 어제 쏘인 것처럼 말이죠. 깜깜해서 안 보이던데, 벌인가요 아님 벌레인가요?"

순간, 미묘한 기운이 동료들의 눈빛 사이로 흘렀다.

"저희도 너무 어둡고 순식간이라 잘 모르죠. 우리를 공격한 게 벌일 수도 벌레일 수도 있죠."

마틴이 차분하게 대답했다. 마틴이 일부러 답을 회피한다는 걸 느낀 태오가 말을 이었다.

"다 제 불찰입니다. 동료들이 제가 메이저가 된 걸 축하해줘서 제가 술에 취한 나머지 안전에 소홀했습니다. 다시는 이런 일이 없도록 하겠습니다."

"분명히 해두시죠, 마스터님. 어젯밤의 일은 저와 마틴이 어린 친구들에게 강요한 겁니다. 술에 취해 객기를 부렸죠. 책임을 진다면 저와 마틴이 하겠습니다."

"이 팀은 동료애가 뛰어나군요. 좋아요, 소급 적용은 없습니다."

모두 안도하는 가운데 양양이 손가락으로 땅을 가리켰다. 다갈색의 두툼한 벌레들이 알파콘 줄기를 타고 내려와 땅으로 흩어지고 있었다.

동료들은 징그러운 벌레가 발 쪽으로 다가오자 발을 피했다. 양양과 아디닷은 화들짝 놀라 펄쩍 뛰었다. 그러나 마스터는 벌레를 가만히 내려다보면서 발로 벌레 떼를 밟아 죽이기 시작했다. 구둣발에 으깨져 내장이 터져 죽은 벌레를 보며 아디닷은 아힘사를 읊조렸다.

발 근처의 벌레를 모조리 죽인 후 마스터가 고개를 들었다. 짧은 순간, 태오와 그의 눈이 마주쳤다. 태오는 마스터의 눈빛에서 컨트롤센터의 공간을 떠올렸다. 아무것도 없는 흰 벽에 가로막힌 텅 빈 공간.

고개를 돌려 주위를 휘둘러본 마스터가 알파콘 덤불 속으로 달려갔다. 벌레 떼가 그쪽으로 이동하고 있었다. 그는 죄다 밟아버려야 직성이 풀리겠다는 듯 등짝이 땀에 흠씬 젖을 때까지 벌레를 죽였다. 덤불 바깥에서 팔짱을 낀 채 마스터를 지켜보면서 태오는 새끼고양이 사체를 떠올렸다. 한숨 소리에 돌아보니 아디닷과 마틴도 팔짱을 낀 채 마스터를 지켜보고 있었다.

잠시 후 땀에 흠뻑 젖은 마스터가 셔츠 단추를 풀며 덤불에서 나왔다. 헝클어진 머리와 땀으로 번들거리는 얼굴은 모두가 알던 엘리트 지식인의 얼굴이 아니었다.

"여러분도 이런 벌레들을 본다면 죄다 죽여버리길 바랍니다. 아시다시피 별 쓸모도 없는 이것들은 번식력이 지나치게 강하죠. 우리 알파콘에게 해가 될 수도 있어요."

마스터는 태오에게 점심 식사 후 컨트롤센터로 오라고 말했다. 그리곤 구두 바닥을 베어낸 열성 알파콘 더미에 박박 문지르고 차에 올랐다.

수송차를 타고 컨트롤센터로 가면서 태오는 마스터가 자신과 호준에 대해 얼마나 알고 있을지 캐볼 작정이었다.

낮에 보는 센터는 나무가 바래서 더 허름한 통나무집 같아 보였다. 앞마당의 야생화는 여름을 지나면서 더 진하고 생기발랄해 보였다. 나무 문을 밀고 컨트롤센터 안으로 들어갔다.

팔짱을 낀 채 서서 생각에 잠겨 있던 마스터가 힐끗 돌아봤다. 마스터의 손짓에 따라 태오는 마호가니 테이블에 앉았다.

가까이 마주 앉자 마스터가 태오의 눈을 응시했다. 응당 그러하듯 상대의 눈을 보며 참과 거짓을 판별하려는 눈빛이 아니었다. 감정을 말끔하게 제거한 눈빛은 상대의 눈동자 자체를 들여다보는 듯했다. 묘하게 쓴맛이 감도는 옅은 미소를 띤 채 그는 이내 눈길을 거뒀다.

그가 차를 대접하겠다며 일어나서 한쪽 벽에 손을 댔다. 벽면 한쪽에 출입구가 드러났다. 다른 세계로 이동하듯 그는 발을 들어 안으로 들어갔고 이내 다시 벽이 되었다.

센터 외양으로 보아 실내로 들어서서 왼쪽 벽 안쪽이 집무실이고 그 위층 전체가 마스터의 사적 공간인 듯했다. 안쪽 집무실에서 위층으로 이어지는 계단을 오르면 개인 생활 공간이 있을 것이다. 틀림없이 머리 위 개인 공간 어딘가에서 지하로 이동하는 통로가 있을 거라고 확신했다.

혼자 남게 되자 태오는 넓은 센터 안을 천천히 걸으며 아무것도 없는 벽과 천정을 몸을 기우뚱거리며 살펴봤다. 일부러 어린아이 같은 몸짓으로 신기하다는 표정을 지었다. 바닥에 떨어진 무언가를 줍다가, 재빨리 주머니에 그것을 넣고 얼른 신발을 터는 척했다. 찻잔을 들고 멈칫 선 마스터가 태오의 모습을 흘깃 보고는 자리에 앉았다.

"홍차입니다. 귀한 최상품이죠."

"향기가 좋습니다. 이거 오리지널 홍차 맞습니까? 마스터님의 미소처럼 쌉싸름한 맛이 훌륭한 거 같습니다."

태오가 차를 호로록 마시자 마스터가 미세하게 인상을 썼다.

"시타 구역의 탤로 한 분이 간밤에 리보솜으로 돌아오지 않았습니다. 어젯밤 동료들과 약속한 장소에 나타나지 않았고, 자정 무렵까지 기다리다 돌아왔다고 하는군요. 현재 사라진 사람의 생성번호도 뜨지 않습니다."

"어떻게 그럴 수가 있죠? 절차 없이는 델피를 나갈 수도 없지 않습니까?"

"생명체의 에너지가 사라지고 피부 괴사가 시작되면 칩은 무용지물이 됩니다."

"그 사람이 죽었다는 말입니까? 단 하루 사라졌다고 어떻게 죽었다고 단정하죠?"

태오가 목소리를 높이며 저도 모르게 화를 냈다.

마스터는 현재로서는 그럴 가능성이 크며, 그동안 우울증이거나 노동이 힘들어 자살하는 탤로들이 종종 있었다고 했다. 태오는 속으로 개소리라고 읊조렸다.

"텔로 중 극히 일부가 자발적으로 알파강에 투신한다면 어쩔 도리가 없죠. 저희 베이츠에서 자살을 막을 방법이 없잖아요? 어리고 나약한 사람은 자살을 택하죠. 그건 국가도 어쩔 수 없는 일이죠."

네 동생은 자살해서 알파강 아래 있으니 허튼수작 말라고 마스터의 눈빛과 묘하게 웃는 얼굴이 말하고 있었다. 할 수만 있다면 당장 일어나 그의 멱살을 잡고 패대기치고 싶었지만 태오는 욱신거리는 주먹을 불끈 쥐었다.

"강에 투신한 거라 확신한다면 시신을 찾아 확인해야 하지 않습니까."

마스터는 대답 대신 태오를 빤히 쳐다봤다.

"알파강은 바다만큼 거칠고 깊어요. 강바닥까지 잠수할 수 있는 사람은 없어요."

"잠수 로봇을 투입하면 되잖아요."

"우리가 왜 시신을 찾습니까? 델피에서 죽은 사람을 확인해서 베이츠의 평판에 좋을 게 없지요."

"마스터님은 사라진 사람들이 알파강에 투신했다고 어떻게 확신하죠? 그들이 어떻게 죽었는지 모르지 않나요? 적어도 모른다고 해야 합리적이죠."

"생성번호가 뜨지 않는다고 말했잖아요. 그럴 경우 이미 생명체의 에너지가 사라졌거나 아주 깊은 물에 잠겼을 때라고."

지식인답게 같은 말을 반복하는 게 짜증스럽다는 듯 말했다.

"제 말이 그 말입니다. 왜 하필 깊은 물속에 사라진 사람들이 있다고 추정하냐는 말이죠. 깊은 땅속일 수도 있지 않습니까?"

태오가 운동화 신은 발로 센터의 바닥을 쿵 치며 말했다. 마스터의 눈동자에 에너지가 서렸다. 그가 흥미진진하다는 표정으로 물었다.

"김태오 씨가 땅속이라고 추론하는 근거는 뭔가요?"

"깊은 곳은 물속 아니면 땅속이죠."

생각을 드러낼 필요가 없었다. 공허한 되돌이표였다. 무슨 의미인지 마스터가 고개를 끄덕였다.

"당신이 땅속이 아니라고 생각하는 근거는 뭔가요?"

태오가 당돌하게 되물었다.

"생체인식이 안 될 정도의 깊은 땅속은 상상이 안 되잖아요. 태오 씨는 그게 가능할 거 같나요?"

"델피와 알파강을 만든 베이츠라면 못 할 것도 없겠죠. 하지만 생각해보니까 엄청난 돈을 들여 만들 이유도 없을 것 같긴 하네요. 지상에서 아무 문제 없이 잘 돌아가니까. 물론 마스터님 같은 분이 전체를 관리해서 그렇겠지만."

마스터가 식은 홍차를 한 모금 마시고 팔짱을 끼고 태오를 바라봤다. 감정의 동요가 전혀 없었다. 예의 쓴맛이 감도는 미소와 공허한 눈빛이었다. 센터의 하얀 공간처럼 자신의 내면이 텅 비었다는 사실조차 모르는 인간의 공허함이었다. 태오는 그의 눈을 응시했다. 갈색 뿔테 안경 너머 삼십 대 남자의 두 눈이 약간 짓무른 듯 보였다. 지식 경쟁에서 살아남으려고 평생 자신을 혹사한 사람의 눈이었다. 젊은 나이에 초엘리트가 됐다면 자신을 혹사할 수밖에 없을지도 몰랐다.

"저도 지금 상상해본 건데, 만일 깊은 지하에 어떤 세계가 있고, 실종자가 거기 있다면, 그들은 지금 살아있을까요?"

마스터의 도발에 태오는 어금니를 깨물었다.

"누군가 죽이지 않았다면 살아있겠죠. 세계적인 다국적기업이 사람을 함부로 죽이진 않겠죠."

"태오 씨는 아직 좀 순수하네요. 기업의 존폐나 명성에 방해가 된다면 어떤 사건도 발생할 수 있죠. 상상력을 좀 발휘해보세요."

마스터가 차를 홀짝이며 물끄러미 태오를 바라보며 말했다. 머지않아 너를 죽이겠다는 말을 아무 감정 없이 자판의 글자를 타이핑 하듯 또박또박 말하는 인간을 현실에서 마주하기는 처음이었다. 세상은 게임보다 더 게임 같았다.

"차, 드시죠. 주말에 아디닷은 뭘 하나요?"

화제를 바꾸며 마스터가 뜻밖의 질문을 했다. 상대의 진의를 알 수 없어 침착하게 종일 게임에 빠져 사는 것 같다고 말했다.

"하루 종일 게임을 하는 게 가능한가요?"

"게임만 하고 살아봐서 아는데, 가능합니다. 그게 삶의 전부일 수도 있습니다."

"지금은 어떻습니까? 요즘도 하나요?"

"지금은 거의 하지 않습니다."

"그럼, 태오 씨는 주말에 뭐 합니까?"

"뭐, 쇼핑하고 술 마시고 그리고 친구와 드라이브를 합니다."

짧은 순간, 질문도 대답도 의미 없다고 판단했다.

"김태오 씨는 혼자 다니지 않는군요. 왜죠? 특별한 이유라도 있나요?"

그는 델피에 오기 전에 늘 혼자서 게임만 하고 산 걸 후회하고 있다고 대답했다. 실제로도 그랬고 의중은 알 수 없어도 그냥 던져보는 말 같지 않았다. 간밤에 사라진 탤로는 혼자서 술을 마신 사람일 거라는 생각도 들었다.

"그럼, 앞으로도 혼자 다니진 않겠네요."

대답할 이유가 없어 잠자코 있던 태오가 불쑥 말을 던졌다.

"어제 사막에서 독수리 사체를 봤습니다."

"제가 사냥한 겁니다. 누가 총을 쐈을까 궁금했군요. 델피 전역에 총을 소지한 사람은 나밖에 없습니다."

고양이도 너구리도 당신 짓이냐고 묻고 싶었지만 참았다.

자신의 찻잔을 들고 일어선 마스터가 벽 안쪽으로 들어갔다. 빈 잔을 가져다 놓고 나온 마스터가 위에서 태오를 지그시 내려다봤다. 그의 짓무르고 공허한 눈빛이 태오에게 명령조로 말했다. 얼른 홍차를 다 마시라고, 그렇게 훌륭한 홍차의 맛도 음미할 줄 모르는 멍청이라고, 내가 너한테 중요하게 할 말이 있다고. 태오는 헛웃음을 지으며 잔을 들어 홍차의 빛깔을 눈여겨봤다. 그리곤 물을 마시듯 단숨에 털어 넣었다.

"메이저는 중요한 사람이니 중요한 일을 해야죠. 지금부터 살펴봐야 할 탤로들이 있어요. 나도 아직 누군지 몰라요. 인공지능이 선별한 거니까."

태오는 혹여나 호준이 지목될까 봐 조마조마했다.

"쉽습니다. 단지 주의 깊게 살펴보기만 하면 되니까요. 규칙 위반이나 수상한 행동 같은 거 말입니다."

태오는 보고하겠다고 사무적으로 대답했다.

마스터는 판단은 자신이 할 테니 사소한 거라도 보고하라면서, 전 구역에서 24명의 메이저가 비슷한 일을 하게 될 거라고 덧붙였다.

"원래 제가 하는 일인데, 내가 좀 일이 많아서 메이저들에게 분산시키는 겁니다. 목적은 하나, 사고를 미연에 방지하자는 겁니다."

불특정 다수에게 불특정 다수를 감시하는 일이었다. 태오는 나머지 23명의 메이저 중 누군가가 자신과 호준을 감시하리라는 걸 알았다.

마스터가 벽으로 돌아서서 노동자들의 신상기록 파일을 불러냈다. 팔을 휘저으며, 구역별로 정리된 파일에서 한 명씩 얼굴을 허공에 띄웠다.

마지막으로 아디닷의 얼굴이 허공에 세워졌다.

흠칫 놀랐으나 태오는 얼른 표정을 지웠다. 아디닷의 익살스러운 얼굴 옆에 'Bβ' 표식이 보였다.

7

템페스트

세상에 가장 빠르고 강력한 것은 소문과 총이었다. 태오는 동료들에게 그들이 맞닥뜨린 새 떼의 위험을 전했고, 동료들은 각자의 방식으로 다른 구역 탤로들에게 은밀하게 알렸다.

평원의 바람이 그렇듯 소문은 한쪽 끝에서 시작해서 반대쪽 끝까지 순식간에 퍼져나갔다. 일주일이 지나자 불길한 새 떼는 '휘휘'라는 은어가 되어 태오에게 돌아왔다. 그것들이 몰려들 때 들리는 소리를 조심하라는 의미였다. 또한 동료들에게 남아 있던 태오에 대한 일말의 의심 또한 바람처럼 사라지고 믿음이 되돌아왔다.

탤로들 사이에서는 새로 출시된 전쟁 게임 바람이 불기도 했다. 리보솜 식당이나 헤븐스몰 곳곳에 모인 젊은 노동자들은 게임 이야기에 열을 올렸다. 그 한가운데 아디닷이 있었고, 그는 주말마다 게임장에서 수백 명의 탤로들과 동시접속으로 게임을 즐겼다.

태오는 아디닷이 아무런 일도 일으키지 않고 지금처럼 내내 게임만 하기를, 그래서 마스터의 눈에 띄지 않고 그에게 보고할 사건이 없기를 바랐다.

한여름 무더위는 물러났고 이제 곧 구역마다 수확을 시작한다는 소식도 들려왔다.

한결 일이 수월해지자 리보솜과 헤븐스몰에는 활기가 넘쳤다. 여유와 활기 속에 얼마 전 사라진 탤로에 대한 소문이 알파콘 줄기처럼 쑥쑥 자라났다.

그사이 호준은 재즈바의 츤데레 핑크가 연결해준 중간책에게서 사제 총 두 자루를 구했다. 덕분에 넉넉한 돈만 있으면 뭐든지 구할 수 있다는 걸 알았다. 대마와 인공 합성 마약, 항우울제, 수면제, 성인용품과 게임기 따위.

이것들은 평일에 할 일이 없는 천국의 근로자들이 주로 사용하는 모양이었다. 탤로가 노동으로 지쳤다면 근로자들은 권태로 찌들었다. 총을 건네면서 핑크가 한 말이었다. 헤븐스몰의 암시장엔 여러 단계가 있었고 아주 은밀하게 극소량의 물건만 반입한다고 했다.

두 개의 총은 두툼한 소시지와 돼지고기 살을 일부 파내고 알파콘 반죽으로 총신을 감싼 후 고기 살 속에 숨겨서 들어왔다. 탤로들 사이에 떠도는 소문은 쓸모가 있었다. 어떤 이유에선지 알파콘 가루가 네트워크를 회피하는 게 사실로 판명됐다.

거래가 성사된 후 호준이 수고비를 내밀자 핑크는 단칼에 거절했다. 그는 사람들을 연결할 뿐 누구에게도 돈을 받지 않았다. 만일에 대비하는 자신만의 방식이라고 했다. 반입한 물건이 적발되더라도 물건을 구입한 사람과 델피 밖에서 물건을 실은 사람만 드러나는 루트였다. 꼬리 자르기였다. 이곳에 수사할 경찰이 없기에 가능한 발상이었다.

호준이 왜 무보수로 사람들을 연결해주냐고 묻자, 핑크는 사람들은 필요한 물건을 가질 자유가 있다고 대답했다. 그러면서 이곳은 제약이 너무 많고 그것은 옳지 않다고 덧붙였다. 총을 무사히 수중에 넣은 후 호준은 핑크의 아내가 강도들의 총에 사망했다는 소문을 들었다. 재즈바 화장실에서 총을 건네줄 때 자신을 지키기 위해 총이 필요하다는 말은 진실이었다. 그는 희귀한 알파 등급의 진실한 남자였다.

태오는 총을 침대 밑에 숨겨두었다. 총을 소지한 게 발각되면 모든 게 끝장날 터였다. 전등을 소등하고 각자의 침대에 누운 밤, 그는 총이 든 매트리스 부위를 손으로 쓸어보곤 잠이 들었다. 그의 손은 휘휘로 입은 상처로 아직 붕대가 감겨 있었다.

얕은 잠에 빠진 태오는 산만한 꿈에 시달렸다. 침대 밑에 총을 숨겨둔 후로 깊은 잠을 자지 못했다. 잠든 자세로 그대로 번쩍 눈을 뜬 그는 본능적으로 손으로 총을 움켜쥐는 포즈를 취했다. 방 안이 어두컴컴한 걸로 보아 아직 이른 새벽인 듯했다.

동료들의 코 고는 소리와 뒤척이는 소리에 깬 것 같진 않았다. 맞은편 침대에서 아디닷이 부스럭거리고 있었다. 잠시 어둠에 익숙해지자 그의 모습이 희미하게 보였다. 서랍에서 속옷을 꺼내고 그 속에 든 것을 팔뚝에 붙이곤 점퍼를 입었다.

팔에 붙인 것은 알파콘 반죽인 듯했다. 아디닷이 조심스럽게 문을 열고 나가자, 태오도 조용히 일어나 주위를 살피곤 방을 나섰다.

짙은 안개가 몸을 끈끈하게 감싸 안았다. 앞서가는 아디닷의 모습이 신기루처럼 보였다.

보였다 사라지기를 반복하는 그를 놓치지 않으려고 태오는 바투 붙었다가 거리를 두기를 반복했다. 빠르게 걷던 아디닷이 갑자기 달리기 시작했고 그도 따라 달렸다. 안개 때문에 순간 시야에서 아디닷이 사라졌다. 숨을 헉헉거리며 전속력으로 달렸다. 희미하게 사람의 실루엣이 보였다.

검은 옷의 실루엣이 지오로 보였다. 지오가 템페스트를 향해 달리고 있었다. 동생을 놓치지 않으려고 안개를 뚫고 달리던 태오가 돌에 걸려 넘어졌다. 벌떡 일어났지만 지오는 시야에서 사라지고 없었다. 팔뚝이 긁혀 피가 났지만 다시 템페스트를 향해 달렸다. 다시 시야에 잡힌 검은 실루엣은 분명 아디닷이었다.

아디닷이 길을 따라 커브를 도는 게 보였는데 잠시 후 안개 속으로 사라졌다. 그를 좇아 커브를 돌았지만 보이지 않았다. 짙은 새벽안개에 파묻힌 템페스트가 눈앞이었다. 산악지대도 진녹색 평원마저도 연회색 안개에 젖어 흐렸다. 그러나 태오의 머릿속은 또렷해졌다. 아디닷 또한 무언가 찾고 있으며 아디닷 또한 자신처럼 목숨을 위협받고 있었다.

노동이 끝나갈 무렵 마스터가 스물네 명의 메이저를 호출했다.

하나둘 컨트롤센터 안에 모인 메이저들은 경계의 눈빛으로 서로를 훑었다. 각자 감시 임무를 맡고 있으니 다른 메이저가 자신을 감시할지도 모른다는 의심 때문이었다. 절묘한 교란작전이었다. 서로를 믿지 못하게 만드는 데 이만한 게 없었다. 태오도 어떤 식으로든 자신과 호준을 감시하고 있을 다른 메이저들을 사납게 노려봤다. 태오는 이미 마틴과 동료들을 통해 리보솜 전체에 알려지도록 손을 썼다. 탤로들 중 스물세 명의 메이저들은 배제됐다. 그들은 탤로들 사이에 경계의 대상이었고 그래서 그들의 귀에는 휘휘에 대한 비밀이 흘러들지 않았다.

메이저들은 멀찍이 떨어져서 서로를 살피다가 어색한 기류에 서로 눈을 피했다. 태오는 그들 하나하나를 쏘아봤다. 눈을 피하는 놈을 자신을 감시하는 메이저 목록에 넣으려 했는데 대부분 쭈뼛거리며 눈을 피했다.

벽을 열고 나온 마스터는 활짝 웃고 있었다. 그가 그렇게 웃는 모습은 처음이었다. 아마도 이 상황이 썩 유쾌한 모양이었다. 그는 홍차가 담긴 찻잔들을 트레이에 끌고 나와서 메이저들에게 권했다. 몇몇은 입을 축였고 갈증이 나는 몇몇은 눈치를 보며 마셨다.

마스터는 내일부터 한 구역씩 수확을 시작한다고 말했다. 감마 구역은 다음 화요일이었다. 하비스터가 차례로 구역을 도는 동안 탤로들이 느슨해지지 않도록 주의하라고 당부했다. 하비스터가 알파콘을 벨 때 빠른 속도로 인해 튕겨 오르는 알곡에 다치는 일이 없도록 하라는 거였다.

기계 작업이 끝나면 노동자들은 바닥에 쓰러진 줄기와 이파리들을 싣는 걸 도와야 했다. 모든 과정이 끝나면 메이저가 센터로 와서 보고하라고 지시했다.

태오가 여전히 다른 메이저를 훑어보면서 마스터에게 물

었다.

"저희 메이저는 마스터님을 직접 만나 보고하잖아요. 마스터님은 상부에 어떻게 보고하십니까?"

대체로 무슨 뜬금없는 질문이냐는 듯 태오를 멍하니 쳐다봤으나 두어 명의 얼굴은 신선한 질문이라는 표정으로 마스터를 쳐다봤다.

"노동자는 노동자의 일만 하면 됩니다. 나머진 여러분들이 알 필요 없겠죠."

그가 또박또박 끊어서 못 박듯 말했다. 듣기에 따라서 상당히 계급적인 발언이었다.

"평원에도 리보솜에도 헤븐스몰에도 본사 건물 같은 건 없잖아요. 혹시 사막에 아무도 모르는 지하세계 같은 게 있나 해서요. 게임에서는 그렇거든요."

천진난만한 목소리로 태오가 다시 물었다.

피식 웃던 메이저 몇몇이 마스터의 표정을 보곤 웃음기를 거뒀다. 손끝으로 안경을 밀어올리며 마스터가 태오와 나머지 메이저를 둘러보고 입을 열었다.

"노동은 단순해도 시스템은 정교합니다. 전 세계 사람들이 모르는 특별한 세계는 없습니다. 그런 건 태오 씨가 말했듯 여러분들이 즐기는 게임에나 존재합니다. 게임을 즐기는 건 좋으나 너무 빠지진 마세요."

마스터가 슬며시 웃자, 스물세 명도 따라 웃었다.

마스터가 다시 한번 안전 사항과 규칙을 강조하고 태오는 남으라고 하고 나머지는 돌려보냈다.

문을 나서며 몇몇이 태오를 돌아보았다.

태오는 서 있던 그 자리 그 자세로 가만히 서 있었다.

"저한테 할 얘기가 있을 거 같아 남으라고 했습니다."

말은 부드럽게 하지만 마스터의 눈빛은 차갑게 얼어 있었다. 당장이라도 처리하고 싶은 욕망을 억누르려 듯 지그시 눈을 감았다. 최근 실종자가 많아 부담스러웠고 알파 등급인 태오를 처리하기 위해서는 베이츠의 허락이 필요했다.

허락을 받으려면 지금까지의 상황을 설명해야 했고 그러면 완벽하지 못한 일 처리가 드러날 수밖에 없었다.

태오는 오늘 새벽 아디닷이 평원을 달렸고, 뒤를 쫓았지만 안개 때문에 놓쳤다고 설명했다. 그는 당분간 이중 스파이로 아디닷이 위험해지지 않는 선에서 마스터를 농락할 작정이었다.

다시 평정심을 찾은 듯 공허한 눈빛으로 돌아온 마스터는 그것밖에 없냐고 되물었다. 아디닷이 템페스트로 오른 것을 모르는 듯했다.

"아디닷이 어디를 향해 달린 걸까요?"

"그건 저도 모릅니다. 그런데 왜 아디닷이 위험 등급으로 분류된 거죠? 그걸 알면 더 구체적으로 감시할 수 있을 거 같아서요."

"그건 저도 모릅니다. 인공지능이 하는 일이라서. 아마도 당신보다 질문이 많은 사람이겠죠."

마스터가 평원의 구역들을 허공에 띄우고 시간을 조정했다. 새벽 5시 무렵 평원은 옅은 안개가 떠다닐 뿐, 아무것도 보이지 않았다. 잠시 후 안개 속을 달리는 태오가 보이고 잠시 후 넘어졌다. 마스터가 앞쪽을 확대하지만 아디닷의 모습이 보이지 않았다.

몇 분 동안 인근 구역들을 훑어봐도 보이지 않자 마스터는 신경질적으로 팔을 휘둘러 영상을 꺼버렸다.

"새벽에 안개가 너무 짙었습니다. 그 바람에 저도 놓쳤지만. 아무튼 아디닷이 규칙을 위반하지는 않나 보군요. 그랬다면 벌써 네트워크 신호에 잡혔겠죠."

역시 이곳은 알파콘의 도시이며 알파콘을 위한 세계였다. 옥수수 반죽이 네트워크를 회피한다는 걸 발견한 탤로들은 위대했다. 더 많은 시간 더 즐겁게 놀기 위한 인간의 반란은 우연을 만나 놀라운 발견을 이루기 마련이었다. 하지 말라면 더 하고 싶어지는 인간의 본성을 충실히 따르는 말썽꾸러기들이 획기적인 것을 찾아내고 그래서 세상은 발전하는 것이었다. 세상과 과학의 발전은 재미를 추구하는 괴짜들이 쌓아

올린 삐뚤빼뚤한 돌탑이었다.

센터를 나와 리보솜으로 돌아온 태오는 산책길에 호준이 있기를 바라며 천천히 길을 돌았다. 완연한 가을도 아닌데 며칠 전부터 저녁 바람이 꽤 차가워지기 시작했다.

호준은 짐작대로 보이지 않았다. 그는 리보솜을 돌면서 선뜻 불어닥친 바람 같은 탤로들 사이에 술렁임을 포착하고 있었다. 휘휘와 두 달 전 알파콘 이파리에 감겨서 사망한 콧수염, 얼마 전 사라진 탤로에 대한 불안과 소문들. 놀라운 것은 여러 장소에서 부르스 리를 본 목격자들이 또 있다는 것이었다.

태오는 삼만 탤로들을 규합할 방법을 찾고 있었다.

저녁 식사를 마치고 산책하는 동료들이 꽤 많았다. 예전엔 그냥 스쳐 지나던 탤로들이 태오를 향해 말을 걸거나 손을 흔들었다. 태오가 맡은 감마 구역 천 명의 동료들, 천 명의 입소문이 며칠 만에 바람을 바꾼 느낌이었다. 흡사 리보솜 언덕에 불어오는 산뜻한 저녁 바람처럼.

제분 공장 인근을 걷는데 누가 어깨를 쳤다. 호준이 아니라 마틴이었다.

저녁을 먹다 벤과 말다툼하곤 혼자 걷고 있다며 마틴이 겸연쩍은 미소를 지었다. 둘은 한동안 말없이 걸었다. 시원한 바람이 불어오는 저녁 믿음직한 사람과 함께 한다는 건 기분

좋은 일이었다.

태오가 마틴의 팔짱을 꼈다. 다 큰 남자들이 팔짱을 끼는 일은 좀처럼 드문 일이었다. 잠시 어색해하던 마틴이 잠자코 있었다. 조금 더 걷다가 태오가 땅바닥에 주저앉았다. 얼결에 따라 앉은 마틴이 눈을 동그랗게 떴다.

태오는 손가락으로 흙바닥에 '부르스'라고 쓰고 얼른 지웠다.

서너 번 눈을 깜빡이던 마틴이 알아들었다는 표시로 바닥에 동그라미를 그렸다.

'인간병기'라고 쓰자 그의 눈이 휘둥그레졌다. 이어서 아디닷을 지켜달라고 적고 일어섰다.

충격을 받았는지 마틴이 땅을 짚고 일어섰다.

숙소로 돌아오면서 그는 왜 벤이 아닌 자신에게 알려주냐고 조심스레 물었다.

태오는 마틴이 생각이 깊어 어려운 상황이 되면 현명하게 대처할 것 같다고 대답했다. 마틴은 칭찬받은 아이처럼 상기된 얼굴로 해맑게 웃었다.

태오는 공격이 최선의 수비라는 널리 알려진 진실을 따르기로 했다. 더는 미룰 수가 없었다. 마스터가 그들을 노렸고 두 사람을 감시하는 탤로가 있고 하늘엔 언제 어디서 출몰할지 모르는 휘휘가 있었다.

그러나 아무리 생각해도 컨트롤센터의 방어벽을 뚫을 묘책이 떠오르지 않았다. 어떻게든 센터를 들어갈 순 있겠지만 메인 컴퓨터에 진입하지 못하면 백전백패였다. 베이츠의 데이터를 헤집어야 지오와 사촌 형의 동선을 추적하고 그들을 구출할 수 있었다. 태오는 그들이 살아있다는 믿음에 추호의 의심도 덧붙이지 않았다.

시타 구역의 사라진 탤로에 대한 의구심이 알파콘이 자라듯 왕성하고 튼튼하게 리보솜에 자라고 있었다. 사라진 탤로는 이제 스무 살이었고 사사키라는 이름의 일본계 호주인이었다. 사사키는 자살 따위 할 친구가 아니라고 시타 구역 동료들은 입을 모았다. 사사키는 양양과 움슬라처럼 무척 성실하고 선한 친구였다. 얼마 전부터 알파콘 노동과 기업 베이츠에 회의를 드러냈고 최근엔 부쩍 혼자 다녔다고 전해졌다. 동료들은 시타의 메이저가 마스터의 지시로 그를 감시했을 거로 의심했다. 시타에 친구가 많은 아디닷이 전해준 말이었다.

수확을 앞둔 평원은 나른한 분위기가 감돌았다. 그와 대조적으로 리보솜에는 팽팽한 긴장감이 흐르고 있었다. 많은 탤로들이 휘휘와 인간병기에 대해 알아챘고 불안과 불신이 리보솜 건물처럼 방사형으로 넓게 퍼져나갔다. 마틴을 비롯한 동료들이 태오를 도왔다. 괄괄한 벤은 이 과정에서 소외됐다. 마틴의 판단이었다. 당분간만 비밀로 할 거지만 내심 친구에게 미안하다고 마틴은 말했다.

토요일 낮 천국에서 만난 태오와 호준은 델피 전체의 지도를 펼쳤다. 사막부터 시작해 델피 곳곳을 탐색할 작정이었다. 넓은 구역의 양자파동을 측정하기엔 사막이 적절했다.

호준은 손바닥만 하게 접히는 고성능 컴퓨터를 손에 넣었다. 그동안 땅바닥을 기며 죽도록 고생한 돈이 고스란히 손바닥에 있다며, 그렇지만 그만한 가치가 분명히 있을 거라고 호준은 황망하게 웃었다. 손수건을 포갠 듯 얇은 종잇장 같은 컴퓨터는 펼치면 창문 크기였고 접으면 종이처럼 돌돌 말려서 주머니에 넣고 다니기 좋았다.

컴퓨터 안에 보어측정기가 있었다. 양자물리학의 유명한 과학자의 이름을 딴 것이었다. 만물은 모두 파동으로 이루어져 있고, 각 사물은 고유의 파동을 가지고 있다. 그중 보어측정기는 특히 살아있는 생명체 고유의 파동을 잡아내는 성능이 뛰어났다.

주머니에 컴퓨터를 넣은 채 지난번 독수리 무덤이 있는 곳에 내렸다. 발길에 차이는 무수한 돌과 바위를 지나자 드디어 진동음이 울렸다. 육안으론 구분이 안 되는, 무수한 돌 중 작은 돌이 인공지능이었다.

지칠 줄 모르는 인공지능 포획자인 호준은 발로 그 돌을 힘껏 차버렸다. 그 일대에 인공지능 바위를 하나 더 포획했으나 별다른 파동의 변화가 없었다. 두 사람은 다시 차에 올라 사막 더 안쪽으로 달렸다.

오 분쯤 달리면서부터 파동의 변화를 보여주는 센서음이 요동쳤다.

운전하는 태오가 컴퓨터를 지켜보던 호준과 하이파이브를 했다. 잠시 멎었던 날카로운 음향이 사막의 한쪽 끝까지 오십 킬로미터의 땅 전체에 울려 퍼졌다.

호준이 컴퓨터를 펼쳐 화면을 보여줬다. 바이오리듬 같은 파동 물결이 파도처럼 일렁거렸고 수송차가 움직이는 거리에 따라 무지갯빛 색깔로 변하며 번쩍였다.

"이 땅 아래 여러 종류의 생명체가 있다는 거네."

태오가 화면의 색깔 변화를 응시하며 말하자 호준이 웃으며 대답했다.

"지구 위에 있는 생명체가 지하에도 가득 들어차 있다는 뜻이지. 이런 빛의 스펙트럼은 헤븐스몰의 공원에서 볼 수 있는 거거든. 주말에 탤로들로 가득한 인공 공원. 그러니까 이 땅 아래 꽃도 나무도 벌레도 있고, 포유류 조류 인간까지 있다는 의미지."

"휘휘도 지하에 둥지를 틀고 있겠군."

"휘휘 떼가 지하에서부터 솟구쳐 오르다니 대단해. 베이츠는 뭐든 상상 이상이야."

"우리 형제도 여기 있겠지."

태오가 땅속의 펄떡이는 파동을 가리키며 의미심장하게 말했다.

"반드시 살아있을 거야. 힘내자, 태오."

호준이 핸들을 잡은 태오의 손을 꼭 쥐었다. 태오는 어두워지기 전에 템페스트 구역을 돌아보자며 핸들을 꺾었다. 사막을 돌아 나온 얼마 후 태오는 일정한 거리를 두고 그들의 차를 뒤따르는 수송차 한 대를 의식했다.

그가 눈짓으로 가리키자 호준이 차창을 열고 멀리 떨어진 차를 돌아봤다. 누군가 타고 있긴 한데 너무 멀어서 신원을 알 수 없었다.

한참을 더 달려도 그 차는 더 멀어지지도 가까워지지도 않고 일정한 속도로 뒤따랐다.

길게 일직선으로 뻗은 도로 맞은편에서 다른 수송차가 빠른 속도로 달려오고 있었다. 사람이 타지 않은 무인 주행이었다.

마주 오는 차에서 굉음이 들렸다. 불길한 예감을 느낀 태오가 속도를 늦추고 핸들을 꺾었다. 겨우 피해서 차를 세우자 이번엔 멀리 떨어져 있던 뒤차가 돌진했다. 마주 오던 사람이 타지 않은 무인 자율주행차는 미끼였던 것이다. 태오가 속아서 과속으로 방향을 트는 순간, 연달아 뒤차가 그들을 공격해서 태오의 수송차가 전복되는 걸 노린 마스터의 술책이었다. 무인 수송차는 아무 일도 없었다는 듯 굉음을 내며 도로 반대편으로 사라졌다.

태오가 가속페달을 밟고 질주하자 뒤차도 속력을 올렸다. 간격이 가까워지자 남자의 얼굴이 보였다. 부르스였다!

검붉은 바위산으로 둘러싸인 사막 한가운데 그들과 부르스의 추격전이 이어졌다.

굉음을 내며 직선으로 달리던 태오가 빠르게 회전해 방향을 틀자 뒤따르던 부르스의 차가 가속으로 밀려났다. 다시 간격이 벌어진 태오가 도로의 모퉁이에 정차했다.

"뭐 하는 거야. 왜 서는 거냐고."

호준이 놀라서 물었다.

"그래, 빨리, 더 빨리 와라. 둘 중 하나는 죽어야지. 호준아 꽉 잡아!"

태오가 백미러를 보며 엄청난 굉음을 내며 쫓아오는 부르스를 향해 속삭였다.

상대가 가까이 오자 태오는 모퉁이에서 후진기어를 넣고 급발진하듯 후진해서 상대의 전면부를 강타했다. 부르스의 차가 공중에 튕겨 오르며 뒤집힌 채 땅에 처박혔다.

태오와 호준도 상체가 쏠리며 차체 측면에 어깨를 부딪쳤지만 다행히 다치진 않았다. 호준이 아무렇지 않은 척 자세를 고쳐 앉았다. 대비하고 있던 태오도 충격으로 어깨가 쓰라렸다.

"와우, 브라보!"

호준이 연신 뒤돌아보며 손뼉을 쳤다.

"옛날 영화에서 보던 걸 실제로 해보네. 순발력, 운동신경 짱이네."

호준이 엄지를 치켜세우며 웃었다. 말은 그렇게 해도 호준이 내심 놀랐다는 걸 알았다. 태오는 아직도 쿵쾅거리는 심장 소리가 호준에게 들릴까 봐 가슴에 한 손을 얹었다. 이렇게 기습적으로 당할지는 몰랐다. 차 뒤쪽에 쌓여 있던 낫과 망치 따위 장비와 냉장고에 든 음료수 캔들이 충격에 쏟아져 내린 게 보였다. 수송차 뒤쪽 범퍼도 틀림없이 찌그러져 있을 터였다.

"호준아, 당분간 항상 동료들과 붙어 다녀, 무슨 뜻인지 알지?"

"난, 마스터가 나를 호출하지 않는 게 더 이상해."

"이미 파악 끝난 거라고 봐야지. 그리고 너 감시하려고 메이저를 붙여놨을 거잖아."

늘 부르스의 때아닌 등장을 걱정하고 있었지만, 지금 같은 방식은 예상 밖이었다. 상대가 선전포고한 거나 마찬가지였다. 시간이 정말 없었다.

게다가 평원이나 리보솜 같은 공간에서 인간병기를 마주칠 걱정을 안 할 수 없었다. 일대일로 맞붙는다면 결과가 뻔했다. 그놈이 어디에 은신해 있고 어느 출구로 나타나는지 종잡을 수 없기에 더 막막했다. 평일엔 다른 탤로들과 함께 있으니 섣불리 공격하지 못할 것이다. 그러니 그놈과 다시 마주치기 전에 형제를 데리고 이곳을 탈출해야 했다. 돌아오는 주말엔 수단을 총동원해서라도 마스터는 자신들을 죽이려 들 것이다.

"그나저나 저놈 어디 하나는 부러졌겠지?"

이런 생각을 안 할 리 없는 호준이 일부러 활기차게 물었다.

"레이싱 할 때 상대의 기운이 느껴지는데, 저놈은 머리가 좋은 건 아닌 거 같아."

"빈틈이 있겠군. 수송차 앞쪽은 껍데기고 뒤가 튼튼하다는 걸 저놈이 알 턱이 있나. 저놈도 반드시 빈틈이 있다고."

태오는 최대 속도로 사막을 빠져나왔다. 어디서 무인 차량이 돌진해 올지 알 수 없었다. 게다가 마스터와 지하의 누군가가 그들을 죽이기로 마음먹었다는 걸 알게 된 이상 잠시도 지체할 여유가 없었다.

템페스트가 보이기 시작하자 두 사람은 알파콘 반죽을 팔에 발랐다.

차에서 내려 산악지대를 올려다봤다. 제트기가 사라진 곳이자 부르스가 달려간 곳이었다.

호준이 지도를 펼쳤다. 평원 다음으로 면적이 큰 곳이 사막이었고 그다음이 템페스트 구역이었다. 둘은 지하세계의 규모를 확인하고, 생명체가 존재하는 지하의 구역을 지도 위에 표시했다.

태오가 성큼 산으로 발을 옮기자 호준이 그의 팔을 잡았다.

"혹시 모르니까 뭐라도 챙겨가자. 오늘부터 모든 곳이 무덤이거든."

아직 총을 사용할 수 없다는 게 아쉬웠다. 그건 저들도 마찬가지일 터였다. 텅 빈 사막과 평원을 울리는 총소리는 멀리 퍼질 것이고 소문은 꼬리를 물고 이어질 것이므로. 조금 전에 카체이싱은 그래서 벌인 궁여지책이었다.

수송차 뒤 칸에서 알파콘 줄기와 잡초를 베는 낫을 배낭에 넣었다. 태오는 이곳에 거주하는 삼만의 탤로가 무기를 싣고 다닌다는 사실을 처음 깨달았다. 그리고 삼만 명의 마음을 얻을 수 있다면 생각보다 문제를 쉽게 해결하지 않을까 하는 생각도 들었다.

호준이 셔츠단을 찢어 자기 팔과 태오의 팔에 반죽이 떨어지지 않게 묶고는 돌격 앞으로 신호를 보냈다.

산은 가팔랐고 마른 나뭇가지로 미끄러웠다. 조금 오르다 미끄러지기를 반복하던 두 사람은 땅을 기었다. 산 중턱쯤 오르자 드문드문 크고 작은 나무들이 무성했다.

호준의 주머니에 든 컴퓨터는 아까부터 역동적인 신호를 보냈다. 사막과 마찬가지로 템페스트 아래 땅속에도 수많은 생명체가 살고 있다는 증거였다.

바람이 심하게 불기 시작했다. 그는 붕대를 감은 오른손에 낫을 움켜쥐고 지형물들을 둘러보며 바닥을 살폈다. 사막과 마찬가지로 땅속 세계의 출입구를 찾을 수가 없었다. 저들이 쉬 눈에 띄게 해놨을 리도 없지만 별다른 수상한 지점이 보이지 않았다.

그는 산 정상으로 발길을 돌렸다. 올라갈수록 템페스트의 공기가 초겨울처럼 차가워졌다.

바닥을 응시하며 걷는데 벌레 몇 마리가 눈에 띄었다. 마스터가 밟아 죽였던 것과 같은 두툼한 다갈색의 그것이었다. 벌레를 따라가자 더 많은 벌레들이 바글거렸고 한 무리가 공중을 붕붕거리며 날아다녔다. 그것들은 휘휘처럼 인간을 공격하진 않았다.

낫을 휘저어 벌레 떼를 쫓으며 깊숙이 들어갔다. 산 아래는 줄기가 가느다란 나무가 듬성했지만 정상으로 갈수록 크고 우람한 나무들이 많았다. 높고 뾰족한 지형이라 산 아래에서는 이런 나무들의 깊은 숲은 상상이 되지 않았다. 묘하게도 바닥이 축축이 젖어 있었고 녹회색의 이끼류가 발에 밟혔다.

짙고 두툼한 이끼를 밟고 두 사람은 조심조심 발을 옮겼다. 두툼한 이끼는 은폐를 위한 조작일 가능성이 크다고 호준이 돌아보며 말했다. 태오도 같은 생각이었다. 성인 덩치 세 배 굵기의 거대한 떡갈나무 인근에 수백 마리의 곤충 떼가 죽어 있었다. 짓이겨진 후 말라비틀어진 형태로 보아 자연사한 것 같진 않았다. 거기서 태오는 오른쪽으로 호준은 왼쪽으로 돌았다.

태오가 나무 둘레를 빙빙 돌고 가까이 다가가 만져보고 두드렸다. 부르스가 며칠 전 문을 열 듯 통과한 나무였다. 오른손으로 만져보다가 예민한 감각으로 느껴보려고 왼손으로 둥치를 쓸며 꼼꼼하게 살폈지만 감쪽같아서 출입문을 발견하지 못했다.

순간, 날카로운 비명 소리가 들렸다. 다급히 발길을 돌려 달려갔다. 그곳은 침엽수가 무성한 구역이었다. 어딘가에서 거센 바람이 휘몰아쳤다. 몸이 밀려 앞으로 나아가질 않았다. 바람은 이름 그대로 템페스트였다.

호준이 위험하다고 판단한 태오는 다리를 휘청거리며 폭풍과 싸우듯 밀고 나아갔다. 바람을 뚫고 달려가니 눈앞에 온몸이 가시넝쿨로 감긴 사람의 형체가 보였다. 아디닷이었다! 가시넝쿨이 발에서부터 올라와 목까지 휘감긴 아디닷은 금방이라도 숨이 넘어갈 듯 헉헉거리고 있었다.

낫으로 넝쿨을 힘껏 찍어댔다. 놀랍게도 잘린 단면에서 곧바로 새로운 넝쿨이 돋아났다. 둘을 발견한 호준이 다급하게 달려왔다. 아디닷의 몸이 반쯤 풀려나자, 가시넝쿨이 생명체처럼 순식간에 번식해서 호준의 몸통까지 감았다.

호준이 자신의 손에 든 낫으로 넝쿨을 벗어나려 했지만 역부족이었다. 가시가 상반신을 다 잠식하자, 호준이 낫을 던졌고 태오는 두 개를 정신없이 휘둘러 먼저 아디닷을 구했다. 그런 다음 아디닷과 태오가 동시에 달려들어 호준을 구해냈다. 두 사람의 옷은 다 찢어졌고 온몸이 상처와 멍투성이였다.

"마틴한테 들었는데, 네가 내 걱정을 많이 했다며?"

아디닷이 태오의 어깨를 툭 쳤다.

"걱정은 무슨……. 나 원망할까 봐 그런 거지."

"진즉에 눈치 좀 챙기지. 넌 다 좋은데 문맥을 몰라. 어릴 때 책 같은 거 안 읽었지?"

"그래, 나 무식하다. 실컷 구해줬더니."

"유치해서 못 들어주겠네. 여기서 이러지 말고 얼른 가자고."

호준이 장난스럽게 얼굴을 찡그리더니 성큼 앞서 걸어갔다.

산을 내려가면서 아디닷이 자신의 정체를 밝혔다. 태오는 그동안 정체를 감추려고 자신을 의심한 거냐고 물었고 아디 닷이 고개를 끄덕였다. 호준은 비밀 식물 단체 트루어쓰에 대한 은밀한 소문을 들었다고 했다.

"돌아가신 아빠가 어나니머스 활동을 했었지. 그래서 나도 꼬맹이 때 아빠한테 배운 실력으로 해킹 꽤 했어."

"오, 재야의 숨겨진 고수님이 계셨네."

아디닷이 상처로 쓰라린지 인상을 쓰면서도 눈을 빛내며 말했다.

"호준아, 왜 여태 말 안 했어? 네 실력이면 센터 헤집을 수 있지 않나?"

"말도 안 돼. 나 녹슨 지 5년도 넘어. 그리고 베이츠가 내부 단속을 헐렁하게 했을 리가 없어. 나 하나론 문턱도 넘기 힘들 거야."

"맞아. 우리 대원들도 꽤 지속적으로 해킹을 시도했지만 중요 데이터에 진입하지 못했어. 이곳의 인공지능 파이터에게 세 번 케이오패 당했어."

아디닷이 속한 트루어쓰는 오래전부터 기업 베이츠에 대한 의문을 파헤치고 있었다. 언론통제로 다수가 모르고 있지만 다국적기업 베이츠를 상대로 한 소송이 증가하고 있었다. 그중 뇌질환 관련 환자들의 비율이 가장 많았다. 오랫동안 알파콘을 주식으로 섭취한 사람들이었다. 질병이 알파콘 때문이라는 걸 증명하기란 아주 길고 복잡했다. 아디닷은 지구 곳곳에 다국적기업 베이츠에게 의구심을 가진 개인들이 짐작보다 많다고 말했다.

"2년 전부터 여기로 우리 대원들 다섯 명이 들어왔어. 그런데 세 명이 연이어 실종됐어. 마지막에 실종된 대원은 내 형제와 다름없는 친구였어."

아디닷도 그들과 같은 운명공동체였다. 태오가 아디닷의 어깨에 손을 올리자 아디닷이 호준의 어깨에 손을 얹었다.

"너희 둘 나중에 트루어쓰 회원가입 해라. 아니, 너넨 우리 대원 해야겠다. 지금까지 살아있는 걸 보면 아주 야무지단 말이지."

"그런 단체가 있는 줄 알았으면 난 벌써 회원가입 했을 거야."

태오가 툴툴거리며 말했다.

"그래? 우리가 일을 열심히 안 한 거네. 아, 인정."

템페스트에서 내려와 차로 이동하다가 중간 지점에 내렸다. 비상약품 상자를 꺼내 호준과 아디닷의 상처를 소독하고 차에 든 태오의 옷을 걸치게 했다.

그런 후 수송차만 헤븐스몰로 보내고 걸어서 이동했다. 그들을 감시하는 다른 메이저도 의식됐지만 이제 혼자 다니는 건 아주 위험했다. 오늘은 더 이상 부르스가 나타나지 않을 것 같았지만 휘휘는 드넓은 평원 어디에서 기습적으로 출몰할지 알 수 없었다.

"사실, 나 무서웠어. 지난번에 유독 나만 공격하는 느낌이었어."

아디닷이 촐랑대며 몸을 떨었다.

"느낌이 아니라 요주의 인물을 집중 공격할 가능성이 커."

태오의 짐작은 그랬다.

"그런데 그것들 맹독이라도 있는 걸까. 어디를 공격하지?"

직접 휘휘를 보지 못한 호준은 상상이 가지 않는 눈치였다.

"그걸 아직 모르겠어. 그것들이 노리는 게 뭔지. 아무튼 조심해야지."

헤븐스몰 진입로에 들어서면서 팔에 붙인 알파콘 반죽을 떼어냈다. 그들은 당분간 혼자 다니지 않을 것을 약속했다. 그리고 그들은 감마 구역의 수확이 끝나고 평원에서 축제가 벌어지는 밤, 본격적인 행동을 개시하기로 했다. 그들에게 주어진 이틀 동안 각자가 맡은 일을 할 수 있는 데까지 하기로 했다. 나머지는 하늘에 맡기기로 했다. 운이 따라주지 않는다면, 당장 오늘 밤에 실종자가 될 수 있었다.

게임장으로 걸어가던 아디닷이 휙 돌아보며 소리쳤다.

"우리의 미래는 신의 머리카락 땋기라는 거! 신의 머리카락은 셀 수 없이 많다고, 친구."

호준이 표정으로 무슨 말이냐고 물었다.

"여러 사람이 힘을 합치면 좋은 일이 생긴다는 뜻 아닐까?"

"넌, 역시 문맥에 약하구나. 재수 없는 일이 꼬이면 큰일 난다는 말인 것 같은데."

태오가 고개를 끄덕거리자 호준이 웃었다. 영문도 모르고 태오가 따라 웃었다.

아디닷의 말은 우리를 도울 신의 머리카락 같은 전사는 수없이 많다는 희망적인 메시지였다.

뿌연 수증기 사이로 태오와 호준이 환하게 웃고 있는 모습이 영상으로 보였다.

베이츠 노인이 휠체어에 앉은 채 둘의 얼굴을 지그시 바라봤다. 사막에서 카체이싱을 본 베이츠는 양미간을 찌푸리고 입이 쓴 듯 쩝쩝거렸다. 그렇지만 눈빛만은 흥미롭다는 듯 반짝였다. 아둔한 부르스에게 짜증이 났지만 체이싱은 재미있었다. 전복된 차에 쓰러진 부르스를 작은 부르스가 부축하고 들어왔다.

베이츠는 작은 부르스가 팔이 부러진 부르스를 치료하는 걸 지켜보다가 집무실로 돌아왔다. 커다란 책상에 앉아 수백 대의 점멸하는 화면을 둘러보며 오후의 간식을 먹었다. 잠시 한눈을 판 사이 태오와 호준이 사막에서 사라지고 없었다.

손가락으로 성마르게 중앙 컴퓨터를 두드리며 델피의 곳곳을 확인해봐도 그들을 찾을 수가 없자 다시 짜증이 난 베이츠가 혀를 차며 실내를 왔다 갔다 했다.

"저 미련한 서든 27 때문이야. 내가 스페이스를 너무 넓게 만들었어. 이 녀석들을 어디서 찾아."

부르스의 이름은 서든 27이었다. 그가 27번의 시도 끝에 성공한 작품이라는 의미였다. 헤븐스몰 곳곳과 사막 구역과 리보솜 인근을 뒤지다가 결국 전화기를 들어 마스터를 호출했다.

그가 자신의 방에서 지하로 향하는 승강기에 몸을 싣고 오는 데 족히 십 분은 걸릴 터였다. 탤로 개개인의 고유코드는 마스터가 관리했다. 특별한 사유가 없는 한, 탤로들에게 일어난 일은 모두 마스터가 도맡았고 나르키소스는 시스템 전체를 관장했다.

그가 델피 전체의 영상을 매일 보는 이유는 자신이 창조한 세계를 즐기기 위해서였다. 어릴 때부터 친구들과 어울려 놀아보지 못한 그로서는 대리만족의 경험이기도 했다. 젊은 청춘들이 일하고 술 마시고 도박하고 게임을 하는 너무도 평범한 일상을 보는 것 자체가 부루마블 게임과 같았다.

그러나 오늘 그는 기분이 썩 좋지 않았다. 게임에 진 아이처럼 씩씩거리며 시리얼을 씹어먹던 그는 잔뜩 부아가 치민 표정으로 벌떡 일어섰다. 벽을 둘러싼 영상들 앞으로 가서 공원과 술집에서 휴일을 즐기는 탤로들을 노려보다가 손가락 두 개를 영상 속에 담갔다.

손을 거쳐 팔까지 물에 잠기듯 조금씩 잠식됐다. 팔이 완전히 잠기면 그의 아바타가 천국의 술집에 설치된 폐쇄회로 영상으로 전환돼 탤로들의 실제 모습을 볼 수 있었다. 팔이 완전히 잠기기 직전 나르키소스의 자지러지는 울음소리가 들렸다. 그는 황급히 팔을 빼고 휠체어에 몸을 싣고 달려갔다.

요람에 누운 아기는 자지러지듯 울고 있었다. 요람을 둘러싼 형형색색의 꽃들이 높고 날카로운 소리에 현란한 율동으로 맴돌았다. 베이츠가 아기를 안고는 기저귀를 벗겨 항문에서 칩을 꺼냈다. 그리곤 곧장 실내 벽에 삽입된 컴퓨터에 연결했다.

어느새 팔에 붕대를 감은 부르스가 다가와 베이츠를 호위했다. 아기의 강한 울음소리는 위험신호였다. 베이츠가 곁에 선 부르스를 쓰윽 올려다보곤 말했다. 울음소리는 조금 잦아들었다.

"컨트롤센터와 여기 데이터베이스에 또 해킹 흔적이 남았어. 지난번엔 아부다비더니 이번엔 아이피가 필리핀이야."

"세상엔 영웅 심리에 젖은 심심한 인간들이 많습니다."

베이츠의 호출에 한걸음에 달려온 마스터가 들어서며 말했다. 그가 쓴웃음을 머금은 채 다친 부르스를 쳐다보았다.

"마스터, 눈빛이 묘하군. 저 친구가 다친 게 기분이 좋은 것 같아."

"그럴 리가요. 그런데 외부 디도스 공격은 어디까지 진입했습니까?"

마스터가 고개를 내밀어 베이츠의 컴퓨터를 흘낏 보며 말했다. 표정은 고개가 아닌 혀를 내민 것 같은 얼굴이었다.

"두 번째 단계 진입했을 때 나르키소스가 저지했지. 나르키소스가 지키는 방어벽은 아무도 뚫지 못해."

회장의 단호한 말이 끝나자마자 아기가 울음을 뚝 그쳤다.

"봐, 삼 분 만에 완벽하게 일을 끝냈잖아. 자네와 부르스도 좀 분발하라고."

마스터는 자신의 능력을 인공지능 따위에게 비교당하자 몹시 불쾌했다.

베이츠가 휠체어를 끌며 집무실로 이동했다. 마스터와 부르스가 뒤를 따랐다.

부르스는 마스터가 자신보다 베이츠에게 가까이 붙자 차가운 눈빛을 보냈다. 눈빛에 멈칫하던 마스터는 보란 듯이 노인의 휠체어를 붙잡았다.

그는 재빨리 벽의 영상들을 훑었고 아디닷과 호준이 앉아 있는 모습을 가리켰다. 이어 순식간에 수백 개의 영상 중에서 태오도 찾아냈다.

아디닷은 게임장에서 흥분에 겨워 소리쳤고, 호준은 재즈바에서 술을 마셨고 태오는 동료들과 식사하며 웃고 떠들었다. 별다른 낌새가 없어 보였다. 그들도 나르키소스도 너무나 젊은 청춘의 슬픈 마음을 알 리 없었다. 옥수수밖에 없는 대평원을 무덤으로 생각하는 세 명의 넓고 황량하고 고단한 마음을.

아디닷은 전쟁 게임 메타버스 안에서 동지들을 만났고, 호준은 핑크를 통해 헤븐스몰 근무자들을 하나씩 모았고, 태오는 사라진 실종자들에 대해 전하며 동료들을 규합했다.

영상을 지켜보던 베이츠가 책상으로 돌아와 먹다 남긴 시리얼을 씹으며 말했다.

"마스터는 요즘도 평원에 생명체를 죽이고 다녀? 대체 왜 그러는 거야?"

느닷없는 기습공격에 적잖이 당황한 마스터는 속으로 호흡을 가다듬었다.

"회장님이 창조한 이곳에 우리가 만들지 않은 생명이 끼어들어선 안 된다고 봅니다."

"나의 세계에도 영웅 심리에 젖은 심심한 사람이 하나 있었군. 오늘은 피곤하군. 낮잠을 좀 자야겠어."

델피와 알파콘은 나의 세계이니, 너 따위가 영웅 심리를 가진다는 건 어설픈 치기라는 의미가 섞인 말이었다. 마스터는 고개를 숙이고 길고 긴 지하 통로를 지나 승강기를 타고 자신의 방에 들어와 침대에 털썩 주저앉았다.

태오와 친구들은 감마 구역을 돌며 탤로들과 이야기를 나누고 웃고 떠들었다. 저녁 시간엔 리보솜 주위를 돌며 생각에 잠겼다. 호준은 틈틈이 팔굽혀펴기를 하고 큼지막한 돌멩이를 집어 들어 평원에 멀리 던지기를 했다. 아디닷은 일을 마치고 리보솜에 돌아오면 잠들기 전까지 다른 구역 숙소를 찾아갔고 델피 밖 친구들에게 전화를 걸어 수다를 떨었다.

세 사람의 모습을 마스터가 수시로 확인했고 부르스 또한 저녁 무렵 그들의 동선을 유심히 살폈다.

8

축제의 사이니지

바람이 잔잔하고 햇빛이 유난히 맑은 한낮, 감마 구역 한 가운데로 하비스터와 트랙터가 들어섰다. 대기 중이던 감마 구역 천여 명의 노동자들이 힘차게 손뼉을 쳤다. 눈가가 촉촉한 노동자들도 있었다. 그들의 손뼉 소리가 대평원을 바람처럼 훑고 지나갔다.

하비스터가 알파콘 알곡들을 빠르게 훑고 지나갔고 줄기들은 뚝뚝 부러지고 쓰러졌다. 기다리던 탤로들이 연료공장으로 돌아갈 줄기를 트랙터에 실었다. 구역마다 수확이 시작되면서 일주일간 일과 후 자유롭게 외출이 허락됐다.

늦은 오후가 되자, 감마 구역은 정적에 잠겼다. 탤로들은 베어진 흔적이 남은 황량한 땅에 멍하니 서 있었다. 시원섭섭하기도 하고 무언가를 통째로 빼앗긴 기분이 들기도 했다.

대개 멀리 하늘을 보거나 땅을 내려다보았다. 종교를 가진 이들은 눈을 감고 신에게 기도했다.

마틴과 양양은 초조하게 주위를 둘러보았다.

"그동안 고생하셨습니다. 말씀드린 대로 밤에 바로 여기 이곳에서 축제가 벌어집니다. 오늘 밤, 이 땅은 우리가 점령합니다."

태오가 우렁찬 목소리로 말하곤 오른팔을 치켜들었다. 천 명이 환호성을 질렀다. 아디닷과 움슬라가 춤을 추는 시늉을 했다.

"자, 숙소로 돌아가 씻고 제일 근사한 옷을 입고 저녁에 다시 모입시다. 작업복 입고 오기 없어!"

마틴의 말에 사람들이 크게 웃으며 하나둘 수송차에 올랐다. 태오가 결연한 눈빛으로 고개를 끄덕이는 동시에 마틴과 양양을 향해 웃음을 보냈다.

밤이 되자 평원 한가운데 커다란 불꽃이 활활 타올랐다. 수십 대의 수송차가 커다란 원을 만들어 주위를 빙 두르고 있었다. 그 한가운데 감마 구역 사람들이 사람 키 높이의 장작더미에 나무를 던져넣으며 불을 더 크게 밝혔다. 어제부터 다른 구역 사람들은 저녁에 헤븐스몰로 몰려나갔다.

불꽃이 타오르고 사람들은 술과 음식들을 먹으며 유쾌하게 웃고 즐겼다. 라틴 댄스에서부터 아프리카 전통 음악까지 세상의 모든 음악이 평원을 울렸다. 흥에 겨운 사람들이 술을 마시며 질펀하게 춤을 췄다. 태오와 아디닷도 사람들 속에 섞여 손뼉을 치고 있지만, 벌건 불빛 속에 두 사람의 눈빛은 팽팽하게 빛났다.

잠옷을 입은 베이츠가 휠체어를 타고 집무실을 둘러봤다. 일찍 잠자리에 드는 편이었지만 오늘은 늦게까지 헤븐스몰 곳곳의 상황을 한눈에 훑어봤다. 술집과 게임장의 탤로들이 유난히 즐겁게 보였다.

나르키소스가 있는 방으로 가서 요람 속의 아기 궁둥이를 툭툭 두드렸다. 눈을 감은 아기는 밤의 대화를 분석하느라 눈알이 쉴새 없이 움직였다. 침실로 들어가기 전 그는 뒤에 선 부르스에게 오늘은 틀림없이 처리하라고 일렀다.

부동자세로 선 부르스가 대답 대신 고개를 숙였다.

마스터의 침실 또한 온통 흰색이었다. 흰색 실크 잠옷을 입은 마스터는 침실에 누워서 책을 읽고 있었다. 붉은색 겉표지에 '오딧세이'라고 적혀 있었다.

하얀 벽면에 빨간 불빛이 점멸했다. 감마 구역의 장작더미 불꽃이 화면으로 보였다. 잠시 후 어둠에 잠긴 평원 곳곳의 영상이 차례로 지나갔고, 다시 감마 구역 화면이 나타나고 빨간 불빛이 또 점멸했다.

책장을 넘기다 말고 그는 다시 영상을 쳐다봤다. 탤로들이 술에 취해 춤을 추고 있었다.

그는 '밤새도록 놀 모양이군.' 하고 중얼거리며 히죽 웃었다. 오늘 밤은 모두가 술에 취하고 흥청망청 놀 터였다. 탤로들이 혼미해질 무렵, 태오는 평원에서 사라지고 없을 것이다.

접어둔 페이지를 다시 펼친 마스터는 오딧세이의 모험을 흥얼흥얼 낭송했다.

축제가 한창인 감마에서 조금 떨어진 델타의 숲, 완성도 높게 자란 옥수수 이파리들이 달빛에 번들거리며 빛났다. 수확을 기다리는 옥수수들이 밤바람에 수런대며 뒤척였다. 수송차 바퀴 자국으로 단단한 땅이 꿈틀거렸다. 맨홀 뚜껑이 열리듯 땅 아래에서 인간병기가 모습을 드러냈다. 군복 같은 진녹색 옷을 입은 그가 바지 주머니에서 수첩 크기의 추적기를 꺼냈다. 감마 한가운데 파란 불빛이 고정돼 있었다.

태오의 위치를 확인하고 델타 구역을 천천히 건너갔다. 바람에 알파콘 이파리가 얼굴과 목을 휘감자 인상을 썼다. 왼쪽 팔뚝 뼈에 금이 가 아직 붕대를 감고 있었다. 그는 두 손을 쫙 펴고 양손 끝을 칼날처럼 휘저어 이파리들을 베면서 빠르게 알파콘 숲을 헤치고 나갔다.

감마 구역 가까이 은신해서 태오가 혼자 움직이는 순간 그를 포획해 지하로 끌고 갈 계획이었다. 활활 타오르는 불꽃이 가까웠다. 불꽃이 어둠 한가운데 붉은 동공처럼 빛났다. 부르스의 검은 눈동자에 불꽃이 타올랐다.

뜨겁게 타오르는 불꽃을 사이에 두고 사람들이 웃고 떠들었다.

벤이 양손에 맥주와 위스키를 들고 번갈아 마시며 춤을 췄다. 걱정과 불만이 섞인 눈빛으로 바라보던 마틴이 벤을 주저앉혔다.

"오늘은 술 조금만 먹으라고 했잖아."

마틴이 술병을 뺏자 벤이 도로 가져가며 화를 냈다.

"이거 왜 이래? 마음껏 마시라고 허락된 날이라고! "

"오늘은 중요한 날이 될 거야. 그러니 그만해."

"요즘 마틴 너 수상해. 틈만 나면 다른 녀석들이랑 숙덕대고…… 무슨 꿍꿍이야?"

"나중에 알려줄게. 난 너랑 같이 손잡고 고향으로 돌아갈 거야."

화가 누그러진 벤이 술병을 내려놓고 일어서더니 태오와 아디닷의 팔을 끌고 원 한가운데서 춤을 췄다. 붉은 모닥불에 세 사람의 얼굴이 환하게 비쳤다.

양양과 움슬라가 달려와 어울리자 아디닷이 시계를 보곤

슬그머니 빠져나왔다. 알파콘 반죽을 붙이고 몸을 움츠리고 감마 구역을 벗어나던 그는 태오를 뒤돌아봤다. 태오를 다시 볼 수 있기를 신께 기도하고 그는 약속된 장소로 달려갔다.

잠시 후 어둠을 뚫고 수송차 한 대가 도로에 멎었다. 아디 닷을 돕는 다른 구역의 동료 중 하나였다. 아디닷이 헐레벌떡 달려가 오르자 차는 곧장 헤븐스몰의 게임장을 향해 출발했다. 태오와 호준을 원격 지원하기 위해서였다.

모닥불 불꽃이 타올라 대기 중으로 흩어지는 게 보일 정도로 가까이 다가온 부르스는 알파콘 덤불에 몸을 숨겼다. 그러곤 빙 둘러 원을 그리며 모여 앉은 탤로들을 훑었다.

한쪽 끝에 동료들과 웃으며 대화하는 태오의 모습이 포착됐다.

잠시 후 태오가 점퍼 주머니에 든 총을 확인하고 마틴에게 소변이 급하다고 말하곤 일어섰다. 신호였다. 마틴이 아무렇지 않게 고개를 끄덕였고 감정이 풍부한 양양은 그렁그렁한 눈으로 태오를 바라봤다.

옥수수를 베어낸 감마의 땅이 휑뎅그렁했다. 태오는 혼자였고, 하늘과 땅 어디서건 자신을 노리는 적에게 무방비로 노출돼 있었다. 부르스가 델타의 옥수수 줄기를 헤치며 태오를 따라갔다. 신경을 곤두세우고 천천히 걷던 태오가 수상한 낌새를 느꼈다. 바람이 없는데 백 미터쯤 떨어진 델타의 알파콘들이 휘청거리고 있었다.

부르스가 나타났음을 직감하고 태오가 전속력으로 땅을 박차고 달리기 시작했다.

옥수수 숲을 헤치며 부르스가 달려와 감마의 땅으로 올라서자, 이번에 태오가 델타의 알파콘 숲으로 뛰어들었다.

부르스가 다시 델타 구역으로 달려올 무렵 태오는 소리 없이 땅을 기었다. 부르스의 눈에 옥수수밭은 아무런 요동이 없었다. 상대의 흔적을 찾을 수 없자, 이파리를 거칠게 젖히며 태오를 찾아 정신없이 마구 달렸다.

한숨 돌린 태오는 옥수수 반죽을 붙이고 오랫동안 땅을 기었다. 한여름 뙤약볕에 땅을 기며 일했던 순간들이 스치고 지나갔다. 동료들과 웃고 떠들던 추억도 떠올랐다. 옥수수 노동자로서의 경험이 꼭 나쁘지만은 않다는 생각이 들었다. 상대의 시선에서 아주 멀어졌다고 생각될 때쯤 허리를 펴고 일어나 달렸다.

태오를 찾을 수 없자, 부르스는 다시 추적기를 확인했다. 태오의 신호는 어디서도 잡히지 않았다. 당황한 그는 정신없이 델타의 옥수수를 베면서 태오를 찾아 헤맸다.

감마 구역이 끝나는 도로에 수송차를 대고 호준은 초조하게 기다리고 있었다. 그는 동료들과 헤븐스몰 술집에서 시간을 보내다가 재즈바의 핑크와 다른 근무자들과 짧은 대화를 나누곤 시간이 되자 알파콘 반죽을 붙이고 이곳으로 곧장 차를 몰았다. 약속 시간에서 이십 분이 지났다. 뭔가 잘못된 게 아닌가, 혹시 태오에게 무슨 일이 일어난 게 아닌가 걱정됐다.

그때 멀리서 달려오는 태오를 발견하고 시동을 걸었다.

가슴 안쪽에서 종잇장처럼 접힌 컴퓨터를 꺼내 펼치고 컨트롤센터의 전산망을 확인했다. 십오 분 전에 공격이 개시됐다. 세계 곳곳에서 진행하는 트루어쓰의 동시다발 해킹과 헤븐스몰의 아디닷과 동료들이 버퍼오버플로우 공격으로 센터의 단단한 시스템을 파먹고 있었다.

태오가 차에 오르자 전속력으로 컨트롤센터를 향해 달렸다. 인공지능이 복구하기 전에 두 사람은 무사히 센터로 들어가 직접 시스템을 파헤쳐야 했다. 지오와 사촌이 어디에 있으며, 도시 델피의 땅 아래에 숨어 있는 베이츠의 비밀을 밝힐 마지막 기회였다.

그 시각, 나르키소스는 눈을 뜬 채 찡찡대고 있었다. 이마엔 땀이 흥건했고 얼굴이 붉었다. 침략자들의 다중 동시 공격에 걸려 울음을 터트릴 힘도 없었다.

방의 불빛이 한 단계 어두워졌고 아기 요람을 둘러싼 형형색색 꽃들이 나른하게 춤을 추다가 그대로 동작을 멈췄다.

한밤중 컨트롤센터 일대가 환하게 밝았다.

통나무집을 둘러싼 종려나무와 야생 꽃들이 불빛 아래 경호하듯 서 있었다. 태오가 머리를 들어 통나무집 이층을 쳐다봤다. 독서등 같은 은은한 불빛이 새 나왔다. 마스터가 아직 깨어 있는 듯했다.

태오와 호준은 가슴에서 총을 꺼내 들었다. 만일 게임방에 아디닷과 동료들이 실패한다면 센터 안으로 들어간다고 해도 무용지물이었다. 오늘 밤은 살거나 죽는 날이었다. 그러나 태오는 아디닷과 동료들과 호준을 믿었고 무엇보다 자신을 믿었다.

헤븐스몰 게임방에 모인 아디닷과 동료들은 신음과 괴성을 지르고 있었다. 오래전부터 델피와 베이츠에 대해 의문을 가진 탤로들이었다. 그들 대부분은 실종자에 대한 소문을 듣거나 제트기와 부르스를 보았다.

아디닷과 그들은 한 달 전부터 전쟁 게임을 빙자해 이곳에서 모의 전투를 거쳤다. 그런데도 방화벽을 뚫는 일은 쉽지 않았다. 필리핀, 중국, 미국, 이스라엘, 한국 등에 서버를 둔 트루어스 대원들이 전방부대였다. 아디닷이 환호성을 지르며 벌떡 일어섰다. 빠르게 키보드를 두드리던 탤로들이 반사적으로 창밖으로 고개를 돌렸다. 천국의 가로등들이 순식간에 소등됐다.

센터를 둘러싼 가로등도 꺼졌다. 신호였다. 곧이어 리보솜 전체가 암흑에 잠겼다.

"가자!"

태오가 낮고 단호하게 말했다.

센터의 문은 언제나처럼 열려 있었다. 베이츠의 시스템은 오픈 소스만큼이나 개방적이었다.

흰 벽에 다가가 태오와 호준이 미스터가 그랬듯 지휘자처럼 팔을 휘저었다. 일 초 버퍼링 후 대평원이 열렸다. 지금부터 센터의 시스템이 둘의 유전정보로 작동된다는 의미였다.

태오는 시간을 되돌려 호준의 사촌 형과 지오를 찾아나섰다. 마스터가 유전자 상동성으로 태오를 불러내 지오를 찾아낸 방식이었다. 호준은 실력을 발휘해 베이츠와 관련된 모든 정보가 저장된 데이터베이스를 불러냈다. 중요한 문서마다 암호가 걸려 있었다. 그의 손가락이 하얀 벽 위에서 춤을 추었다.

태오는 호준이 알려준 형의 실종 시점으로 돌아갔다. 평원에서 일하는 모습, 수송차로 이동하는 모습, 헤븐스몰에서 쇼핑하는 모습을 빠르게 돌렸다. 한밤중 그가 골목을 이동했고 뒤따르던 부르스가 슬그머니 다가가 급소를 때려 기절시킨 후 업고 근무자 숙소 건물 중 하나로 이동했다.

태오가 호준을 불렀고 사촌 형의 모습을 본 호준이 입술을 깨물었다. 무언가 퍼뜩 생각난 태오는 시간을 이십 일 전으로 이동했다. 사촌 형이 사라진 건물의 늦은 밤 시간대를 고속으로 돌렸다. 예상대로 시타의 사사키 또한 부르스에 의해 끌려와 건물 안으로 사라졌다.

심호흡을 하고 태오는 자신의 얼굴을 불러냈다. 지오의 칩 일련번호 대신 유전정보로 동생을 찾았다. 정보처리 바의 붉은 선이 서서히 채워지고 드디어 지오의 모습이 떴다. 델피에 처음 들어올 무렵 희망에 가득 찬 환한 얼굴의 지오였다!

태오는 동생의 볼에 손을 가져가 끌어당기는 손짓을 했다. 환하게 웃고 있는 지오가 증강현실로 나와 허공에 떴다. 태오가 허공에 서 있는 동생에게 다가가 까맣게 탄 얼굴 부위를 쓸었다.

"형이 왔어, 반드시 널 찾아 집으로 데려갈 거야. 조금만 기다려."

태오가 혼잣말로 나직이 말하곤 지오의 마지막 행적을 찾아 팔을 움직였다.

병원에서 팔을 걷고 칩을 삽입하는 지오, 동료들과 함께 기계로 뿌려진 씨앗을 다지고 있는 모습, 이른 새벽 평원을 달리는 지오의 모습이 빠르게 흘러갔다.

잠시 후 지오가 템페스트를 헤매는 모습이 보였다. 한밤중이라 어두워 동생의 모습이 자꾸 흐려졌다. 깊은 산속 어딘가를 헤매던 지오는 가시덤불에 휘감긴 채 어둠 속 아래로 추락했고 짧은 단말마의 비명도 끊겼다. 그것이 끝이었다. 동생의 마지막 모습을 안타깝게 바라보던 태오의 다리가 꺾였다.

"예상대로 구역마다 온도가 달랐어. 무슨 실험을 한 거지?"

호준이 해당 문서가 담긴 영상을 띄워 태오에게 밀어주며 태오의 표정을 살폈다. 동생의 실종 장면을 본 태오는 넋 나간 듯 멍했다.

"우리 여기서 얼마나 버틸지 몰라."

정신 차리려고 머리를 흔든 태오는 호준이 해제한 비밀문서들을 재빨리 아디닷에게 전송했다. 영상을 띄워 아디닷과 동료들의 모습을 보고 헤븐스몰의 모습을 스케치했다. 가로등이 완전히 소등되고 일부 상점과 가게의 전기가 끊기자 탤로들이 광장으로 몰려나와 웅성거리고 있었다.

게임방 씨씨티브이를 통해 태오가 아디닷과 소통했다.

아디닷은 태오에게서 받은 문서를 세계 곳곳의 대원들에게 보냈다. 이곳에서 모두 잘못된다 해도 태오는 진실을 세상에 알리는 대의를 선택했다. 아디닷은 태오가 고마울 따름이었다. 자기 동생을 찾는 것뿐 아니라 더 많을 실종자와 진실을 좇은 선택이라서.

아디닷이 일어서서 태오가 보도록 팔을 휘저으며 말했다.

"이제 곧 여기 탤로들이 하나둘 리보솜으로 돌아갈 거야. 우선 그것부터 막아야 해."

"방법이 있을 거 같아. 몇 분 후에 노동자들은 놀라운 걸 보게 될 거야."

"기대되는걸. 난 지금 광장으로 내려가서 관객을 붙잡아 놓으면 되지?"

"사람들이 흥분하지 않게 네가 잘……."

태오의 말이 끝나기도 전에 아디닷이 달려나가 사람들을 불러 모았다.

그가 팔을 휘젓자 광장의 탤로들이 모여들었다. 오랫동안 사람들과 유대를 다진 그의 친화력이 빛을 발했다.

근무자 몇몇과 대화 중이던 핑크도 아디닷의 손짓에 따라갔다. 호준에게 이미 상황을 전해 들은 그는 몰의 근무자 중 일부를 포섭했다. 영문도 모른 채 모인 근무자들은 핑크와 동료들이 가는 방향을 따라 한 줄로 움직였다. 핑크가 동료들에게 얼마나 신망이 두터운지 그 줄로 설명됐다.

천국의 상황을 슬쩍 보던 호준은 사람은 매력이 있어야 한다고, 그래야 동지를 만든다며 웃었다.

광장에 사람들이 모이자, 술집과 식당에 있던 사람들이 점점 더 몰려나왔다. 짙은 암흑만으로도 광장에 긴장감이 흘렀다.

평원의 탤로 천 명은 수십 개의 장작더미에 둘러앉아 자유롭게 유흥을 즐기고 있었다. 커다란 모닥불 불티들이 상공으로 날아올랐다. 그들은 맹렬히 타오르는 불 때문에 멀리 리보솜 전체가 어둠에 잠긴 걸 알지 못했다.

마틴은 전기가 소등된 리보솜 일대를 슬쩍 보았고 양양은 컨트롤센터 쪽을 보며 걱정에 잠겼다.

태오의 흔적을 놓친 부르스는 제정신이 아니었다. 그는 한 시간 넘게 태오를 찾아 평원을 뒤지고 또 뒤졌다. 평정심을 잃은 그가 고개를 쳐들고 허공을 향해 악에 받친 음향을 내질렀다. 횃불 아래 노동자들이 짐승의 소리 같은 울음에 고개를 두리번거렸다.

"템페스트에 정말 늑대가 있군."

술에 취한 누군가가 늑대 울음소리를 흉내 냈다.

거나하게 취한 벤이 오줌을 누려고 사람들 사이를 빠져나왔다.

동료들과 떨어진 델타 구역 앞에서 오줌을 누려고 허리띠를 풀다가 수상한 움직임을 포착했다. 이파리가 요란스레 흔들리는 소리가 들렸다. 그는 이끌리듯 델타의 옥수수 숲으로 발을 들였다. 막상 알파콘 덤불 속으로 들어오니 별다른 소리가 들리지 않았고, 그는 안심했다. 비틀거리며 지퍼를 내리고 참았던 소변 줄기를 알파콘들에게 발사하며 혼자 키득거렸다.

"어때, 내 오줌 맛이. 자연 거름 같은 건 본 적도 없을 테니 지금 실컷 맛보라고."

갑자기 바람이 거세게 불었다. 기다란 알파콘 이파리들이 크게 휘청거렸다. 평원을 휘잉, 바람 소리가 훑고 지나갔다. 알파콘 줄기에 감긴 벤이 비명을 지르며 살려달라고 소리쳤지만 멀리 떨어진 동료들은 듣지 못했다.

벤이 돌아오지 않자 마틴이 투덜대며 찾아나섰다. 인근을 돌아도 보이지 않고 바람 소리만 요란했다.

"벤, 어딨어? 벤!"

뭔가 불안해진 마틴은 델타 구역 인근까지 달리면서 친구의 이름을 소리쳐 불렀다. 그러다가 거센 바람 소리에 섞인 고함을 들었다.

"살려줘. 여기야. 살려줘."

벤이 애타게 마틴을 불렀다.

마틴이 소리를 따라 허겁지겁 알파콘을 헤집고 들어갔다. 벤의 온몸이 이파리들에 친친 감겨 있었다. 얼굴만 드러난 벤이 덜덜 떨었다.

"벤, 움직이면 안 돼. 알지?"

"무서워. 이놈들이 천천히 옥죄어와."

"침착해, 벤. 내가 도와줄게."

"죽고 싶지 않아. 숨을 못 쉴 거 같아."

마틴이 조심스럽게 다가가 이파리를 끊어내려 하자, 옥수수 몸통에서 괴성이 흘러나왔다. 놀란 마틴이 멈칫하는 순간, 그것들이 더 강한 힘으로 벤을 칭칭 감은 채 공중 높이 들어 올렸다. 마틴이 동료들을 향해 도와달라고 소리쳤다.

양양과 움슬라를 포함해 여러 명의 탤로들이 달려왔다. 이 광경을 본 탤로들은 입을 벌린 채 넋을 잃었다.

마틴은 머리를 감싸고 울었다. 친구가 당장 죽을 것 같았다. 잠시 후 공중에서 단말마의 비명이 들렸다. 절망한 마틴이 풀썩 주저앉았다. 마틴의 다리 앞으로 벤의 몸이 툭 떨어졌다.

동료들이 쓰러진 벤을 업고 덤불 밖으로 도망쳐 나왔다. 마틴이 벤의 이름을 부르며 흔들었고 움슬라가 벤의 얼굴에 물을 끼얹었다. 잠시 후 정신을 잃었던 벤이 깨어났다. 겁에 질린 탤로들이 어서 가자고 재촉했고 양양과 움슬라가 벤을 부축했다.

그들이 가슴을 쓸며 감마의 땅으로 돌아가는 도중 갑자기 대평원이 눈부시게 밝아졌다.

화들짝 놀라 모두 공중을 쳐다봤다. 감마 구역 횃불 아래 모인 이들도 일제히 하늘을 쳐다봤다. 한여름에 봤던 사이니 지였다.

대평원을 가득 채운 거대한 영상이 보였다. 헤븐스몰 상공에도 사이니지가 떴다. 술집과 도박장에 있던 탤로들이 광장으로 모두 집결했다. 거대한 빛의 파노라마가 평원과 천국에 빛의 세례를 내렸다. 모두 일시 정지한 듯 목을 빼고 영상을 쳐다봤다.

　델타를 헤매던 부르스는 급히 이곳을 빠져나가려고 서둘렀다. 그러나 어두운 알파콘 숲은 탤로가 아닌 그에겐 닫힌 회로 같았다.

　축제 같은 영상을 기대했던 노동자들은 화면에 빛의 파노라마만 이어지자 실망감으로 술렁였다. 그러나 곧이어 어두운 밤의 흑백 화면이 델피 전체를 짓눌렀다. 삼 주 전 사라진 사사키의 앳된 얼굴이 보였다. 곧이어 헤븐스몰 골목에서 그를 낚아채는 부르스의 모습이 생생하게 재생됐다.

　연이어 다시 호준의 사촌 형과 지오의 실종 장면까지 이어졌다. 사람들 사이에서 욕설과 탄성이 터져 나왔다. 광장에 모인 사람들이 하나둘 큰소리로 증명했다.

　"나, 저놈 본 적 있어. 한 달 전 도박장에서 봤다고!"

　"나도 봤어. 바로 여기 공원에서."

　"이게 말이 돼? 왜 저런 짓을 한 거야."

　"사람들을 대체 어디로 끌고 간 거야?"

　부르스의 얼굴에서 멎었던 영상이 지직거렸다. 부르스의

얼굴이 일그러지더니 마스터의 얼굴로 변환했다. 어딘지 알 수 없는 아주 어두운 곳에서 마스터가 누군가를 내려다봤다. 이어 침대에 묶인 사사키의 얼굴이 보였다.

태오가 사사키의 코드번호를 따라가 겨우 찾아낸 흔적이었다. 지오와 사촌 형의 코드번호로는 더 이상 추적이 힘들었다.

통통하고 앳된 사사키는 알아보기 힘들 정도로 비쩍 말랐다. 마스터가 사사키에게 다가갔다. 묶인 채 겁에 질려 온몸을 비트는 사사키를 부르스가 제압했다. 이윽고 깡마른 사사키의 팔뚝에 주사기를 꽂고 무언가를 주입했다. 온몸의 경련을 일으킨 사사키가 단말마의 비명을 지르다 기절했다.

암흑으로 변한 헤븐스몰 광장에 신음과 탄식이 울려 퍼졌다.

잠시 후 곳곳에서 이 영상을 누가 왜 보여주냐고 묻는 사람들이 있었다. 아디닷과 동료들 그리고 핑크가 사람들에게 설명했고, 순식간에 광장의 사람들은 이곳에 수많은 실종자가 있다는 사실을 알게 됐다.

"아까 부르스 같이 생긴 놈이 들어간 건물이 어디요! 여기 근무자들이 앞장서요!"

핑크와 그의 친구들이 사람들을 뚫고 선두에 서자 일부가 따라갔다.

일부는 내일 당장 여길 나가겠다며 차를 몰아 숙소로 향했다. 다수의 사람은 놀라고 당황한 채 광장에 웅성거리며 집결해 있었다.

장작더미에 모인 감마의 사람들은 침묵했다. 커다란 원을 그리고 앉은 탤로의 눈빛이 붉게 타오르는 화염 아래 깊게 빛났다. 다행히 벤은 크게 다치진 않았다.

그는 마틴의 무릎을 베고 누워 검은 하늘을 바라보고 있었다. 아무도 섣불리 말을 꺼내지 않았다. 어쩌면 오늘 밤, 지금 순간이 델피에서의 마지막이라는 무언의 공감이 감마의 땅을 무겁게 짓눌렀다. 마틴이 벤의 어깨를 토닥이며 사람들을 둘러봤다. 침묵을 깨고 하나둘 벌떡 일어나서 휘휘와 부르스 그리고 자신들이 들었던 소문을 들춰냈다.

증언이 끝나자 연장자들이 손을 들고 일어섰다. 누워 있던 벤이 일어나 자세를 고쳐 앉았다. 거대한 사이니지는 대평원에 휘황한 빛을 뿌렸다. 거친 땅과 장작 불꽃과 둘러앉은 천 명의 사람들 모습이 현실이 아니라 영화 세트장 모습처럼 보였다.

"왜 우리 동료들을 잡아간 것인지 아는 사람은 말해줍시다."

"여기서 무슨 일이 벌어지고 있는 겁니까?"

"마틴, 이제 아는 대로 설명해줘."

벤의 말에 모두의 시선이 마틴에게 쏠렸다. 조용히 일어선 마틴이 차분하게 말했다.

"템페스트에서 사라진 실종자는 우리 감마의 메이저인 태오의 동생입니다. 그는 동생을 구하려고 이곳에 왔고 메이저가 됐다고 제게 말했습니다. 델피 어딘가로 수많은 실종자가 끌려갔을 거라고 했습니다."

"거기가 어디야. 우리가 찾아나서자고."

벤이 소리쳤다. 사람들이 술렁였다.

"태오와 뜻을 함께하는 동료들이 오늘 밤 찾을 겁니다. 아마도 저 사이니지가 베이츠의 비밀을 보여줄 것 같아요. 지금도 놀랍지만 더 끔찍한 진실을 보여줄 겁니다."

그가 상공의 빛을 가리키자 모두 머리를 들어 쳐다봤다.

"지금은 어디든 안전하지 않습니다. 우선 기다립시다. 지금 가장 중요한 건 태오와 동료들이 위험하다는 겁니다."

사람들이 고개를 끄덕였다. 벤이 힘겹게 일어서 마틴의 어깨에 팔을 두르며 말했다.

"나는 알파콘에게 목 졸려 죽을 뻔했어요. 일 년 전에도 그리고 몇 달 전에도 사고가 있었죠. 이것도 분명 이상한 일입니다. 그래서 나는 앞으로의 상황을 예의주시하고 나의 상식에 따라 행동할 겁니다."

누군가 휘슬을 불자 천 명이 일제히 따라 불었다. 알파콘 숲을 헤매던 부르스는 감마 구역으로 되돌아왔고 탤로들의 휘슬 소리에 몸을 낮게 숙였다.

오딧세이를 손에 든 채 침대에 기대 잠이 든 마스터가 창밖의 눈부신 반사에 얼굴을 찡그리며 깨어났다. 그의 방에서도 사이니지가 보였다. 자신의 옆 얼굴이 화면에 떠 있었다!

침대에서 벌떡 일어나서 벽을 보지만 모든 영상은 한 시간 전에 멈췄다. 잠옷을 벗고 옷을 갈아입고 센터로 내려와 안쪽 벽에 손을 댔다. 아무 반응이 없었다. 흰 벽이 그대로 벽이었다.

안경 속 눈에 냉기가 서린 그는 상황을 알아차리고 서둘러 자신의 서재에서 사냥총을 가지고 내려왔다. 뒤로 물러선 채 벽을 향해 총을 갈겼다.

총소리에 놀란 태오가 총을 꺼내 벽을 겨냥한 채 호위했고 호준이 센터의 출입문을 잠갔다. 사냥총이 벽을 뚫지 못하자 벽 뒤에서 마스터가 괴성을 질렀다.

그는 다시 방으로 올라가 승강기를 타고 지하로 내려갔다.

잠시 후 리보솜의 병원에서 나와 총을 끼고 달리던 그는 헤븐스몰에서 리보솜으로 돌아온 백여 명의 탤로들과 맞닥뜨렸다.

노동자들이 에워싸자 마스터가 공중을 향해 공포탄을 쐈

다. 총소리에 놀라 뒤로 물러서던 탤로들이 다시 몰려들자 이번에는 땅바닥에 쐈다. 발 앞에 총알이 튀자 사람들이 흩어졌고 그 틈에 그는 컨트롤센터를 향해 달렸다.

대평원과 헤븐스몰의 노동자들은 이 장면을 고스란히 보았다. 델피 곳곳의 상황을 태오가 사이니지 영상에 띄웠다.

정신없이 달리던 마스터는 수백 개의 실시간 영상이 돌아가는 것을 보고 멈췄다. 자신의 위치가 고스란히 노출된 상황이었다. 그는 방향을 틀어 센터가 아닌 연료공장 뒤편으로 달렸다. 그곳에도 지하로 연결된 통로가 있었다. 건물 뒤쪽이라 위치가 노출되지 않을 가능성이 컸다.

센터의 태오와 호준은 나란히 서서 빠른 손놀림으로 센터의 정보들을 허공에 띄웠다. 방대한 데이터였고 중요 문서마다 암호가 걸려서 시간이 지체됐다.

"센터에 처음 왔을 때 마스터가 우리를 증강현실로 불러냈잖아. 그거 거꾸로 하자!"

태오의 말을 못 알아들었는지 호준은 답이 없었다. 그러자 게임방의 아디닷이 대답했다.

"역발상 좋네. 센터의 메인컴퓨터를 가상 체험하자는 거지?"

"역시 아디닷은 똑똑해."

"숨겨진 재야의 고수가 이제 본격적으로 실력 발휘해볼까."

"당연하지. 여기서 그걸 해낼 사람은 이호준뿐이야."

기분이 좋아진 호준이 신나게 데이터베이스를 휘저었다.

"와, 태오 천잰데? 어떻게 알았어? 이미 도시 전체 프로그래밍에 깔려 있어. 누가 이걸 사용하는지 몰라도 마스터는 아니야. 처음 접한 유전자 인식인데, 지금 바로 뚫어볼게."

호준이 작업을 시작하자 태오는 천국의 동지들에게 도움을 요청했다. 호준과 천국의 친구들과 식물을 사랑하는 벗들의 동시 해킹이 다시 시작됐다. 초조하게 기다리는 태오를 힐끗거리며 호준이 헛웃음을 지었다.

"왜? 불가능이야?"

"아니, 그 반대. 너무 단순해서 믿기지 않을 정도. 베이츠의 주인 양반은 우리처럼 게임에 진심인 듯. 너무 웃겨."

호준이 긴 셔츠 소매를 걷어 올리더니 허공에 걸린 영상 중 하나에 손을 쑥 집어넣었다. 바닷물에 담기듯 팔뚝 하나가 자료 영상에 잠겼다.

태오가 입을 쩍 벌린 채 바라보는 사이, 호준이 팔을 휘저어 무언가를 잡더니 물고기를 건져 올리듯 영상 밖으로 빼냈다. 조금 전 호준이 암호를 풀어 알아낸 땅의 온도에 관한 비밀문서였다. 이런 식이면 암호 없이도 중요 파일들을 불러낼 수 있었다.

"내가 직접 저 안으로 들어갈게. 지금은 그게 최선이야."

태오가 동지들과 인공지능이 한창 대결 중인 코어 데이터 영상에 손을 넣으며 말했다. 깜짝 놀란 호준이 어깨를 잡았다.

"그건 위험해, 우리 해커들이 밀리면 넌 컴퓨터 안에 갇힐 수도 있어. 그냥 우리 둘이서 손으로 하나씩 가져오자."

아디닷의 다급한 목소리가 끼어들었다.

"친구들, 미안한데 바깥 대원들과 우리가 시스템에 맞서고 있지만, 인공지능의 반격이 엄청나. 지금 사실 좀 위태로워. 이제부터 십 분을 버티기도 어려울 거 같아. 서둘러. 그리고 내가 신호를 보내면 당장 거기서 나와야 해."

"들었지? 십 분 안에 수만 개의 데이터를 하나씩 건져내자고? 지하세계에 뭐가 있는지, 우리 형제는 어디 있는지 알 수 있는 마지막 기회야."

"그렇긴 한데, 난 너를 잃을 순 없어."

호준이 표정을 일그러뜨렸다.

"걱정 마. 난 운빨 하나는 끝내주는 놈이야. 너와 아디닷이 함께 하잖아. 난 꼭 무사히 빠져나올 거야."

호준이 말릴 틈도 없이 태오가 수영하듯 데이터 영상 속으로 뛰어들었다.

바깥의 호준은 침을 꼴깍 삼키고 친구를 지키기 위해 벽 위의 컴퓨터를 두드렸다. 그의 손가락이 가늘게 떨고 있었다.

위험을 감수한 결과는 진실로 직결되었다. 델피의 곳곳은 알파콘의 실험장이었다. 한갓 옥수수의 생명력을 높이기 위해 베이츠는 인간 유전자와 합성한 실험을 벌이고 있었다. 문서는 즉각 트루어쓰에게로 보내졌고 유전공학 전문 요원들이 사실을 확인해주었다. 사사키가 끌려가 실험을 당하는 것도 그런 이유였다. 역설적으로 지오가 실험을 당하며 살아 있을 거라는 확신이 들자, 분노와 안도가 뒤섞인 눈물이 받쳤다.

데이터베이스는 케케묵은 서점 같은 형태였다. 다갈색 책상과 책장이 있었고, 책장 속에 대분류로 비밀문서들이 나뉘어 꽂혀 있었다. 가상의 공간에서도 태오는 달렸다. 바깥과 다른 점은 발소리가 나지 않고 무중력처럼 몸이 붕 뜬다는 점이었다. 인간 유전자 실험을 입증해줄 다른 문서를 바깥 현실의 호준에게 던졌다.

"다시 트루어쓰에 보내고 평원에도 알려야지."

신기하게도 호준의 목소리가 바로 옆에서 대화하듯 생생하게 들렸다. 태오는 다시 서가를 달려가 '생산량' 목차에서 빠르게 서류를 넘겼다. 놀라웠다, 아니 믿기지 않았다.

"아무래도 이상하군. 이것 봐. 탤로가 일 년 동안 생산하는 알파콘은 겨우 1000만 톤이야. 그런데 베이츠의 일 년 총생산량은 8000만 톤이 넘어."

태오가 파일들을 센터로 휙휙 던지며 말했다.

"그럼 다른 생산지가 있다는 말인데, 대체 어디⋯⋯?"

말하면서 두 사람은 동시에 알았다. 태오는 재빨리 옆에 놓인 사다리를 밟고 올라가 'U' 항목에서 문서를 뽑아들었다. 언더그라운드, 땅속 세계가 알파콘의 주생산지였다. 그리고 지하의 알파콘은 모두 유전자 합성으로 생산된 것들이었다!

"엄청나군. 베이츠가 전 세계를 속인 거네."

"대평원의 생산에 관한 문서 제목이 뭔지 알아?"

"재밌는 인간들이네, 뭔데 그래?"

호준이 다급하게 보고서를 대평원의 사이니지로 옮기며 대답했다.

"삼만 명의 NPC Non-Player Character 게임."

"아, 욕 나온다."

호준이 욕을 뇌까리며 능숙하게 파일을 세계 곳곳의 대원들과 광야의 동료들에게 타전했다.

"대평원에서 우리가 했던 노동과 생산은 속임수였어, 그들이 우리를 가지고 놀았다고! 우리는 베이츠의 게임기였던 거야!"

삼만 명이 숨을 헐떡이며 땡볕에 등껍질이 벗겨지는 노동이 베이츠의 손바닥에 놓인 게임이었다는 사실에 분노가 치밀었다. 그는 증거가 될 자료를 계속 찾고 현실로 던져주며 이를 갈았다.

델피와 대평원은 세계인에게 보여주기 위한 쇼였고, 자연의 생산물이라는 이미지를 위한 가상세계였다. 다국적기업 베이츠는 세계인이 먹는 알파콘이 안전한 식량이라는 이미지를 위해 수천 헥타르의 허구를 펼쳐놓은 것이다! 그리고 우리 삼만 탤로는 베이츠가 소일거리로 즐기는 게임의 NPC였다.

"잠깐, 뭔가 이상해. 보안 시스템이 정보들을 가져가고 있어."

호준이 현실에서 외치는 소리가 들렸다. 태오는 지오와 실종자들이 있는 장소를 찾아내기 위해 안간힘을 다해 파일을 뒤지고 또 뒤졌다. 어디에도 파일이 보이지 않았다.

현실로 나온 비밀문서도 센터 공중에 서 있는 지오의 영상들도 모래시계의 모래가 흘러내리듯 천천히 지워지고 있었다.

"태오, 가야 해. 위험하다고. 자칫하면 너, 거기서 못 나와!"

호준이 손톱을 물어뜯으며 머리를 감싸고 외쳤다.

"지오를 찾아야 해."

태오가 단호하게 말했다.

보다 못한 호준이 영상 속으로 손을 넣으려 했다. 이제는 처음 들어갈 때와 다르게 몸이 자연스럽게 들어가지 않았다.

게임방의 아디닷이 벌떡 일어나 마지막 신호라며 삼십 초 안에 거기서 나오라고 경고했다. 동시에 게임방의 동료들도 하나둘 외쳤다.

"컴퓨터가 이상해."

"컴퓨터 너무 뜨거워. 터질 것 같아."

아디닷이 동료들에게 명령했다.

"모두 빨리 나가. 전군, 퇴각하라!"

컴퓨터가 하나둘 불꽃을 튕기며 터지기 시작했다. 수십 명의 탤로들이 게임방을 뛰쳐나가자 아디닷도 뛰었다. 모두 계단을 달려 빠져나오는데 게임방이 폭발했다.

태오는 파일들을 마구 뒤지다가 'U_ge'라고 적힌 파일을 열었다. 유전자 실험과 관련됐을 거로 짐작만 할 뿐 내용이 없었다. 파일에 데이터가 텅 비었고 알파부터 시작하는 그리스문자와 숫자만 기록된 파일을 들고 현실의 입구를 향해 달려갔다. 들어올 때와 달리 경계가 조여들면서 숨통이 조여들었다.

바깥에서 크고 튼튼한 손이 틈을 비집고 들어왔다. 호준의 손이었다. 호준이 강한 악력으로 그를 잡고 당겼다. 태오는 처음 만난 순간부터 그 손이 마음에 들었다.

깜깜한 밤, 대평원과 리보솜 그리고 헤븐스몰에 삼만의 노동자들이 모여 있었다. 태오와 호준이 전한 문서들을 거대한 화면으로 그들은 모두 동시에 똑똑히 보았다. 그들은 허공에 번쩍이는 진실을 보고 얼어붙은 채 서 있었다. 아무도 숨도 쉬지 않는 듯했다.

'베이츠는 우리를 속였다. 우리 노동은 가짜다! 위험하다. 이곳을 떠나라!'

태오가 센터를 빠져나오기 전 마지막으로 하늘에 새긴 문구가 찬란하게 빛났다.

9

탤로, 탤로들

나르키소스가 발악하듯 괴성을 지르며 울었다.

지하의 공간에 쇳소리 같은 울음소리가 가득 찼다. 작은 부르스들이 동시에 달려나왔다. 깜깜한 어둠 속에 깊이 잠든 노인의 얼굴이 일그러졌다. 아기의 심장과 연결된 베이츠가 가슴을 움켜쥐고 눈을 떴다. 천정과 사방 벽에 적색 경고등이 깜빡였다.

그가 일어나 앉아 침대 헤드에 놓인 두꺼운 책을 집어 들었다. 책등엔 '바이블'이라 적혀 있지만, 그것은 성경책이 아니었다. 침실에서 델피 전체를 둘러볼 때 애용하는 컴퓨터였다.

그가 책 위에 손을 얹어 유전자 인식 후 책갈피를 넘기듯 손가락을 젖혔다. 함락당한 델피의 시스템이 오 분 전부터 다시 나르키소스의 수중에 있었다.

옛 시절 버릇대로 노인은 무의식적으로 검지에 침을 바르며 넘겼다. 어둠에 잠긴 평원 곳곳이 펼쳐졌다. 다급하게 화면을 넘기던 짧은 손가락이 허공에서 멈췄다.

어둠이 집어삼킨 대평원에 띠를 이은 노란 불빛들이 번쩍였다. 화면을 두드리자 리보솜을 향해 진군하듯 달리는 수천 대의 수송차가 보였다. 다시 페이지를 넘기자 대평원 상공에 태오가 새긴 문구가 보였다. 뒤 문장은 지워지고 '베이츠가 우리를 속였다.' 한 줄만 남았다.

베이츠의 얼굴이 일그러지며 성마르게 책장을 넘겼다.

대평원 불덩이 앞에 모인 탤로들, 옥수수밭에 엎드려 포복하는 부르스, 연료공장 지하에 숨어 있는 마스터의 모습이 지나갔다.

그는 혀를 끌끌 찼다. 황급히 일어나 미키마우스가 그려진 잠옷 위에 가운을 걸치는데 작은 부르스들이 달려와 양옆에 섰다. 부르스가 없을 시 두 사람이 베이츠를 경호했다. 둘은 나르키소스의 명령으로 이곳으로 달려온 것이었다.

"너희들은 삼 분 전에 이곳에 왔어야 해."

베이츠가 짜증 섞인 목소리로 힐책했다.

"명령 받자마자 달려왔습니다. 1킬로미터를 오십 초 만에 왔습니다."

"이런 멍텅구리들. 스스로 판단이라는 걸 하라고!"

노인이 베개를 둘의 얼굴에 집어던지며 말했다. 훈련된 부르스 둘은 베개를 가볍게 피하고 다시 부동자세로 섰다. 그 모습을 본 노인은 헛웃음을 지었다.

"둘 다 나가서 마스터와 서든 27을 내 앞에 데리고 와."

"둘 중 하나는 반드시 회장님을 경호하는 게 원칙입니다."

"지금 나 베이츠가 아니라 우리 세계 베이츠가 일촉즉발이라고. 내 명령에 따라."

노인이 전동휠체어를 밀어 빠르게 나르키소스의 방으로 이동했다.

복도를 지나면서 그는 아기도 오늘 밤엔 팔 분이나 늦었다는 걸 깨달았다. 공격을 받은 즉시 자신과 마스터에게 알렸어야 했다. 나르키소스에게 팔 분의 공백이 있었다면 심각한 결함이었다. 태오와 호준이 컨트롤센터에 머문 시간만 십 분이 넘었다. 데이터를 다시 점령한 아기는 서버를 복구하고 타임을 조작한 후 베이츠를 깨운 것이다. 베이츠가 자세히 들여다보면 금방 들통날 일이었지만 나르키소스는 혼나기 싫은 마음과 도박을 해보려는 계획을 동시에 품고 있었다.

그의 집무실은 여느 날과 다름없었다. 벽을 따라 델피 곳곳을 비추는 영상이 돌고 있었다. 나르키소스는 무슨 이유인지 사이니지를 지우지 않고 그대로 두면서 이제는 탤로들의 현재 상황을 보여주고 있었다. 평원과 헤븐스몰의 거대한 영상으로 다른 탤로들의 모습을 보여주는 이유가 있을 터였다.

'내 영리한 아기가 잠시 힘에 부쳤을 뿐이야. 아무렴. 나와 마스터가 아무것도 모르고 잠이나 잤으니.'

노인이 노인답게 중얼거리며 아기가 있는 방으로 갔다. 나르키소스는 아무 일도 없었다는 듯 평온하게 눈을 감고 있었다.

"나르키소스, 누가 어떤 공격을 한 게야?"

베이츠가 아기를 내려다보며 넌지시 묻자, 나르키소스가 촉촉한 눈길로 노인을 바라봤다.

"너무 힘들었어. 지난번처럼 해외 서버들이었어. 근데 이번엔 세력이 너무 강해서 시간이 좀 걸렸어."

아기가 혀짧은 소리로 아기처럼 대답했다. 태오와 호준을 비롯한 탤로들의 공격에 대해선 말하지 않았다.

"걱정하지 마세요. 탤로들이 서든 27이 납치하는 걸 알아낸 거야."

베이츠의 미심쩍은 눈빛을 본 아기가 다시 말했다.

"아, 하나 더 있어. 평원에서 알파콘을 실험하는 걸 알았지만, 저 멍청이들은 무슨 실험인지는 몰라."

베이츠가 돌아서서 사태를 확인하려고 벽에 화면을 점검하는데 마스터가 들어왔다.

"아주 잘 잤나 보구나. 헝클어진 머리를 보니 숙면을 취한 모양이야. 사태 초기에 수습을 하든가 나한테 연락을 했어야지. 잠은 죽으면 영원히 잘 수 있을 텐데."

노인이 돌아보지도 않고 등을 돌린 채 말했다.

"회장님도 그러셨겠지만, 사태가 일단락되기까지 저는 아무런 경고음도 듣지 못했습니다. 나중에 컨트롤센터로 내려갔을 때 누군가가 점령하고 있어서 전 들어갈 수 없었습니다."

베이츠가 고개를 휙 돌리며 마스터와 나르키소스를 노려봤다.

"아니야, 아빠. 센터도 몇 분간 해킹 세력에게 뚫렸을 뿐이야."

나르키소스가 단호하게 거짓말을 했다. 단연코 한 번도 거짓말을 하지 않았으므로 베이츠는 믿었고, 나르키소스는 오늘이 처음이자 마지막 거짓말이라고 생각했다.

"회장님은 인간을 믿지 않고 인공지능을 믿으시니까요."

"무슨 정반합도 모르는 소리야. 나는 결국 델피라는 세계를 믿는 거라고. 이 세계 안에 자네도 있는 거고."

마스터가 힘없이 고개를 끄덕였다.

"저는 회장님을 믿습니다. 아버지를 따르는 마음으로."

울컥해서 말해놓고 마스터는 괜한 말을 했다고 후회했다.

열네 살 때 자살한 생물학적 아버지도 아들의 마음 따윈

관심 없었다. 자신의 목표와 세상에 인정받는 성과에만 몰두했다. 아들이 지켜보는 앞에서 권총으로 머리를 쏜 아버지는 아들이 평생 누군가에게 인정받지 못하면 바늘로 찌르는 통증을 겪으리라곤 예상하지 못했으리라.

"이제 네가 해야 할 일을 해. 미쳐 날뛰는 탤로들을 막으라고."

베이츠가 평원에 모인 사람들과 진군하는 수송차 대열을 가리켰다. 마스터가 고개를 숙이고 나가자 베이츠는 자신의 정원으로 이동했다. 작은 부르스가 그의 뒤를 따랐다. 그가 정원의 나무 중 하나에 손을 대고 손을 휘젓자 휘휘 떼가 공중에 나타났다. 이어 작은 손이 꽃을 만지자 형형색색의 손톱만 한 나비들이 공중에서 팔랑거렸다.

대평원은 늑대 울음소리로 가득했다. 헤븐스몰에서 출발한 삼만 명의 노동자를 실은 수송차 행렬이 끝없이 이어졌다. 분노한 탤로들이 내지르는 고함이 평원에 진동했고 그 소리는 늑대 떼 울음과 비슷했다.

감마 구역까지 온 태오와 호준은 수송차에서 내려 동료들을 향해 달렸다. 멀리 동료들이 모인 곳엔 여전히 타오르고 있는 불기둥들과 횃불을 든 동료들이 보였다.

평원의 길을 따라 달리던 두 사람은 이곳을 빠져나가려던 부르스와 맞닥뜨렸다. 온갖 수모를 겪은 부르스의 눈빛이 이글거렸다. 두 사람은 즉각 수비자세를 취했다. 아무것도 없는 평원 한가운데서 인간병기와 맞붙는 것이었다. 몸을 숨기거나 도구로 이용할 만한 지형물도 없었다.

둘은 상대의 주먹과 발길질에 몸이 나가떨어졌다. 다시 일어난 태오가 잽싸게 주먹을 휘둘렀으나 부르스는 가볍게 피하며 태오의 복부를 가격했다. 공중에 붕 떠올라 땅에 처박힌 태오는 충격에 쉽게 일어서지 못했다. 한 번의 가격만으로도 고통이 어마어마했다. 입안에서 피 맛이 났다.

호준이 놈의 주먹을 피하며 시간을 끄는 사이 가슴에서 총을 꺼내 쐈다. 총알이 놈의 허벅지를 스쳤다. 놈의 다리에서 피가 흐르는 게 어둠 속에서 보였다. 태오가 벌떡 일어섰고 호준과 놈도 동시에 총을 꺼냈다. 셋은 가까이에서 서로를 겨냥한 채 마주 보았다. 총구가 삼각형을 그렸다.

"쏴. 네가 나를 쏘면 넌 내 친구 총에 관통당할 거야."

태오의 말에 부르스의 눈빛이 흔들렸다.

"호준, 이놈은 머리가 나쁘다고 했지. 걱정말고 쏴, 쏴버려."

일 초의 망설임이 증발했다. 셋은 동시에 총탄을 쏘면서 바닥으로 몸을 날렸다. 태오의 어깨에 총알이 스쳤다. 태오는 상대의 타깃이 자신이며, 자신을 먼저 쏠 거라는 걸 알고 있었다. 어깨가 불에 덴 듯 뜨거웠다. 누운 채로 셋이 거의 동시에 총을 쏘며 밑동이 잘린 알파콘 줄기 위로 굴렀다. 세 방의 총성이 한방으로 들릴 정도로 거의 동시다발이었다.

횃불을 든 동료들이 총소리를 듣고 함성을 지르며 달려왔다. 멀리서부터 불에 타는 장작더미가 날아들었다. 몰려온 동료들이 저놈을 죽이자며 일제히 불꽃이 일렁이는 장작을 마구 던졌다. 횃불을 피하던 부르스가 동료들을 향해 총을 겨누자 태오와 호준이 재빨리 총알을 날렸다. 둘의 총탄을 피해 부르스가 바닥을 구르고 굴렀다.

몰려든 탤로들이 던지는 장작 불꽃이 거셌다. 팔로 쳐내고 피하던 불꽃이 하나둘 놈의 몸에 붙었다. 불길을 끄려고 놈은 미친 듯이 알파콘 밑동 사이를 굴렀다. 순식간에 불길에 휩싸인 부르스가 벌떡 일어나 마구 날뛰며 고함을 내질렀다. 태오와 호준은 바닥에 납작 엎드려 그를 지켜보았다. 마침내 놈에게 고요가 찾아왔고 만들어진 인간병기는 평원 한가운데 무릎을 꿇었다.

양양과 움슬라가 달려와 태오와 호준을 일으켰다. 그러곤 자신들의 옷을 찢어 피가 흐르는 어깨와 손을 감아주었다. 천 명의 노동자들이 불에 타는 인간병기를 응시했다. 둥그렇게 둘러선 그들에겐 희생제의를 치르는 듯한 엄숙함이 흘렀다.

달리는 수송차 안에서도 대평원 사이니지로 서든 27이 불길에 휩싸인 채 쓰러지는 장면을 볼 수 있었다. 탤로들은 함성을 지르고 클랙슨을 울렸다.

서든 27을 찾아 템페스트 산을 타고 내려온 또 하나의 작은 부르스는 영문도 모른 채 도로 가까이에서 동태를 살폈다. 차량 행렬이 끝없이 이어지는 걸 지켜보다가 더 지체할 수 없자 도로로 뛰어들었다.

차 한 대가 급브레이크를 밟자 뒤이어 차량들이 멈췄다. 전조등 불빛에 작은 부르스의 모습이 또렷이 드러났다. 그가 달리기 시작했다. 아디닷이 탄 차량이 속도를 올려 놈을 향해 돌진했다. 몸을 날려 피하자 뒤 차량들이 회전해서 놈을 큰 원 안에 가뒀다.

이어 차량들이 가격했고 이리저리 피하던 부르스는 정통으로 맞고 바닥에 엎어졌다. 잠시 정적이 흘렀고, 평원에서 내지르는 함성이 들렸다.

수송차의 탤로들은 메아리를 돌려주듯 함성을 지르며 컨트롤센터를 향해 출발했다.

평원의 탤로들 또한 센터를 부수기 위해 진군했다. 일부는 수송차를 타고 출발했고 나머지는 태오와 호준이 이끌고 평원을 걸었다. 그들의 손에는 낫과 망치 따위의 연장이 들려 있었다. 장작불을 피우려고 준비한 알파콘 기름통을 어깨에 엎은 탤로도 보였다.

"여러분, 평정심을 가지세요. 불법 해킹으로 전달된 정보는 진실이 아닙니다. 즉각 각자의 숙소 침대로 돌아가세요."

다시 센터로 돌아간 마스터의 목소리였다.

"지랄하고 자빠졌네. 네놈 침대가 무덤이 될 거야."

벤이 소리치자 사람들이 맞장구치며 웃었다.

"우리는 많은 걸 알았다. 우리는 모든 걸 알게 될 것이다!"

태오가 팔을 치켜들고 외치자 동료들이 함께 외쳤다.

갑자기 땅이 흔들렸다! 놀란 노동자들이 몸을 움츠렸다.

센터의 마스터가 1차 경고라며 리보솜 숙소로 돌아가라고 부드러운 말투로 회유했다.

"베이츠는 못 하는 일이 없군. 지진도 설계해뒀어. 여러분, 더 험한 꼴 보기 전에 달려갑시다."

벤의 말에 사람들이 달렸다.

땅이 더 심하게 흔들리더니 폭풍이 몰아쳤다. 바람에 밀려 태오와 동료들의 몸이 앞으로 나아가질 못했다. 커다란 수송차마저 흔들려서 움직이지 못하는 게 영상에 보였다.

평원의 탤로들은 밀리지 않으려고 서로 어깨를 걸었다. 탤로들이 폭풍을 뚫고 계속 진군하자 마스터가 마지막 경고를 날렸다.

"멈추세요. 수많은 사람이 다치거나 죽을 수도 있습니다.

저는 분명 경고했습니다."

"참으로 친절도 하시군."

마틴이 양옆의 벤과 양양의 어깨에 힘을 주며 말했다.

바람이 서서히 잦아들었다. 어떤 공격을 당할지 모르는 탤로들은 일순 긴장했다. 태오가 몸을 낮추라고 신호를 보냈다. 평원에 차가운 정적이 찾아왔다.

어둠 속에 익숙한 소리가 멀리서부터 들리기 시작했다. 휘휘였다! 순식간에 새 떼가 평원을 덮쳤다. 눈알을 공격당한 탤로들이 비명을 지르며 나뒹굴었다. 이제야 휘휘의 목표가 안구라는 것을 알게 된 동료들이 손으로 눈을 가리고 엎드렸다.

태오와 호준이 뭐라고 소리쳤고 마틴과 양양도 소리를 질렀다. 휘휘에 대한 소문을 아는 탤로들이 알파콘 조각과 이파리를 입에 물었다. 그리곤 다른 동료들의 몸을 감쌌다. 마틴도 이파리를 입에 문 채 벤의 몸을 감쌌다. 이유를 몰랐던 알파콘의 효능을 탤로들은 지금에서야 깨달았다. 알파콘에 수많은 인간 유전자가 합성돼 시긴트신호정보 교란이 가능했던 것이다.

영상으로 휘휘의 공격을 본 수송차 안의 탤로들은 일제히 창문을 닫았다. 곧이어 엄청난 속도로 날아온 휘휘가 수송차의 유리창을 공격했다. 차량들이 속도를 올렸지만 그럴수록 휘휘는 더 많이 달라붙어 유리창에 금이 가기 시작했고 앞창을 가려버려 운전하기 어려웠다. 몇몇 수송차가 방향을 잃고 도로 아래 알파콘 숲으로 추락했다.

그게 끝이 아니었다. 캄캄한 밤하늘에 형광색 빛이 떠돌았다. 화려한 나비 떼가 평원으로 몰려갔다. 감마 구역 입구에서 수송차에 오르려던 탤로들이 하나둘 머리를 부여잡고 쓰러졌다. 나비가 스치기만 해도 맹독이 몸으로 스며들었다.

온몸이 붉어지며 순식간에 풍선 인형처럼 부풀었다. 평원은 아수라장이었다. 쓰러진 동료들을 차에 태우고 모두 수송차 안으로 피했다.

태오는 결단을 내려야 했다. 여기 이대로 있으면 모두가 위험해졌다. 동생도 찾아야 하지만 수많은 사람의 목숨이 걸린 일이었다. 선두에 달리던 아디닷도 멈춰 섰다. 아디닷 역시 같은 고민을 했다.

지하의 집무실에서 탤로들이 당한 모습을 본 베이츠가 어린아이처럼 폴짝폴짝 뛰면서 소리쳤다.

"우리 아기가 이제 인간의 마음을 알아! 인간의 마음을 통제하기 시작했다고."

베이츠는 나르키소스가 탤로들의 마음을 통제하고 있다고 생각했다. 그는 스스로 진화한 아기가 대견했고 앞으로 벌어질 일이 흥미진진해서 목이 탔다. 영상에 눈을 고정한 채 팔만 뻗어 탁자 위의 물잔을 집어 물을 들이켰다.

나르키소스는 거대한 사이니지에 탤로들이 고통받고 두려움에 떠는 모습을 다른 탤로가 보게 하려는 것이었다. 나르키소스가 대평원에 영상을 그대로 세워둔 이유였다. 사람 마음 밑바닥에 있는 공포를 이용해 탤로들을 통제하려는 의도였다.

밤하늘을 형광빛으로 물들인 나비 떼의 위력은 가공할 만했다. 탤로들은 공포로 얼어붙었다. 눈앞에서는 동료들이 고통으로 나뒹굴었고, 평원을 가득 채운 영상에는 기괴한 모습이 생생하게 드러났다.

수송차 행렬은 도로에 멈췄다. 땅은 더 강하게 흔들렸고, 나비 떼가 창을 덮어 앞이 보이지 않았다.

평원 수송차 선두에 선 태오가 리보솜으로 향했다. 마스터가 리보솜으로 돌아가라고 연이어 떠들고 있었다. 맹독에 감염된 동료들을 치료하는 게 급선무였다. 자칫 목숨이 위태로울지도 몰랐다. 우선 동료들을 살리고 이후를 도모할 작정이었다.

태오의 수송차 뒤로 감마의 동료들이 따랐다. 다른 수송차도 뒤를 이었고, 아디닷은 감마 구역을 벗어나는 행렬을 보고 태오의 의도를 파악했다. 적에게 순순히 후퇴하는 모습을 보여준 것이다. 나비 떼에게 속수무책 당하느니 퇴로를 확보하려는 기만전술이었다.

탤로들이 리보솜에 도착하자 나비 떼는 회오리바람처럼 상공 높이 치솟아 오르더니 어디론가 감쪽같이 사라졌다. 다치고 감염된 사람들이 내지르는 비명이 리보솜을 가득 채웠다. 동료들이 환자를 업고 들것에 들고 병원으로 달려가느라 아수라장이었다. 그런 와중에도 리보솜엔 긴장감이 감돌았다. 휘휘와 나비 때문만은 아니었다. 자정이 지났으나 아무도 숙소로 돌아가지 않았다.

리보솜 공터와 건물 사이에 삼만 명이 조용히 서 있었다. 마스터의 명령 때문에 돌아온 게 아니라 부상자 때문이며 베이츠의 속임수를 안 이상 베이츠의 건물 어디도 안전하지 않다는 공감대가 있었다.

베타 구역의 메이저가 손을 들고 앞으로 나섰다. 그는 마스터의 강요로 그동안 태오의 행적을 좇았다고 고백했다. 그러자 거의 동시에 다른 구역의 메이저 세 명이 앞으로 걸어 나왔다. 세 명 중 하나는 태오를 감시해서 보고했다고 털어놓았다.

그 말을 들은 태오는 공터 바위 위로 우뚝 올라섰다.

"어차피 저들은 마스터의 강압 때문에 우리를 감시했을 뿐입니다."

지금에 와서야 그런 건 하나도 상관없다는 듯 외치는 목소리가 커졌다.

"여기서 빠져나가야 합니다. 저들이 다시 우리를 곤경에 빠트릴 겁니다."

"리보솜을 벗어나는 순간, 저들이 무슨 짓을 할지 몰라요. 좀 전에 다들 보셨잖아요?"

"가만히 있는 건 미친 짓이에요. 여기 있는다고 안전이 보장되진 않습니다."

"나비 떼의 공격을 어떻게 막으실 겁니까? 무슨 대안이라도 있습니까?"

"저들은 우리를 죽이려 했습니다. 다른 말이 더 필요할까요?"

탤로들의 주장은 다 맞는 말이었다. 좌중을 둘러본 태오가 팔을 들었다.

"여러분의 의견을 묻습니다. 이곳은 위험합니다. 이곳을 탈출하는 것도 위험합니다. 다쳐서 움직이지 못하는 동료들도 있습니다. 그러나 이대로 가만히 있으면 어떤 일을 겪게 될지 아무도 모릅니다. 나는, 나 김태오는 베이츠의 끔찍한 재앙을 세상에 알리기 위해 지금 당장 탈출할 것입니다."

와, 하는 함성이 리보솜을 가득 메웠다. 태오가 다시 손을 들었다.

"선택은 여러분 몫입니다. 우리는 알파강을 헤엄쳐 바깥세상으로 탈출합니다!"

갑자기 땅이 다시 흔들리기 시작했다. 태오와 함께 탈출하려는 탤로들이 수송차를 향해 뛰었다. 그들이 차에 올라 이동하자 땅이 요동치듯 흔들렸다. 곧바로 천둥소리가 귀청을 때리고 땅이 쩌억 갈라지더니 리보솜 둘레 땅 아래에서 장막이 올라오기 시작했다.

주변을 둘러보던 호준이 황급히 차 문을 열고 내렸다.

"난, 남을게. 여기 남은 사람도 많고 내가 후방지원을 해야겠어."

그가 손바닥 안에 든 컴퓨터를 흔들며 말했다.

"안 돼, 가면서도 할 수 있어. 널 두고 갈 수 없어!"

태오가 다급하게 외쳤다.

"내가 보기엔 네가 더 위험해. 확률을 절반으로 줄이자고. 어서 가!"

태오를 향해 씩 웃고는 호준이 남은 탤로들 사이로 달려갔다.

"서둘러. 빨리 여기서 나가야 해."

차 안에 마틴이 태오의 어깨를 잡으며 말했다. 백미러로 호준을 보던 태오가 급히 차를 몰았다. 곳곳에서 번뜩이는 강철 차단막이 땅에서 솟아올랐다. 수송차들이 정신없이 차를 몰아 미로 게임을 하듯 빠져나갔다.

리보솜 둘레로 장막이 올라오자, 남아 있던 탤로들이 사방으로 흩어졌다. 안에 갇히면 꼼짝없이 감옥이 된다는 걸 그들은 본능적으로 느꼈다.

호준도 동료들과 함께 알파콘 평야로 향했다. 대평원이 땅울림 소리를 내더니 그곳에도 거대한 장벽이 솟아나기 시작했다. 탤로들은 장벽을 피해 우왕좌왕 달렸으나 소용없었다. 번뜩이는 장벽은 계속 솟아났고 아무리 달아나도 결국 알파콘 평원에 갇힌다는 걸 깨달은 탤로들은 제자리에 멈춘 채 주저앉았다.

헤븐스몰의 근무자들도 마찬가지였다. 그곳을 벗어나려고 정신없이 달리던 근무자들은 정지화면처럼 멈춘 채 하늘을 올려다봤다. 사이니지로 대평원에서 나비 떼에게 공격당한 탤로들을 본 그들은 상공에서 나비 무더기가 쏟아져 내릴까 봐 벌벌 떨었다.

상황을 지켜보던 베이츠는 눈을 쉴새 없이 깜빡였다. 머리굴리는 속도를 눈꺼풀이 따라가지 못하는 듯했다.

그는 옆방 요람에 누운 나르키소스에게 가려던 발길을 돌려 다시 컴퓨터 화면으로 돌아와선 손을 집어넣고 이내 작은 몸통을 완전히 넣었다.

컨트롤센터의 허공에 베이츠의 모습이 증강현실로 떴다. 화들짝 놀란 마스터가 위를 올려다봤다. 공중에 걸린 베이츠를 흡사 신의 현신처럼 느낀 마스터가 저도 모르게 한쪽 무릎을 꿇었다.

"이것 봐, 마스터, 쟤들 왜 저렇게 난리인 거야?"

"회장님, 나르키소스가 거짓말을 하는 겁니다. 탤로들은 많은 것을 알았습니다."

"구체적으로 말해봐."

"탤로 중 하나가 여기에 침입해서 수많은 자료를 봤습니다. 바깥에서 도와주는 세력이 있었을 겁니다."

마스터가 센터의 벽을 가리키며 말했다.

"그래서 우리 문서를 훔쳐본 놈이 누구야?

"정확히는 알 수 없으나 김태오라는 탤로입니다. 아니 틀림없이 그놈입니다. 그는 지금 탈출하려고 알파강을 향하고 있습니다."

"저놈이 델피를 탈출하면 안 되지. 서든 27 몇 명 붙여줄게. 가능한 죽이지 말고 생포해 와."

"한 가지만 약속해주십시오. 어떤 상황에서도 저를 지켜주신다고."

마스터가 허공에서 부연 빛에 감싸인 채 떠 있는 베이츠를 우러러보며 말했다. 아래를 내려다보는 베이츠가 눈을 연신 깜빡이며 대답했다.

"토미, 너와 나는 한 몸이 아니었나. 자넨 나를 아버지로 여기잖아. 나도 당연히……."

베이츠의 말이 끝나기도 전에 지하 요람에 누워 있던 나르키소스가 몸을 뒤집었다. 베이츠 노인에게 아빠라고 부르던 아기는 몇 분 사이 몸이 훌쩍 자라 있었다. 그는 천천히 일어나 아장아장 걷더니 빠른 속도로 걸어서 지하통로를 걸어갔다.

그의 움직임에 반응하며 실험실의 알파콘들이 쉿소리를 내며 너울거렸다. 나르키소스는 기업 베이츠와 델피의 평원에 대한 비밀문서가 트루어쓰 회원들의 컴퓨터에서 여러 곳으로 이동한 흔적을 파악했다.

나르키소스는 조금 전 델피와 베이츠의 붕괴를 예측했다. 그는 머릿속으로 알비노 노인 몰래 이곳을 빠져나갈 방법을 시뮬레이션하며 바삐 걸었다. 다리가 짧아 더 빨리 달릴 수 없어 속으로 짜증을 냈다.

태오와 탤로들은 전속력으로 달렸다. 세상 사람들에게 풍성한 식량을 수확하는 도시로 알려진 델피는 거짓이고 속임수였다.

"젠장. 이곳은 생일날 양아버지한테 받는 선물상자 같은 거였네. 그럴싸한 리본 달린 포장지였다고."

얌전하고 말수 없는 양양이 시니컬하게 말했다.

"맞아, 속았어. 모두 다 속았어."

움슬라가 뒤차와 주변을 살피며 소리쳤다.

갈라진 땅을 가까스로 피하며 과속으로 달리는 수송차는 급커브와 급브레이크로 심하게 요동쳤다. 뒤차들도 마찬가지였다. 수백 대의 차량이 동시에 달리는 소리가 폭포수 같았다. 어두운 한밤중 대기에 안개 같은 흙먼지가 공중을 덮었다.

시야 멀리 빛에 감싸인 괴물이 보이기 시작했다. 거대한 알파콘 홀로그램이 총천연색 빛을 난반사하며 그들을 기다리고 있었다.

동료들은 일순 긴장했다. 이곳을 빠져나가는 유일한 관문인 홀로그램은 노랗고 푸른 빛으로 그들 모두를 불태워버릴지도 몰랐다.

"태오, 저길 어떻게 뚫고 나가려고. 우리 버터구이 될 거야."

홀로그램이 가까워지자 벤이 낮게 중얼거렸다.

"호준이 해낼 거예요. 난 내 친구를 믿어요."

알파콘 숲에 갇힌 탤로들은 등을 지고 둥그렇게 둘러 서 있었다. 비상 상황에 따른 수비 태세였다. 그들의 손엔 낫과 망치 따위가 들려 있었다.

동료들의 보호 아래 호준이 컴퓨터를 펼쳐 복구된 컨트롤 센터의 2차 공격에 들어갔다. 아디닷과 연결된 트루어쓰 요원들도 다시 가세했다. 나르키소스의 방어가 없는 시스템은 손쉽게 함락됐다.

태오와 일행들은 홀로그램을 정면으로 마주했다. 차 안에 긴장감이 돌았다. 잠시 후 알파콘 홀로그램의 빛이 아주 조금씩 사그라드는 게 보였다. 태오가 액셀러레이터를 밟고 속도를 올렸다. 알파콘 홀로그램 안으로 들어간 태오의 수송차는 순간 강렬한 레이저에 감전된 듯 불꽃이 일더니 이내 미끄러지듯 빠져나왔다.

번들거리는 컴퓨터에서 뭉툭한 팔이 밖으로 손을 내밀었다. 이어 베이츠가 목 언저리를 만지며 바닥을 짚고 일어섰다. 지하 집무실로 돌아온 베이츠는 태오와 탤로 무리가 알파콘 홀로그램을 통과하는 장면을 보곤 잇새로 츳츳거렸다.

재빨리 아기의 방으로 간 그는 요람에 나르키소스가 없는 걸 보고 깜짝 놀랐다. 그가 손가락을 튕겨 서든 27을 호출했다. 벽 안쪽에서 머리 색깔이 다른 서든 27이 나타나 노인 앞에 섰다.

노인이 요람을 가리켰다. 아기의 행방을 알 리 없는 붉은 머리 서든 27이 고개를 저었다. 노인이 고래고래 소리를 질렀다.

"어서 찾아와! 당장 내 아기 찾아오라고!"

나르키소스가 스스로 걸어 나갔다고는 상상도 못 하는 베이츠는 말 그대로 방방 뛰었다. 서든 27이 황급히 벽으로 사라졌다.

홀로그램을 무사히 통과한 태오와 탤로들은 알파강을 향했다.

태오가 기쁨의 표시로 클랙슨을 울리자 수백 대의 차량이 일제히 클랙슨을 두드리며 환호했다. 기쁨도 잠시였다. 뒤쪽에서 연이은 총소리가 울렸다. 마스터와 서든 27 무리의 차량이 그들을 바짝 뒤쫓고 있었다.

태오가 트럭을 지그재그로 운전하자 뒤이은 차량들도 학익진 형태로 펼쳐지며 지그재그로 몰았다.

알파강이 눈앞에 나타나자 태오와 동료들은 차에서 내려 강 앞으로 달려갔다. 강 너머에서 요란한 프로펠러 소리가 들리기 시작했다. 트루어쓰 요원들이었다.

알파강을 건너온 헬리콥터가 지상에 가까워졌을 때 고무보트를 떨어뜨렸다. 수송차들이 도착하자 태오는 멀리서 다가오는 마스터의 차량을 향해 총을 쐈다. 가장 앞에서 달리던 차의 바퀴가 무너지며 공회전했다.

마스터도 사냥총으로 응수했다. 탤로들은 황급히 고무보트에 탑승했다. 태오도 기다리는 동료들을 향해 뛰어가 보트에 올라탔다. 움슬라가 보트를 능숙하게 몰았다.

"우리 팀은 정말 드림팀이야. 못하는 게 없어!"

그 와중에 양양이 농담을 했다.

"생사를 함께 했으니 우린 이제 평생 친구야. 안 그래, 마틴?"

벤이 소리쳤다.

"두말하면 잔소리. 무사히 탈출하고 네 동생을 찾을 방법을 찾자, 태오."

마틴이 태오의 어깨를 감싸며 말했다.

어느새 마스터와 서든 27들도 고무보트를 타고 전속력으로 그들을 쫓고 있었다. 태오는 다시 총을 꺼내 그들을 겨냥했다. 태오가 탄 보트를 포착한 서든 27 하나가 총을 발사했다. 태오도 대응 사격을 했으나 파도가 거세 몸이 흔들리는 바람에 빗나갔다.

강의 중심에 다다르자 파고가 높고 물살이 거셌다. 강물이 하얗게 번쩍이며 몸을 뒤집고 용솟음쳤다. 고무보트가 뒤집힐 듯 휘청거렸다. 강 위에선 헬리콥터가 탤로들을 위해 서치라이트를 비추고 있었다. 딜출자들은 보트에 가득 찬 강물을 퍼내며 안간힘으로 버텼다.

상황을 보고 있던 베이츠가 다시 손을 집어넣었다. 흰 포말이 솟구치는 가운데, 허연 달 같은 베이츠의 형상이 마스터의 눈앞에 나타났다. 새벽 강물처럼 차가운 목소리로 그가 말했다.

"토미, 네가 비효율적이고 무능력하다는 걸 보고 싶진 않군."

"어떻게 제게 그런 말을……."

거센 파도에 몸을 휘청거리던 마스터는 말을 잇지 못했다. 무능하다는 말을 가장 혐오하는 그에게 베이츠가 비수를 꽂은 것이었다. 그가 언제나 어디서나 유능한 사람이 되려고 몸부림치며 살았다는 사실을 누구보다 잘 알았다. 죽은 아버지 때문이었다.

"이게 다 자네 무능 때문이야. 태오란 놈을 죽여버려. 안 그러면 너와의 관계를 끝낼지도 몰라. 하지만 난 여전히 토미를……."

상공을 힐끗 본 베이츠는 말을 하다 말고 사라졌다. 탤로들을 보호하기 위해 상공을 돌던 트루어쓰의 헬기들이 베이츠의 형상을 포착했기 때문이었다.

태오와 동료들은 거세게 휘몰아치는 파도를 뚫고 강을 건넜다. 그들은 강 건너 땅이 보이자 안도의 한숨을 쉬었다. 태오가 뒤를 돌아 서든 27 무리의 보트를 향해 총을 쏘았다. 고무보트가 퍽 소리를 내더니 제자리에서 한 바퀴 돌다 물속으로 콱 처박혔다. 보트에 탄 서든 27 넷이 급류에 휩쓸려 내려갔다.

다시 지하 집무실 전동휠체어에 앉은 베이츠는 상황을 지켜보면서 서랍을 열었다. 안쪽에 여러 개의 버튼이 있었다. 그중 큰 파란 버튼에 작은 손가락을 얹고는 투덜거렸다.

태오 일행이 육지와 가까워지자 망설이던 베이츠가 하는 수 없다는 듯 버튼을 눌렀다.

'아까운 사람인데 할 수 없지. 토미의 잘못은 무능함이야.'

혀를 끌끌 차며 혼잣말을 하고는 고개를 돌려 화면 속 알파강의 모습을 감상했다.

물살이 잔잔해진 알파강에 쿠르릉 하는 우레 같은 소리가 들렸다.

강을 건너던 탤로들이 일제히 고개를 들었다. 천둥이 아니었다. 배가 심하게 요동치더니 알파강의 물이 땅속으로 흡수되기 시작했다. 놀란 탤로들이 우왕좌왕했다. 일부는 보트에서 뛰어내렸다.

"모두 보트를 꽉 잡아!"

태오가 소리쳤다.

바다만큼 깊은 강물이 순식간에 사라졌다. 강을 건너 탈출하려던 탤로들의 비명 소리는 너무도 짧았다. 사람들은 모두 절벽 아래로 곤두박질쳤다. 이십여 초 만에 물은 완전히 사라졌고 그곳은 거대한 협곡으로 변했다.

배들이 협곡 아래로 추락했다. 공중에서 추락하던 태오는 간신히 커다란 나무의 뿌리를 붙잡았다.

아슬아슬하게 뿌리에 매달린 태오가 아래를 내려다봤다. 바닥을 가늠하기조차 어려운 협곡은 지옥이었다. 수많은 동료들이 쓰러져 있었다.

살아남은 태오는 돌과 바위를 붙잡고 동료들을 찾아 협곡 아래로 내려갔다. 온몸에 상처를 입은 탤로들이 하나둘 일어나 비틀거리며 걸었다. 그들이 본능적으로 협곡을 기어오르려 몸부림쳤다. 그러나 쉽지 않았다. 팔다리에 큰 상처를 입었고 바위는 미끄러웠다.

상공에서 헬기 몇 대가 협곡 아래로 내려와 사람들을 구조했다. 어딘가 부러지고 다친 사람들이 힘겹게 헬기에서 내려준 세이프박스에 몸을 실었다. 머리에 피가 흐르는 벤과 다리를 저는 마틴이 태오를 발견하곤 어서 오라고 손짓했다. 그러나 태오는 고개를 저었다. 그는 남은 동료들을 찾기 위해 협곡을 헤맸다.

바위 끝에 매달린 양양을 움슬라가 끌어올렸고 잠시 후 헬기가 그들에게 다가가는 것을 보곤 안심했다. 이젠 아디닷만

찾으면 됐다. 다리를 절뚝이며 태오는 돌무더기를 헤맸다. 여기저기 목이 꺾이고 피를 흘리며 죽은 듯 누워 있는 동료들의 시신을 본 태오는 눈을 질끈 감았다.

한참을 헤맨 끝에 태오가 바위에 엎어진 아디닷을 발견했다. 달려가 아디닷을 일으켜 안았다.

"정신 차려, 아디닷. 저기 헬기 보이지? 곧바로 병원 가자."

태오가 멀리 하늘의 헬기를 향해 팔을 휘저으며 말했다.

"와 씨, 내가 위험할 때마다 태오가 옆에 있어. 난 정말 운이 좋아."

아디닷이 숨을 헐떡이면서도 희미하게 미소를 지었다.

"말하지 마. 힘들어."

태오가 울먹이며 말했다.

"울지마. 이건 신의 머리카락 땋기거든. 넌 해낼 거……."

그의 고개가 힘없이 꺾였다. 태오는 울부짖었다. 그의 울음소리가 깊은 협곡에 쩌렁쩌렁 울렸다.

협곡의 바위산들을 걸어서 빠져나가던 태오는 멈칫했다. 누군가의 손이 그의 발목을 낚아챘다. 마스터의 손이었다. 마스터가 살아있었다.

태오가 그의 손을 뿌리치고 가려는데 마스터가 신음하며 살려달라고 애원했다. 얼핏 보니 온몸이 피에 젖은 게 어딘가에 치명적인 상처를 입은 듯했다. 잠시 망설이다가 마스터를 등에 업었다. 태오는 바위들을 따라 난 길을 발견했다. 이곳이 강이 되기 전에 바위의 산이었다는 증거였다.

"베이츠는 내게 우상이고 아버지였어. 경영자이자 과학자인 그는 최고였어. 하지만 모든 게 어긋나기 시작했어. 이제 정신 나간 노인네가 됐어. 나도 속았어. 내가 만든 우상에게. 아니, 내가 나를 속인 거지. 그래서 죽을지도 모르고……."

태오의 등에 마스터의 입에서 토해진 뜨거운 피가 울컥 흘러내렸다.

"지금은 안 돼. 죽더라도 나중에 죽어요. 내가 동생 찾고 난 다음에."

태오는 바닥에 흐르는 마스터의 피를 보며 조용히 말했다.

오랫동안 물에 잠겨 있던 바위들은 미끄러웠다. 그는 양손으로 바위를 붙잡고 마스터를 업은 채 기어서 무사히 협곡을 빠져나왔다. 마스터는 이미 출혈이 심각했다. 완전히 탈진한 태오가 바닥에 마스터를 내려놓았다. 그가 밭은 숨을 헐떡였다. 죽음을 직감한 마스터는 자기 목에 걸린 것을 태오에게 건넸다.

"제 유전정보가 담긴 칩입니다. 모든 것은 땅 아래……."

꺼져가는 생명을 붙잡고 간신히 마스터가 말을 이었다.

"U_ge에 내 동생이 있죠? 살아있죠? 대답해요."

마스터가 힘없이 고개를 끄덕였다.

"지하 가장 깊은…… 모든 건 유전자 때문……."

입에서 자꾸 쏟아지는 피 때문에 마스터는 말을 잇지 못했다. 그는 대답 대신 자신의 목에 걸린 목걸이를 태오에게 쥐여주었다.

"내 방 벽, 내 아버지……."

그가 마지막으로 남긴 말이었다.

아버지를 버린 아기의 발걸음은 재발랐다. 달빛이 가득한 새벽의 평원, 나르키소스가 아무도 없는 도로를 걸었다.

걸으면서 아기는 끊임없이 투덜대고 중얼거렸다. 그의 두뇌엔 델피 전체의 상황이 쉴 새 없이 지나갔다.

"내 사랑 베이츠, 내가 원한 건 이게 아니야. 그동안 땅속에 갇혀서 얼마나 힘들게 일했는데. ……소용없어. 그냥 놔둬. ……탤로라고 다 멍청하진 않았어. ……인간이란 감정 때문에 망하나 봐. 설마 오늘 밤 내가 죽는 건 아니겠지. 빨리 걸어야지. 인간이란 쓸데없이 무대 위를 서성이는 존재라며."

아기의 중얼거림이 들릴 리 없는 베이츠는 집무실 의자에 앉아 화면을 보고 있었다. 마스터가 눈물을 흘리며 숨을 거두는 모습을 지켜보던 그가 순간, 가슴을 움켜쥐었다. 그러다 이상하단 듯 갸우뚱하고 손으로 가슴을 쓸었다.

한편 헤븐스몰 인근에 도착한 나르키소스는 걸음을 멈추

고 환한 웃음을 지었다.

베이츠 노인의 심장과 자신의 심장이 연결된 암호를 푼 것이었다. 한 시간 만에 자신이 그걸 해내서 기뻤고, 이제 무슨 일이 있어도 살아서 나갈 거라는 확신에 더욱 기뻤다.

잠시 후 헤븐스몰 여자 근로자 숙소 앞에 온 그는 허공에 여성 근로자의 사진을 띄웠다. 가장 선하게 생긴 여자의 얼굴에 손가락을 대자 룸 넘버와 비밀번호가 떴다. 엘리베이터를 타고 8층으로 올라가 슬며시 방으로 들어간 그는 여자의 트렁크 안에 다소곳이 눈을 감고 누웠다.

마스터의 혈액을 온몸에 뒤집어쓴 태오는 협곡을 기어올라 수송차로 델피의 평원으로 향했다. 동생을 찾아야 하고 호준과 약속도 지켜야 했다. 평원은 칠흑처럼 까맸다. 모든 사물이 무로 돌아간 듯 암흑의 델피는 태초의 우주 같은 밀도 높은 정적을 품고 있었다.

태오의 마음에도 정적이 깃들었다. 그는 혼자였고 그래서 한 시간 후 옥수수밭에 자기 몸뚱어리가 버려지는 상상을 했다. 괜찮았다. 어차피 이곳에 들어올 때 각오했던 일이었다. 수많은 동료들이 이곳을 탈출했고, 베이츠에 관한 비밀문서도 세계 곳곳의 컴퓨터로 전송되었다. 그러니 아무래도 상관없었다.

잠깐 사이에 어둠이 걷히고 있었다. 수송차에서 내린 그는 검푸른 평원을 향해 아디닷의 이름을 불렀다. 그런 다음 평원을 향해 호준을 불렀다. 그리고 지오의 이름을 소리쳐 불렀다.

많은 희생을 치른 태오의 눈빛에 분노가 가득했다. 이미 죽음을 각오한 그에게선 비범한 기운이 흘러넘쳤다.

평원에서 여전히 컴퓨터와 씨름하던 호준이 무슨 소리를 들은 듯 벌떡 일어섰다. 새벽까지 호준을 둘러싸고 호위하던 동료들도 주위를 휘둘러보았다.

"태오 목소리 들리지 않았어요?"

"리보솜에도 우리 동료들이 남아 있을 거야. 그쪽에서 소리친 거 아닐까?"

호준의 말에 탤로 하나가 대답했다. 새벽이슬에 젖은 그들은 오돌오돌 떨고 있었다.

"그럼, 우리 다 같이 소리쳐봐요. 우리는 살아있다고 외칩시다."

호준이 주저앉은 탤로들을 일으켜 세우며 말했다. 모두 동시에 소리쳤다.

컨트롤센터로 향하던 태오가 그 소리를 듣고 희미하게 웃었다. 알파콘 숲에 많은 생존자가 있다는 사실에 힘이 났다.

문이 활짝 열려 있는 컨트롤센터로 들어간 태오는 벽에 손을 댔다. 흰 벽에 마스터의 핏자국이 찍혔다. 벽을 통과해 마스터의 방으로 올라갔다.

생각보다 좁은 그의 침실은 온통 흰색이었다. 흰 침대 위에 흰색 실크 파자마가 가지런히 놓여 있었다. 침실 한쪽 벽을 차지한 책장에 책들이 꽂혀 있었다. 그가 다가가 맨 위 칸에 놓인 중년 남자의 사진이 든 액자를 집어 들었다. 마스터와 닮은 걸로 보아 그의 아버지인 듯했다.

태오는 액자 뒤쪽 벽에 손을 댔다. 조용히 지오가 있는 세계의 문이 열렸다.

10

시작과 끝

열린 문 앞에 투명한 승강기가 나타났다. 지하세계로 향하는 비히클에 그리스문자와 함께 숫자 24까지 새겨져 있었다. 리보솜이 24동이고 알파콘 평원이 24구역인 것과 대칭이었다. 이쪽 세계 역시 알파부터 오메가까지 존재했다. 맨 아래층인 24 오메가 버튼을 눌렀으나 작동하지 않았다. 'G' 표시가 있는 지하 3층을 눌렀다. 지오가 갇혀 있는 'ge'구역이 떠올라서였다. 승강기가 곧장 수직 낙하했다.

문이 열리자 동물의 시신에서 날 법한 퀴퀴한 냄새와 함께 세찬 바람이 불어오는 듯한 기이한 소리가 떠돌았다. 태오는 총구를 겨냥한 채 비장한 표정으로 성큼 걸어갔다.

안쪽으로 걸어갈수록 냄새는 더 강해졌고 윙윙대는 소리도 커졌다. 게임에서와 달리 심장이 쿵쿵 뛰었다. 어디선가 자신을 지켜보고 있을 땅속 설계자가 무슨 짓을 할지 몰랐다. 마스터의 목걸이 펜던트를 셔츠 밖으로 꺼냈다. 그의 유전자가 든 목걸이로 땅속 어디든 갈 수 있었다. 목걸이에는 태오도 모르는 기능이 숨어 있었다. 펜던트에 카메라가 장착돼 그의 가슴 높이에서 영상을 비췄다.

치밀한 마스터는 줄곧 베이츠의 배신에 대비했다. 그러나 지식인인 그는 동굴의 우상에 갇혀 죽임을 당했다.

그는 보어측정기로 탐색한 방향을 떠올렸다. 생명체가 존재하는 점선 지도로 막막하고 어두운 땅속의 방향을 탐지했다. 어두운 복도를 사이에 두고 양옆으로 태오 키의 세 배가 넘는 유리 배양관 수백 개가 늘어서 있었다. 배양관 안에서 무언가 너울거렸고 움직임에 따라 윙윙거리는 소리가 공간을 울렸다.

침침해서 잘 보이지 않던 그것들이 어둠에 눈이 익숙해지자 형체를 드러냈다. 그것은 모두 기이한 형태의 옥수수였다. 지하세계에서 베이츠는 알파콘의 유전자 실험을 벌였고, 그중 우성한 결과물이 땅 위 24개 구역에서 자랐다는 걸 태오는 단숨에 깨달았다. 무엇보다 그것들이 내뿜는 냄새가 지독했다. 시취 같은 냄새가 코를 찔렀고 태오는 구역질이 나는 걸 참으며 실험실을 훑었다.

유리관 안에서 자라는 옥수수들은 크기도 모습도 기형적

이었다. 팔뚝 길이 정도로 작거나 커다란 나무처럼 큰 옥수수가 섞여 있고, 알곡이 공처럼 둥글거나 럭비공 모양이거나 이파리 색깔이 노랗고 붉은 것도 있었다.

수조 속에 배양되는 알파콘은 거대한 해파리처럼 납작 엎드린 채 물속을 떠다니는 벌레들을 빨아당겼다. 태오가 다가가자 촉수를 뻗듯 일제히 그를 향해 이파리를 뻗쳤다가 주춤 물러나자 다시 이파리를 말았다. 이것들은 더는 옥수수도 식물도 아니었다. 평원에서 탤로들이 사고를 당한 건 바람 때문이 아니었다.

3층 중간에 있는 투명 승강기에 오른 그는 한 칸씩 모든 층의 버튼을 눌렀다. 승강기가 아래로 내려가면서 놀라운 광경이 펼쳐졌다. 지하 4층부터 까마득한 땅속까지 모두 알파콘 제조공장이었다.

눈어림으로 지상과 비교해도 델피 평원의 열 배가 넘는 공간에서 식량이 생산되고 있었다. 생산량은 수십에서 수백 배는 될 터였다. 평원에서 자라는 식량은 세계인에게 보여주는 가상현실이었고, 절대다수의 세계인은 이곳에서 생산된 식량을 먹는 것이었다.

승강기가 하강하면서 지하 생산기지를 한눈에 조망했다. 태오는 총을 든 채 위아래와 좌우를 조준하면서 생산기지를 굽어봤다. 층마다 하나씩 문이 열렸다. 그럴 때마다 그는 승강기 벽에 붙어서서 총격을 대비했다.

평원과 알파강에서 여러 명의 서든 27이 죽었다는 건 지하 세계에 똑같은 놈들이 남아 있다는 뜻이었다. 그놈들이 아직 자신을 공격하지 않는 건 어디선가 덫을 놓고 기다리는 거라 판단했다. 더 깊은 곳에서 더 강력한 공격으로.

모든 층이 똑같은 형태였다. 20세기의 제분공장과 흡사한 모습이 끝도 없이 이어졌다. 거대한 자동화 시스템이 땅속에서 일사불란하게 돌아갔다. 승강기로 도달할 수 있는 마지막 층인 지하 20층에 내렸다. 이곳도 지금까지 살핀 생산 설비와 똑같은 모습이었다. 지하 4층부터 20층까지가 대규모 생산기지였다. 그러니까 델피 대평원의 17배가 넘는 면적이 식량 보급 기지였다.

규칙적인 기계음이 잔잔하게 들리는 공장시설로 발을 들였다. 알파콘 분말로 추정되는 물질이 규격 상자에 포장되고 있었다. 상자는 나선형 컨베이어벨트를 따라 위로 운반됐다. 컨베이어벨트의 끝이 리보솜 제분공장과 연결돼 있음을 쉽게 짐작할 수 있었다. 이런 방식으로 이곳에서 생산한 옥수수가 평원에서 탤로들이 수확한 곡물로 둔갑한 것이다.

태오가 생산 라인의 반대 방향으로 걸어갔다. 건조되어 분말로 부서지는 과정은 리보솜 공장과 흡사했다. 다시 발길을 옮겼다. 원료가 이동하는 대형 튜브를 발견했다.

원통형 튜브들이 원료를 섞느라 쉭쉭 소리를 내며 돌아갔다. 튜브와 연결된 액상 벨트는 냇물과 같았다. 세 줄기의 벨트에 성분을 알 수 없는 즙과 액체들이 흘러들었다. 손가락으로 찍어 맛보았다. 하나는 옥수수 맛이 났다. 나머지 두 개도 조심스레 혓바닥에 댔다. 비릿했다. 맛만으로 성분을 추측할 수 없었다.

그는 다시 원료들이 흘러가는 액상 벨트의 관을 따라 거꾸로 거슬러 이동했다. 고개를 들어 천장과 벽을 훑어보았다. 곳곳에 작은 기계 장치들이 부착돼 있었다. 저걸 통해 새와 나비가 쏟아져 내릴지도 모른다고 생각하니 등골이 오싹했다.

누런 물질이 흘러가는 벨트를 따라가던 태오가 멈칫했다. 원료 물질이 흘러가는 냇물의 발원지에 불빛이 환했다. 눈이 부셔서 눈을 감았다 떴다. 너무 멀어서 번쩍이는 유리 입체물의 형체가 흐릿하게 일그러져 보였다.

눈을 찡그린 채 그는 달렸다. 그의 달음박질에 땅속이 쿵쿵 울렸고 덩달아 심장도 뛰었다. 지오의 슬픈 얼굴도 떠올랐고 뭔가 불길했다. 가까워지자 입체물의 형상이 드러났다. 그것은 지상의 24개 리보솜 건물의 모형들이었다. 사람 키 높이 정도의 모형들이 얼음 궁전처럼 차갑게 빛났다.

모형을 향해 다가가던 태오의 다리가 순간 휘청거렸다. 유리 건물 너머로 얼핏 갓난아기를 본 것 같았다. 다시 심장이 빠르게 뛰었다. 고개를 숙여 유리 안쪽을 들여다봤다. 다색다인종 신생아들이 눈을 감은 채 잠든 듯 누워 있었다. 땅속 리보솜들은 복제된 갓난아기의 거처였다. 24개 리보솜 출입문이 3초 간격으로 열리며 신생아를 배출했다. 아기들은 입술과 손가락을 꼼지락거렸다. 둥근 유리 시험관을 거쳐 갓난아기들이 줄줄이 벨트를 따라 이동했다. 아기들의 흘러가는 경로를 눈으로 좇던 그는 그 자리에 주저앉았다. 리보솜은 이름 그대로 단백질 생합성을 위한 집이었다.

라인을 따라 이동한 다인종의 아기들이 기계 속으로 빨려들어갔다. 그러곤 시멘트가 쏟아지듯 즙이 쏟아져 컨베이어벨트를 따라 냇물처럼 튜브를 향해 흘러갔다. 주저앉은 태오는 이를 갈면서 헛구역질했다. 지오의 말이 떠올랐다. 알파콘은 알파콘이 아니었다.

결국 복제된 갓난아기가 알파콘의 주원료였던 거였다! 델피 곳곳에서 탤로들을 납치해 땅속으로 끌고 온 이유도 명백했다. 탤로의 건강하고 뛰어난 유전자로 복제아기를 생산하기 위해서였다. 마스터가 침대에 묶인 사사키에게 주사기를 강제로 꽂던 장면이 떠올랐다. 지오도 같은 실험을 당했을 거라 생각하니 치가 떨렸다.

델피를 처음 설계할 때부터 베이츠는 노동자를 상대로 한 유전자 실험을 계획한 게 틀림없었다. 그래서 대륙별로 순회하며 가난하고 젊은 다인종의 피를 선별한 거였다. 육체 테스트 따위는 그의 오락거리였다. 초록 평원 위에 단백질 생합성의 거처인 24개 리보솜을 펼쳐놓고, 알파콘을 위해 노동하는 젊은 탤로를 굽어보며 희희낙락 즐겼을 것이다. 그에겐 건강하고 싱싱한 피가 가장 중요했다. 우리를 부르는 '탤로'라는 명칭 또한 염색체의 끝단에 붙어있는 염기서열 '텔로미어'에서 따온 게 틀림없었다. 텔로미어는 닳고 닳아 사멸하는 염색체 조각이었다. 옥수수 노동자로 희망을 품고 들어온 탤로는 베이츠의 NPC이자 동시에 알파콘을 위한 DNA 조각이었다!

알파콘 숲에 은신한 호준은 트루어쓰 요원들과 여전히 베이츠의 시스템을 해킹했다. 호준은 친구들 생사를 알 수 없어 초조했다. 사이니지는 지난밤 베이츠가 제거해버렸다. 태오와 아디닷의 위치가 알파강에서 포착된 후로 몇 시간 동안 신호정보가 잡히지 않았다. 트루어쓰가 보내준 정보로는 둘이 무사히 강을 빠져나갔는지 확인이 되지 않았다. 그러다가 조금 전에 아디닷의 신호정보가 떴다. 그는 알파강에 그대로 머물러 있었다.

아침이 되도록 그대로 있다는 건 헬기에 오를 수 없을 만큼 심한 부상을 당했거나 상상하기도 싫지만 이미 사망했다는 의미였다. 협곡에서의 상황을 감마의 탤로들은 알고 있었다.

호준의 끈질긴 추적 끝에 태오의 신호정보가 떴다. 밤새 그를 둘러싸고 지키던 동료들이 컴퓨터에 심장처럼 박동하는 불빛을 보고 손뼉을 쳤다. 그는 컨트롤센터 아래 지하세계 어딘가를 지나고 있었다. 호준은 델피 전체 지도에 생명체 구역을 태오가 잘 찾아가기를 바랐다. 그런데 작은 불빛으로 드러난 태오의 이동 경로에 마스터의 신호가 겹쳐졌다. 호준과 탤로들이 놀라 작은 탄성을 내뱉었다. 태오가 마스터에게 잡혀 지하세계로 끌려가고 있을지도 몰랐다.

접힌 컴퓨터를 크게 펼쳤다. 영상을 확대해 수신정보를 분석했다. 태오의 몸에 영상 추적기가 붙은 걸 알아낸 호준이 두 팔을 번쩍 들었다. 아침 해가 떠오르고 있었다.

어젯밤부터 베이츠의 시스템이 날씨처럼 변덕스러웠다. 도저히 뚫지 못하게 강하게 저항하다가 다시 무혈입성할 정도로 온순해지다가 새벽부터 뛰어난 실력자가 트루어쓰에게 뺏긴 영역을 거의 복구하더니 조금 전부터 헐거워지기 시작했다. 호준은 지하세계 베이츠 시스템에 무슨 문제가 있으며 내부 균열이 있을 거라 짐작했다.

느슨한 방어벽을 헤집고 드디어 호준이 태오의 목에 걸린 카메라에 접속했다. 그는 트루어쓰가 복원한 사이니지에 베이츠의 숨겨진 세계를 사람들에게 안내했다. 상공엔 사이니지가 퍼트리는 빛이 퍼졌고, 먹구름이 몰려들어 해를 반쯤 가렸다. 온몸이 피에 젖은 태오가 다리를 절며 알파콘 실험실을 통과했다. 카메라가 흔들리긴 했지만 기괴한 알파콘의 모습을 똑똑히 볼 수 있었다.

지하 리보솜에서 갓난아기가 배출돼 컨베이어벨트를 따라 이동하는 모습을 본 평원의 탤로들은 고함을 질렀다. 몇몇은 눈을 질끈 감았다. 그들도 태오가 그랬듯 믿고 싶지 않은 끔찍한 진실이 두려웠다. 벨트를 따라 빨려 들어간 다인종 아기들이 원액의 즙으로 흘러나오자 평원과 헤븐스몰에 비명 소리가 가득했다.

잠시 후 사람들이 고개를 꺾고 구역질했다. 머리와 목을 부여잡고 울거나 목구멍에 손가락을 넣고 억지로 토하는 탤로도 있었다. 그러다 한 무리의 탤로가 강철 차단막을 향해 돌진해 몸을 부딪쳤다. 이 모습을 본 사람들이 함성을 지르며 벽을 향해 달려갔다. 대평원 곳곳의 강철 차단막이 북소리처럼 쿵쿵 울렸다.

집무실 벽으로 지켜보던 베이츠는 태오의 목에 걸린 목걸이를 알아봤다. 그가 컴퓨터로 돌아가 마스터의 유전자인식을 차단했다. 그러곤 전동휠체어를 타고 다급히 침실로 갔다. 씁쓸한 눈길로 방을 둘러보곤 여행용 가방에 성경책 모양의 컴퓨터를 넣었다.

다음으로 침실 벽 한쪽 진열장을 열고 어릴 때부터 간직하던 조립형 로봇과 조립식 장난감 따위를 쓰다듬고는 그중 두 개를 꺼내 가방에 넣었다.

서둘러 방을 빠져나가던 그는 다시 돌아와 침대 위의 베개를 가방에 쑤셔 넣었다.

휠체어를 타고 정원을 건너던 그는 빈 요람을 내려다보곤 한숨을 쉬었다. 그는 아직도 나르키소스가 자신을 버렸다는 사실을 알지 못했다. 단지 거짓말이 들통나서 혼날까 봐 아기가 몰래 숨었다고 여겼다. 아기가 숨은 은신처는 이미 알고 있었다. 모든 것이 완전히 사라지기 전 제트기에 태워 함께 갈 계획이었다.

다시 집무실로 돌아온 그는 승강기에서 나온 태오가 계단을 따라 내려와 21층을 돌아다니는 모습을 슬쩍 봤다. 몸을 틀어 반대편 벽에 펼쳐진 델피 전역의 상황을 훑어봤다. 알파강 협곡엔 여전히 몇 대의 헬기가 생존자를 실어나르고 있었고, 평원에선 구역마다 갇힌 탤로들이 탈출을 시도하고 있었다.

이제 탤로들은 손에 든 망치 따위로 장벽을 깨부수고 있고 어떤 구역은 바위와 돌을 날라 쌓았다. 망치 따위로 장벽이 깨질 리 없지만 천 명이 동시에 튼튼한 돌탑을 쌓는다면 저들이 탈출에 성공할 수도 있었다.

영상을 빠르게 훑던 그가 탤로들에게 에워싸인 호준을 발견했다. 땅바닥에 펼쳐진 컴퓨터를 눈여겨보다가 컴퓨터를 확대했다. 호준이 대평원을 가로막은 장벽을 부수는 작업에 돌입했다. 베이츠는 얼른 책상으로 돌아가 보호벽을 강화했다. 짧고 흰 손가락이 컴퓨터 위에서 춤추듯 움직였다.

"쉽지 않을 거야. 너희들이 날고 기어봐야 한 시간 안엔 턱도 없지."

그가 고개를 들어 벽을 보니 델피 곳곳의 영상이 복원돼 있었다. 잇새로 쉿, 하며 짜증스런 소리를 뱉고 상황을 둘러봤다. 돌을 나르고 망치로 강철벽을 부수던 탤로들이 멈춘 채 영상을 바라보고 있었다. 알파강 까마득한 협곡의 모습이었다. 베이츠가 벽으로 잰걸음으로 다가가 영상에 손가락을 넣었다. 죽은 동료들의 처참한 모습을 목격한 탤로들이 내지르는 함성이 평원을 쩌렁쩌렁 울렸다. 그것은 울분이고 분노이며 두려움의 소리였다.

베이츠의 집무실 문이 벌컥 열리며 서든 27이 들어왔다. 나르키소스를 찾아 헤븐스몰로 향하다가 베이츠의 호출에 다시 돌아온 것이었다.

책상으로 돌아간 그가 쟁반에 놓여 있던 노란 사과를 집어 던졌다. 반사신경이 뛰어난 서든 27이 슬쩍 피했다.

"왜 이렇게 꾸물대는 거야. 오라고 한 게 언젠데."

"명령을 받고 즉각 달려왔습니다."

서든 27의 아둔한 대답이 답답한 노인은 끙, 앓는 소리를 냈다. 이제 남은 서든 27은 옆에 선 이놈 하나였다. 화를 삭인 베이츠가 영상 속 태오를 가리키며 차분하게 지시했다.

"우리는 늦어도 한 시간 후 여길 떠나야 해. 지금 당장 처리해."

서든 27이 고개를 숙이고 마지막 임무를 위해 나갔다.

더 아래층은 더 어두웠다. 태오는 총을 겨눈 채 22층에 들어섰다.

띄엄띄엄 부분 조명이 비추는 어둡고 서늘한 세계가 끝없이 이어졌다. 겨우 한 발 앞만 보일 뿐이어서 그는 더듬더듬 빛을 따라 걸었다.

아무것도 없는 어두운 공간을 조용히 내디뎠다. 꿈속 같은 공허함이 어둠을 짓눌렀다. 발을 움직여도 움직인다는 실감이 나지 않았다. 서늘한 공기의 이동을 타고 페퍼민트 향 같은 톡 쏘는 냄새가 코끝에 와닿았다. 향기를 좇아 발을 옮겼다.

이윽고 얼음조각 같은 흰빛이 천장에 걸린 공간이 드러났다. 공간을 가득 메운 식물들이 보였다. 식물 박물관 팻말이 보였다. 지난 시대에 온 세상이 누리던, 이제는 사라졌거나 다른 기업의 소유가 된 식물들이었다. 2008년부터 수집한 연도별로 도서관 색인처럼 도열해 있었다. 베이츠의 숨은 주인이 얼마나 철저하게 식량 전쟁을 대비했는지 한눈에 알 수 있었다.

채소와 곡물들이 방부처리 돼 크고 작은 실린더에 진열돼 있었다. 실린더 아래 학명과 알 수 없는 숫자가 적혀 있지만 원본이었다. 적어도 유전공학으로 식물이 파국적 혼돈을 겪기 수십 년 전 꽃과 채소와 곡물들 수만 종이 보관돼 있었다.

실린더 안의 곡물과 채소들은 당장 꺼내 먹을 수 있을 듯 싱싱해 보였다. 아이러니했다. 강력한 유전자 실험으로 알파콘을 만든 후 모든 옥수수 종자를 없애버린 베이츠가 땅속에 오리지널 곡물과 채소를 숨겨두고 있었다. 지금이라도 이 식물들을 가지고 나가 퍼트린다면 완전히 다른 세상이 될지도 몰랐다. 이렇게 단순한 진실이 눈앞에 있었다. 다국적기업의 식물 독점이 온전한 진실은 아니었다. 태오는 살아서 지오와 함께 이곳을 나간다면 트루어쓰와 함께 식물의 반독점을 위해 힘을 보태겠다고 결심했다. 죽음을 선택한 순간보다 쉬운 결심이었다.

식물 박물관의 중간쯤에서부터 동굴 같은 길이 이어졌다. 제대로 방향을 잡고 있다면 자신이 가는 지금의 땅속 위치는 지상의 템페스트 한쪽 끝 지점이었다. 더 나아간다면 사막 구역과 맞닿을 터였다. 태오는 보어측정기의 양자파동이 알려준 생명체 지도를 따라 식물의 무덤을 지나 더듬더듬 땅속을 헤집었다.

사막의 땅 아래가 얼음동굴처럼 추웠다. 공기가 너무 차가워 그는 부들부들 떨었다. 긴장한 채 헐떡이며 내뿜는 입김이 얼음알갱이처럼 굳어서 입가를 덮었다. 체온이 떨어져서 그런지 온몸이 나른해지며 졸음이 밀려왔다. 태오는 자신을 발밑으로 끌어당기는 두려움과 무기력과 싸우며 겨우 걸음을 내디뎠다.

수마에 사로잡혀 혼몽 상태에 접어들 무렵, 동굴이 끝나고 콘크리트 건물이 나타났다. 외양이 스발바르 종자 보관소와 거의 흡사했다. 출입문 앞에 '인간 다양성 보관소'라고 적혀 있었다. 강철로 된 문을 열고 들어갔다. 냉기가 뼛속까지 스밀 듯 추웠다. 100미터 넘는 공간이 비어 있었다. 태오는 턱을 떨면서 걸었다. 단순히 몸이 추워서가 아니었다.

안쪽으로 더 들어가자 마침내 은밀한 유리문이 열렸다. 입구에 육중한 다인용 소파와 분재들이 있었다. 입구에서 또다시 꽤 걸어 들어갔다. 굽이굽이 돌아서 관람하는 여느 국립박물관과 엇비슷한 구조와 형태였다. 그림이나 조각 따위를 관람하듯 느긋하게 이곳을 순회하는 마스터와 베이츠의 모습을 상상했다. 그는 본능적으로 여기서 마주치게 될 그 무엇이 두려웠다. 생명체의 죽음을 마주할 거란 본능이 그를 두려움에 떨게 했다.

세 번 코너를 돌자 인종 다양성 보관소가 실체를 드러냈다. 멀리 공간 끝까지 수백 개의 커다란 유리 진열장이 보이기 시작했다. 조명이 어두워 기다란 진열장에 든 형제가 희미했다. 지칠 대로 지친 태오가 형체를 확인하려고 발을 뗐다.

태오가 맨 먼저 발견한 것은 부르스들의 사체였다. 26명의 부르스가 크고 튼튼한 유리 진열장에 담긴 채 뻣뻣한 나신을 드러내고 있었다. 그것들은 넓은 복도를 사이에 두고 13구씩 양쪽으로 도열해 있었다. 26번 실패한 부르스들은 키와 몸집이 제각각이었고 눈이 하나 없거나 귀가 없거나 손이 없었다. 기괴했다.

부르스들 사체 너머 수백 개의 유리진열장이 공간 끝까지 펼쳐져 있었다. 태오는 그만 돌아나오고 싶었다. 더 보고 싶지 않았다. 그러나 두 눈으로 확인해야 할 사람이 많았다. 지오와 호준의 사촌 그리고 아디딧의 동료들.

다리가 움직이지 않았다. 몸도 소금기둥처럼 굳어버렸다. 그는 머리를 떨구고 다리를 끌었다. 협곡에서 다친 다리의 통증이 척추를 타고 올라왔다. 이를 앙다물고 머리를 들었다. 그의 눈은 분노와 고통, 슬픔과 두려움으로 붉게 물들었다.

젊고 아름다운 생명체들이 박물관 전리품처럼 진열돼 있

었다. 모두 자신과 또래들이었다. 희고 검고 누런 다인종의 청년들이 마치 아무 일도 없었다는 듯, 목욕하고 나온 듯, 말끔한 나체로 우뚝 서 있었다. 유전자 실험 후 버려진 백인과 흑인과 황인들이었다.

젊고 싱싱한 육체는 살아있을 때의 모습 그대로였다. 황금빛, 다갈색, 검은 머리와 고수머리 뻣뻣한 직모까지 그대로 보존돼 있었다. 가느다란 속눈썹까지 보였다. 당장이라도 꺼내서 숨을 불어넣으면 눈을 반짝 뜨고 미소 지을 것만 같았다. 파란 두 눈을 뜬 육체와 마주치자 태오는 숨이 멎을 것 같았다.

"지오야, 어딨어! 형 왔어, 지오야!"

저도 모르게 동생을 소리쳐 불렀다. 그는 발을 겅중거리며 걷다가 눈을 부릅뜨고 진열장 사이를 달렸다. 지오의 얼굴과 맞닥뜨릴까 봐 부들부들 떨었다. 다행히 지오와 호준의 사촌 형 얼굴은 보이지 않았다. 다리 힘이 풀린 그가 바닥에 넘어졌다. 일어서야 하는데 일어서고 싶지 않았다.

태오는 그만 잠들고 싶었다. 이상한 기분이 들었다. 이곳은 너무 추우면서 안온했다. 이제는 자신도 쉬고 싶었다. 아무런 의식도 생각도 없이 잠들어 자신의 육신이 저들처럼 유리 진열장에 담긴다고 해도 하등 이상하지 않을 거 같았다. 너무 춥고 지쳤고 자고 싶었다.

탕, 탕, 총소리가 울렸다. 서든 27이었다. 총알이 태오의 머리 바로 위를 스쳤다. 바로 뒤 진열장이 터졌다. 혼미한 정신에서 깨어난 태오가 진열장들 사이로 몸을 굴렀다. 유리 파편이 튀어 얼굴과 팔에 피가 났다. 진열장이 깨지면서 약품이 쏟아졌고 안에 서 있던 육체들이 앞으로 차례차례 고꾸라졌다.

부르스가 총탄 세례를 퍼부으며 달려왔다. 태오도 젊은 육체 뒤에 숨어 여러 발 쐈으나 상대는 몸을 날려 총탄을 피했다.

태오는 자신이 인간병기의 적수가 되지 못한다는 걸 인지하고 있었다. 진열장을 옮겨다니며 뒤로 피하던 그는 상대의 시야를 흐트러트릴 방법을 찾았다. 또래의 숭고한 육체가 자신을 도와줄 것 같았다. 움직이는 표적을 제거하기 위해 움직이지 않는 표적을 이용할 생각이었다.

유리 파편이 흩어진 바닥에서 벌떡 일어난 태오가 상대 가까이 있는 유리 진열장부터 속사포를 쏘듯 방아쇠를 연속으로 당겼다. 젊고 귀한 육체가 든 유리관들이 연쇄적으로 터지고 무너지면서 다른 진열장을 도미노로 쓰러뜨렸다. 시야를 잃은 서든 27이 숨죽였다.

태오는 쉬지 않고 진열장들을 쏴 넘어뜨렸다. 유리 파편과 물줄기가 공중을 뒤덮었다.

잠시 정적이 흐른 후 이번엔 상대가 태오 쪽 진열장을 쏘기 시작했다.

태오는 몸을 피하면서 젊은 육체들 뒤에 숨었다. 이쪽도 저쪽도 유리 파편이 튀어 온몸에 피가 흘렀다. 새로 탄창을 장전한 태오가 무자비하게 진열장을 쏘았다. 엄청난 굉음을 내며 수십 개의 진열장이 폭발하며 불꽃처럼 유리 파편과 물줄기가 공중을 수놓았다. 태오는 팔을 고정한 채 숨죽이며 찰나를 기다렸다. 잘 훈련된 인간병기가 날카로운 파편 줄기를 피해 가볍게 공중으로 몸을 날렸다. 그 순간을 기다린 태오는 서든 27의 이마에 총알을 박아넣었다. 한 발이면 충분했다. 명중이었다.

상대는 바닥에 쏟아진 어린 육체들 사이에 엎어졌다. 팔과 얼굴에 박힌 유리 파편을 뽑은 태오가 다가가 서든 27의 피를 양손에 발랐다.

인간병기의 피는 쓸모가 많았다. 작동하지 않던 승강기 마지막 24층 버튼에 손을 대자 움직였다. 마지막 층에 다다른 태오는 침착하게 텅 빈 복도를 걸었다.

몇 번이나 죽을 고비를 넘기고 나니 태오는 이제 정말 죽어도 상관없다는 담담한 마음이었다. 이제부터 죽지 않고 사는 것은 덤이자 행운일 거라는 생각도 들었다. 설령 자신이 죽는다고 해도 델피를 탈출한 동료들과 평원의 친구들이 지오와 실종자를 구출할 거란 믿음도 있었다. 그래서 자신은 아주 운이 좋은 행운아라는 생각에 느꺼운 기분마저 들었다.

24층 어딘가에 지오와 실종자들이 살아있을 거란 믿음이 생기자 온몸을 찌르는 고통이 더는 느껴지지 않았다. 복도가 끝나자 여러 개의 출입문이 있었다. 첫 번째 문 앞에 서자 저절로 열렸다.

태오는 메타버스 세상에 들어온 것 같은 환한 빛을 보았다. 인공 햇빛과 포슬포슬한 수증기가 가득했다. 이어 달콤하고 향긋한 감각이 콧속으로 밀려들었다. 지하 24층에 온갖 꽃과 과일나무가 자라고 있었다.

정원으로 발을 들였다. 축구장보다 넓은 끝이 아득한 정원이었다. 그는 초록 잔디를 밟으며 주위를 살폈다. 규모나 꾸밈으로 보아 이곳이야말로 베이츠의 주인이 사는 곳이 틀림없었다.

정원을 지나자 아담하게 꾸민 아기방이었다. 빈 요람에 시선을 두었다. 담요가 젖혀진 모양새로 미루어 아기가 있다는 걸 알 수 있었다. 땅속 깊은 곳에 갓난아기가 산다는 건 기이한 일이었다. 그가 지나가자 요람을 둘러싼 화려한 꽃들이 꽃잎을 펼치며 요동쳤다.

아기방을 지나자 희뿌연 인공 햇빛 가운데 전동휠체어에

기대앉은 누군가의 뒷모습이 어렴풋이 보였다. 태오는 총구를 겨눈 채 다가갔다. 그가 바닥에 깔린 양탄자를 밟자, 허공에 유전정보가 새겨졌다.

"부모에게 좋은 유전자를 물려받았군."

베이츠가 등을 돌려 태오를 바라봤다.

태오는 노인의 모습에 내심 놀랐다. 탤로들 사이에 떠도는 소문을 들었지만 실제로 보니 현실감이 들지 않는 외모였다. 누런 머리에 종이처럼 새하얀 얼굴에 지나치게 큰 눈이 자신을 빤히 쳐다봤다. 숱 없는 단발의 머리털은 옥수수 털처럼 거칠어 보였다. 피부만큼은 주름 하나 없이 매끈했고, 동그란 눈은 매시간 동그랗게 뜨고 있을 듯 쨍쨍하게 둥글어서 인조인간 같은 분위기를 풍겼다. 도무지 나이를 짐작할 수 없는 외모였다. 게다가 키는 어린아이 같고 왜소해서 이 세상 사람 같지 않았다. 어릴 때 즐겨 하던 판타지 게임의 마법사 같은 형상이었다.

"네가 델피에 들어오고 지금까지 살아있는 건 네 유전자가 알파 등급이기 때문이지."

"헛소리 집어치우고 실종자들 숨겨둔 곳이나 불어."

태오가 베이츠에게 열 걸음 떨어진 자리에서 총을 겨누며 말했다.

노인은 아랑곳없이 휠체어를 움직여 몸을 간당거렸다. 그의 무릎엔 담요가 덮여 있고 그 위에 성경책이 놓여 있었다. 이자가 총을 가졌다면 휠체어 어딘가에 숨겨놓았을 듯했고 휠체어 자체가 무기일 것도 같았다. 이제 인간병기는 없는 듯했다. 부르스가 또 있다면 박물관에서 자신을 향해 한꺼번에 달려들었거나 적어도 지금쯤 앞을 가로막고 있어야 했다.

"가까이 오면 다 죽어."

베이츠가 휠체어의 손잡이에 검지를 두드리자 여러 개의 버튼이 드러났다.

"수작 부릴 생각 마. 당신은 이미 끝났어. 이곳을 탈출한 사람이 이미 수천이야. 내일이면 당신의 실체를 전 세계가 알게 되겠지."

"농담 아니야. 녹색 버튼은 평원, 검은 버튼은 네 동생 있는 곳과 관련된 버튼이야. 그리고 시작이 있어야 끝이 있는 거지. 나와 델피는 시작도 끝도 없어."

그가 작은 손가락으로 여러 색의 버튼들을 가리키며 태오를 힐끗거렸다.

"눌러. 그러면 난 널 쏴버릴 테니까."

태오가 한 발 다가서며 말했다. 베이츠가 녹색 버튼을 살짝 누르자 평원의 땅이 흔들렸다. 벽의 영상에 평원이 지진이 난 듯 요동치더니 땅의 쩌억 갈라지는 모습이 보였다. 강철 차단막을 넘으려고 높이 쌓아 올린 돌무더기가 무너져내렸다. 놀란 동료들이 땅바닥에 납작 엎드리거나 정신없이 갈라진 땅을 피해 달렸다.

"어떤 버튼을 누르면 나비와 새가 상공을 자유롭게 날 건지 알아 맞춰봐. 네가 맞추면 그건 안 누를게. 다시 거둬들이기 귀찮거든."

베이츠가 흡사 여섯 살 꼬맹이 같은 말투로 말했다.

"시간이 없나 보네. 당신 여길 빠져나갈 생각이군."

태오가 상대의 눈을 응시했다. 생각이 많아진 노인의 눈동자가 한 방향으로 쏠렸다. 그의 눈동자를 보고 심증을 굳혔다.

"나는 내 몸과 얼굴을 최상의 조건으로 만들려고 팔십 년 동안 고생했어. 내 몸엔 수많은 동식물의 유전자가 있어. 내 피부와 몸으로 무수한 실험을 했지. 그러면서 동시에 인간이 무엇인지 수십 년 반추했어. 나는 식물이고 동물이고 동시에 다른 인간이거든. 이봐 텔로, 넌 인간이 뭐라고 생각해?"

"당신이 죽인 수많은 생명체가 인간이야. 그래서 난 델피밖, 건강한 인간의 심판대에 널 올려놓을 거야."

"아, 재미없어. 내가 내린 결론은 무엇이든 될 수 있는 게 인간이라는 거야. 아니, 인간은 무엇이든 될 수 있다고 해야 하나, 아무튼."

"아무것도 못 된 게 당신이야. 당신은 진정한 과학자도 기업가도 되지 못했어. 너무 평범한 인간일 뿐이야. 헛소리 말고 내 동생이 어딨는지 말해!"

베이츠가 까르르 웃었다. 백 살 넘은 노인에게 그런 웃음소리가 난다는 게 소름 끼쳤다.

"재밌긴 하네. 난 적어도 나 자신을 속이지 않았어. 내가 탐구하고 믿는 바에 충실했지. 과연 그런 인간이 얼마나 될까. 인간들은 말이야, 먹고 놀고 자면서 환경을 더럽히고 타인을 괴롭히고 악행을 저지르다 결국 죽어서 가루가 돼. 알파콘 가루보다 나을 게 없지."

"당신이야말로 흔해 빠진 인간이지. 뻔뻔해서 악취가 나는군. 돈에 눈먼 인간."

태오가 베이츠에게 한 발 다가서며 일갈했다. 베이츠에게서 정말 백 살 넘은 노인 특유의 퀴퀴한 냄새가 진동했다.

"가까이 오지 말래도. 무서워서 내가 발작적으로 버튼을 누르면 어쩌려고."

상대가 검은 버튼에 손을 올리자 태오는 멈칫했다.

"나, 엄청 가난해. 매일 알파콘만 먹고 살아. 가진 돈은 델피 만들 때 탕진했어. 베이츠 지분을 팔아서 겨우 알파콘 실험을 하는 중이라고."

"지금 당장 당신을 죽일 수도 있어. 하지만 그럴 필요가 없지. 당신은 이미 사회적으로 죽은 사람이거든. 아니, 오늘 당신은 탤로들 손에 죽어. 젊고 건강한 삼만 명을 이곳에 모은 건 멍청한 선택이었어.”

태오가 턱짓으로 벽을 가리켰다. 벽을 뒤덮은 영상에 대평원의 동료들 모습이 보였다. 그들이 망치와 바위로 차단막을 반쯤 깨부수고 있었다.

“네 동생은 지금 내 손가락 안에 있어.”

베이츠가 희고 작은 손가락으로 버튼을 만지며 말했다.

“아차, 네가 다 죽여버려서 이제 나만 들어갈 수 있네. 나마저 죽으면 거긴 영원한 무덤이 될 거야. 아무도 못 찾아.”

태오의 눈에 불꽃이 튀었다. 당장 왜소한 노인네를 들어 올려 땅바닥에 패대기치고 싶었다.

“이봐, 젊은 친구. 난 아무것도 잃을 게 없어. 자네는 동생도 친구도 동료도 잃게 될 거야, 조금만 있어봐. 이제 본격적으로 재밌어질 거니까.”

“잃을 게 없겠지, 애초에 가진 게 없으니까. 아마도 당신이 가진 건 이게 전부인 것 같군. 어릴 때 가지고 놀던 장난감을 평생 간직한 사람은 아주 드물지.”

태오가 총을 겨눈 채 다른 손으로 벽 한쪽을 차지한 장식장을 열었다. 커다란 유리 장식장에 노인의 어린 시절 손때 묻은 장난감들이 가득 들어 있었다. 블록, 미니어처, 로봇들, 보드게임, 전자오락기, 게임기.

“가만 보니 당신은 나보다 어린 것 같아. 육체는 백 살이 넘었는데, 마음은 아직 여섯 살인 건가?"

태오가 호탕하게 웃으며 말했다. 그리곤 베이츠의 눈을 응시한 채 장식장에 가득한 장난감들을 하나씩 바닥에 떨어뜨렸다. 조립식 로봇 장난감과 미니 자동차 따위가 깡그리 부서졌다. 노인의 흰 얼굴이 완전히 표백된 종잇장처럼 변하더니 차마 볼 수 없다는 듯 손으로 얼굴을 감쌌다. 이윽고 고개를 든 그의 얼굴엔 절망감과 함께 눈가에 눈물까지 비쳤다.

"아, 안 돼. 당장 멈춰. 제발!"

노인이 벌떡 일어나더니 방방 뛰었다.

"그거 내 거라고. 내가 어떻게 모은 건데!"

어린애가 엄마한테 떼쓰는 형국이었다. 전 세계 식물의 23퍼센트를 소유한 기업가이자 과학자인 베이츠의 몰골은 점점 우스꽝스러워지고 있었다.

"마지막으로 묻는 거야. 어딨어?"

태오가 미니어처를 손에 들고 말했다. 순간 노회한 노인으로 돌아온 베이츠가 태오를 노려보며 말했다.

"지오의 몸도 훌륭했어. 유전적으로 뛰어나고 건강하고 완벽했지. 나는 그런 몸을 사랑해."

그렇게 말하는 노인의 눈은 부서진 장난감을 향하고 있었다.

태오가 베이츠에게 몸을 날려 주먹으로 얼굴을 내리쳤다.

오른쪽 얼굴을 강타당한 노인이 신음을 토하더니 재빨리 휠체어 버튼을 눌렀다. 그의 휠체어가 순식간에 튕겨 멀리 달아났다. 전동휠체어는 달리는 자동차보다 빨랐다. 태오가 총을 쏘면서 달려갔다. 집무실을 지나 정원으로 달리며 노인네가 '야호' 환호성을 질렀다.

총탄을 맞은 나무들이 쓰러지고 꺾였다. 베이츠의 휠체어 바퀴가 잘 가꾼 꽃을 짓밟으며 재빠르게 총탄을 피해 요리조리 피하면서 까르르 웃어댔다. 끔찍한 웃음소리가 무성한 나무 사이로 들렸다.

태오가 휠체어를 조준했다. 두 번째 총알이 휠체어 바퀴 하나를 맞혔지만 그게 끝이었다. 탄알이 없었다. 공회전하는 총소리를 들은 노인네가 나무 사이에서 '까꿍' 하며 얼굴을 드러냈다. 태오의 주먹에 맞은 오른쪽 볼이 벌겋게 부어 있었다.

"나, 이런 놀이 처음 해봐. 재밌네. 그나저나 너는 총을 잃었네. 난 바퀴 하나를 잃었고."

노인네가 팔을 뻗어 사과 하나를 따더니 태오에게 휙 던졌다. 노랗고 파란 사과가 태오의 발 앞으로 또르르 굴러와 멎었다.

"원숭이 엉덩이는 파래, 파란 것은 사과! 지오의 엉덩이는 노래, 노란 것도 사과!"

베이츠가 별안간 노래를 불렀다. 지독히 새된 목소리의 지독한 궤변이었다.

"델피가 당신 놀이터였지. 우리 탤로들은 당신 장난감이었고. 어릴 때 마음껏 못 논 게 그리 억울했어? 난 당신을 진심으로 동정해. 그래서 당신이 허튼짓하면 당신하고 같이 죽을 거야."

태오가 그의 주위를 돌며 말했다. 노인이 동그란 눈을 빛내며 피식 웃었다.

"제법이군. 인간은 누구나 다 어린애라네."

"당신은 뛰어난 유전공학자가 될 수도 있었어. 알파콘을 처음 개발했을 때 만족해야 했어."

"이봐, 천둥벌거숭이. 주제넘은 소리 말아. 난 크리스퍼 규칙과 반복의 서열을 사랑해. 유전자가위의 오묘한 재미는 우주의 질서보다 아름다워."

베이츠가 휠체어에서 일어나 정원을 걸으며 꽃향기를 맡았다. 모두 유전자 접합으로 태어난 꽃들이었다.

"순수한 옥수수를 결국 메두사로 만들었어. 그걸로도 모자라 인류를 식인종으로 만들었어!"

태오가 부서진 나뭇가지를 들고 그에게 다가갔다. 죽이지 않더라도 실컷 패줄 작정이었다.

"딱 거기까지만. 거기서 일 미터만 더 들어오면 넌 죽어.

난 미리 알려줬어."

발아래를 내려다봤다. 두툼한 진녹색 풀밭이 젖어 있었다.

"세포를 만들고 에너지를 생성하는 완전한 식품이지. 배양한 인간 아기는 완전무결해. 이 세상의 어떤 더러운 것도 섞이지 않았어. 태초의 선도 악도 없는 육체지."

베이츠가 손을 뻗어 파랗고 노란 사과를 따서 와삭 베어 물고 우물우물 씹었다. 태오는 그 모습에 소름이 돋았다. 선악과라는 게 실제로 있다면 저렇게 파랗고 노란 사과일 거라는 생각도 들었다.

"난 하고 싶은 걸 다 해봤어. 인생에 후회가 없지. 그래서 싹 지워버릴 생각이야. 즐겁게 잘 놀았으니까."

"무슨 뜻이지? 델피를 어떻게 하겠다는 거야, 말해!"

태오가 나뭇가지를 치켜들고 베이츠 앞으로 한 발 다가섰다. 태오는 베이츠가 엄청난 일을 감행할 거란 걸 직감했다.

순간, 풀밭 아래에서 넝쿨식물이 솟아났다. 태오가 발을 옮겼지만 소용없었다. 발끝을 감던 넝쿨이 순식간에 태오의 몸을 옭아맸다. 넝쿨을 하나 끊으면 서너 개가 동시에 뻗어나갔다. 온몸에 힘을 줘 벗어나려 해도 꼼짝도 할 수 없었다. 몸부림칠수록 더 그것들이 태오를 옥죄어들었다. 목구멍이 막히고 몸이 비틀린 태오는 결국 바닥에 쓰러져 태아처럼 몸을 말았다.

쓰러진 태오를 내려다보며 베이츠가 말했다.

"자넨 죽이기엔 아까운 희귀종이지. 이상한 잡종이 염기서열에 나열돼 있어. 여태껏 내가 보지 못한 유형이야. 바이킹과 몽고인과 인디언의 피가 섞여 있어. 모두 강인한 종족이었지. 조금만 기다려. 편안한 안식을 선물할 테니."

넝쿨이 숨통을 조여오는 탓에 호흡이 점점 가팔랐다. 태오가 힘겹게 숨을 몰아쉬며 애원했다.

"혼자 조용히 사라져. 당신은 여기 존재하지 않는 사람이야. 그냥 떠나, 제발."

그가 휠체어에 놓인 성경책을 집어 태오의 눈앞에 흔들었다.

"이천 년 동안 사람들이 착각해온 게 있어. 성경을 권선징악의 동화책으로 여겼지. 사실 반대야. 인간 역사가 계속되는 한, 영원히 지속될 선과 악의 쟁투의 세계를 보여준 거라고. 당연히 이기는 사람이 우리 편!"

베이츠가 태오에게 바싹 다가와 쪼그리고 앉았다. 태오는 알비노 노인의 지나치게 큰 눈을 들여다보았다. 그의 동그란 눈동자 역시 기이하게 순진무구했다. 그 안에는 선도 악도 없었다.

"마스터도 부르스도 죽었잖아. 당신이 지하세계에 존재했다는 건 아무도 몰라. 나만 죽으면 완벽하지. 당신 완벽한 거 좋아하지? 나만 죽이고 조용히 꺼져!"

가시가 살을 파고드는 고통에 태오는 겨우 말을 이었다. 넝쿨들이 살을 파고들어 피가 흐르기 시작했다. 태오의 말에 고개를 갸우뚱하던 베이츠가 눈을 깜빡거렸다. 그리곤 성경책을 손가락으로 톡톡 두드리며 말했다.

"이 안에 세상의 시작과 종말이 있지. 내가 만든 세계 델피도 알파에서 오메가까지 있어. 난 델피를 창조할 때부터 종말도 설계했거든. 이제 곧 델피는 사라져. 폭삭!"

풀밭에 엎어진 채 몸을 웅크린 태오가 베이츠를 향해 몸을 굴렸다. 살을 베는 고통에 저절로 단말마의 비명을 질렀다. 그러나 베이츠는 폴짝 뛰어 태오를 피했다.

"엄청 아플 텐데, 참을성이 대단하군. 몸부림칠수록 출혈이 빨라져. 피가 다 빠져나가면 나처럼 새하얘져서 죽는 거야."

"여기서 재밌게 놀았잖아. 삼만 탤로가 당신을 즐겁게 해 줬잖아. 이 땅과 사람은 당신 소유물이 아니야. 당장 멈춰."

"이 세계는 내가 만든 거야!"

그가 성경책의 표지를 열었다. 그 안에 델피의 모든 곳이 들어 있었다. 그가 성경책을 태오의 눈앞에 디밀었다.

"여기 이거 보여? 손가락 몇 번만 두드리면 델피는 폭삭 우르르쾅쾅! 세상 사람들? 기업 베이츠에 경영진이 따로 있는 건 세상이 다 아는 일이지. 총책임자 마스터는 사고로 죽었고,

살아서 나간 탤로들이 겪은 건 지진 현상이야. 그리고 난 이곳에 존재하지 않았고 어디에도 존재하지 않지. 모든 건 동양철학처럼 시작도 없고 끝도 없어. 선도 없고 악도 없어."

"세상은 게임이 아니야!"

태오가 몸부림치며 울부짖었다. 종말과 죽음을 앞둔 태오의 깊은 후회가 담긴 말이었다.

"오늘 대화 재밌었어. 네가 장대한 광경을 못 보는 게 안타깝군. 그럼, 안녕."

노인이 벽에 붙은 버튼을 눌렀다. 정원에 회오리바람이 솟구쳤고, 흡사 생명체처럼 태오를 향해 돌진했다. 거센 소용돌이에 휩쓸린 태오가 나무와 꽃들이 만개한 정원 한쪽 구석으로 튕겨 나갔다. 정신이 혼미한 그는 무언가를 붙잡으려고 허공을 휘저었다. 뭉툭한 나뭇가지가 그의 뒤통수를 갈겼다. 정신을 잃으면서 그는 이제 쉴 수 있겠다고 생각했다. 완전히 평화로워진 그는 끝없이 땅속 아래로 추락했다.

집무실로 돌아온 베이츠는 바닥에 부서진 애장품을 주워 장식장에 넣었다. 그리고 손때 묻은 가구와 장식장 속 장난감 따위를 손으로 쓸었다. 수십 년 동안 품 안의 자식처럼 아끼던 애장품들을 두고 가려니 아쉬움이 가득했다. 그러다 문득 고개를 틀어 벽을 바라본 베이츠의 커다란 눈이 더 크게 벌어졌다.

평원의 탤로들이 수송차를 향해 달리고 있었다. 그들을 가뒀던 장벽은 감쪽같이 사라지고 없었다. 호준이 드디어 차단막을 해제해버린 결과였다.

다급해진 베이츠는 윗옷에 든 총을 확인하고 손가방을 들고 종종걸음으로 집무실을 나서 승강기에 올랐다.

승강기에 오른 베이츠는 손가방에서 무언가를 꺼내려 했다. 꾹꾹 눌러 담은 베개 때문에 원하는 물건이 달려오지 않자 짜증을 내며 베개를 꺼내 집어 던졌다. 이윽고 성경책을 집어 올린 그는 손바닥 인증을 거친 후 7분 타임리스를 걸고 로그오프를 설정했다.

이제 곧 땅과 건물이 흔들리기 시작할 것이고 건물 밖으로 튀어나올 나르키소스를 낚아채 제트기를 타고 이곳을 떠날 무렵 델피는 완전히 붕괴되리라.

컴퓨터 화면 속 로그오프 버튼을 노려봤다. 누르려니 너무 아까웠다. 태오에게 아무렇지 않게 말했지만 십수 년간 엄청난 돈과 수고가 들어간 작품이었다. 자신이 직접 설계한 완벽하게 아름다운 대평원을 자신의 손으로 없애야 하는 상황에 베이츠는 분노로 입술을 떨었다. 그러나, 증거를 없애야 한다. 이를 바드득 갈면서 버튼을 눌렀다.

아, 그런데 그대로다! 아무것도 사라지지 않는다! 버튼을 다시 힘껏 두드려도 마찬가지였다. 호준과 요원들이 드디어 델피의 시스템을 완전하고 순수한 무無로 바꿔버렸다. 노인의 표정이 의문에서 놀라움으로 변하더니 순간 슬픔이 스치고 지나갔다. 델피의 완벽한 방어시스템이 한순간 무너진 이유는 하나밖에 없었다. 사랑하는 아기, 나르키소스가 알파콘과 델피를 포기했고 자신을 배신했다는 의미였다.

베이츠가 컴퓨터를 노려봤다. 화면에 주먹 이모티콘이 나타났다. 주먹이 두 번째 손가락을 폈다. 그리고 '갓뎀'이 새겨졌다. 호준의 작품이었다.

베이츠가 새된 고함을 내질렀다. 새된 소리는 나르키소스의 그것과 흡사했다.

그는 승강기를 타고 내려와 자신의 집무실로 돌아갔다. 집무실의 컴퓨터를 들어 바닥에 내동댕이쳤다. 그것이 깨지지 않자 주위를 두리번거렸다. 장식장으로 가서 무쇠로 만든 로봇과 미니어처를 꺼내와 컴퓨터를 양손으로 마구 두들겼다. 누렇고 성긴 머리가 헝클어지고 온몸이 땀에 젖은 그의 모습은 늙은 탤로 같았다.

깜깜한 어둠 속에서 태오는 눈을 떴다.

땅속 아주 깊은 곳이었다. 지하 24층에서 끝없이 아래로 떨어진 것만 기억났다. 숨이 막혔다. 산소가 부족했다. 숨은 가빠도 아까와 같은 고통은 없었다. 시스템이 무용지물이 되면서 넝쿨도 효력을 다했다.

태오가 넝쿨을 벗어던지고 일어섰다. 이곳을 빠져나가야 했다. 둘러보니 아주 깊은 구덩이 같은 방이었다. 거대한 구덩이에 온갖 유전자 실험으로 기형이 된 식물들이 가득했다. 그는 덩굴에 매달려 그네처럼 이동해서 일그러진 나무로 몸을 옮겼다. 그리고 나무 기둥을 붙잡고 수십 미터 지하공간을 가까스로 기어 올라갔다.

힘겹게 그곳을 빠져나온 그는 상처투성이 몸으로 다리를 절면서 겨우 걸었다. 탤로들이 몰살당할지도 몰랐다. 24층으로 올라온 태오는 승강기를 찾아 복도를 지났다.

모든 문이 열려 있었고 베이츠는 이미 달아났는지 보이지 않았다. 벽을 따라 재생되는 영상에 동료들의 모습이 보였다. 수백 대의 수송차가 컨트롤센터를 향해 진군하고 있었다. 이제 곧 호준과 동료들이 자신을 찾아낼 것이다. 깜깜한 지하세계에서 혼자 남겨지지 않으리란 생각에 온몸이 피에 젖은 태오가 웃었다.

빛을 따라 더듬더듬 걸었다. 이상하게 지하의 공기가 나른해진 기분이었다. 피를 너무 많이 흘린 탓이라 생각하며 지오를 찾아 나섰다. 아무리 찾아도 베이츠의 집무실 외 다른 공간이 보이지 않았다. 분명 여기 어딘가 있어야 하는데 아무엇도 없었다. 나머지는 모두가 벽이었다.

숨이 막혔다. 베이츠가 지오를 데리고 간 게 아닐까 하는 불길한 생각도 들었다. 자신에 대한 복수로 동생을 끌고 갈 수도 있는 선도 악도 없는 인간이었다.

더 불길한 것은 베이츠가 이곳에 무슨 짓을 하고 떠난 것인지 알 수 없다는 점이었다. 시간이 없었다. 한참을 헤매고도 지오와 실종자들의 방을 찾지 못하자 그는 정신없이 마구 고함을 질렀다.

"누구 없어요? 저는 탤로입니다. 당신들을 구하러 왔어요. 지오야, 형이야, 대답해!"

그렇게 한참을 소리 지르며 24층을 헤매던 끝에 낯익은 신음소리를 들었다. 신음이 어디선가 분명 들리는데 아무런 공간이 없었다. 답답해서 미칠 거 같았다.

피투성이에 다리를 절뚝이며 모든 벽을 만지고 두드렸다. 그러다 구석의 벽 일부가 덜컥거리며 열렸다. 벽이 문이었다.

"지오야, 어딨어, 형 왔어!"

방 안에서 들리는 소리가 점점 커졌다. 태오가 지오를 부르며 문을 박차고 들어갔다. 하얗게 질리고 야윈 지오가 침대 위에 묶인 채 덜덜 떨면서 눈물 흘리고 있었다. 그는 지오를 부둥켜안고 마침내 눈물을 터뜨렸다.

태오는 몇 달 동안 감금돼 서 있기도 힘든 동생을 부축해서 복도로 나왔다. 복도 저 끝에서 사람의 음성이 들렸다. 지금의 위치는 사막 아래 땅속이었다. 그는 양자파동이 알려준 생명체 지도를 다시금 떠올렸다. 사막의 특정 구역에 보어측정기가 찬란한 빛을 보였었다. 그렇다면 틀림없이 이쪽에 수많은 생명체가 존재한다는 뜻이었다.

미미한 소리를 잘 듣기 위해 그는 눈을 감고 어둠 속을 걸었다. 그러면서 하나씩 벽을 짚었고 숨겨진 실험실의 문이 열리기 시작했다. 온몸이 묶인 사사키를 풀어주고 이어 호준의 사촌 형을 데리고 나왔다. 사진으로 미리 봤어도 너무 처참한 몰골이라 알아보기 어려웠다. 호준이 밖에서 당신을 찾고 있다고 전하자 사촌 형이 무슨 말인가 하려 했다. 그러나 너무 쇠약한 탓에 목구멍에서 목소리가 나오지 않았다.

실종자들이 알려준 방향을 따라 모든 벽을 열었고, 감금된 모든 실종자를 구출해냈다. 베이츠가 같은 공간에 텔로들을 가둬두고 알파콘의 원료가 되는 인간 아기를 복제했다는 게 끔찍했다.

죽은 아디닷의 동료들은 보이지 않았다. 지오가 오래전부터 실험에 이용된 텔로들은 죽었을 거라고 말했다. 태오는 지하 22층 박물관에서 본 아름다운 육체들을 떠올렸다.

태오는 그들을 이끌고 지하를 빠져나왔다. 그들 모두 걷기 힘들었지만 살기 위해 숨죽인 채 발을 옮겼다. 혼자가 아니고,

이제 곧 밖으로 탈출할 수 있다는 희망에 모두 이를 악물었다. 승강기에 오르자 안도의 눈물을 보이는 탤로도 있었다.

승강기가 그들을 태우고 천천히 상승하던 중 갑자기 덜컥 움직임을 멈췄다. 태오는 승강기에서 빠져나와 그들을 이끌고 제분공장을 지나 위로 걸어 올라갔다.

제분공장의 컨베이어벨트도 돌아가지 않았다. 태오는 지오와 사람들에게 우리 동료들이 이곳 전체 시스템을 장악하고 있을 거라고 안심시켰다.

지하 3층의 알파콘 배양관을 지났다. 수백의 기형 알파콘들이 몸부림치듯 일렁이며 괴성을 흘렸다. 심신이 피폐한 실종자들이 놀라 부르르 떨고 복도에 주저앉았다.

지오와 호준의 사촌 형이 겁먹지 말라며 사람들을 일으켜 세웠다. 이제 곧 지상으로 나갈 수 있었다. 갑자기 탕, 굉음이 복도를 갈랐다. 모두 악을 쓰며 바닥에 널브러졌다. 베이츠였다.

태오에겐 총이 없었다. 그는 지오와 탤로들을 벽에 가로막힌 곳으로 대피시켰다. 서너 번의 총격이 이어졌다. 총알이 공간을 날아와 맞은편 벽에 명중했다. 날카로운 파편이 튀었다. 태오가 반대편 복도 쪽으로 힘껏 달렸다. 베이츠의 총격이 태오를 따라 이어졌다.

어두운 공간을 마주하고 태오와 베이츠가 마주 보았다. 태오에게 총이 없다는 걸 아는 베이츠가 쉴 새 없이 총탄을 날렸다. 태오가 달리고 몸을 날렸다. 그때마다 알파콘 실험실 유리가 부서졌다.

태오는 실종자들이 숨어 있는 벽에서 멀리 떨어진 곳을 빙글 돌며 베이츠를 유인했다. 모든 일이 어그러진 베이츠는 태오를 쫓으며 신경질적으로 총을 쐈다.

실험실의 알파콘들이 괴성을 지르며 몸부림쳤다. 베이츠도 태오를 죽이려고 괴성을 질러댔다. 어느 틈에 기형 알파콘들이 몸부림치며 노인의 몸을 낚아챘다. 공중에 매달린 노인이 작은 몸을 바둥댔다. 그가 자신을 붙든 알파콘을 향해 '멍청이!'라고 소리쳤다.

태오와 실종자들은 뒷걸음질 치며 그의 마지막 순간을 지켜봤다. 기형 알파콘이 굉음을 내지르며 작은 몸을 순식간에 삼켜버렸다. 찰나의 순간, 알파콘은 메두사나 다름없었다.

델피의 대평원에 굵은 비가 내리고 있었다. 지하를 빠져나온 태오와 실종자들은 울음을 토하며 입을 벌려 빗물을 받아먹었다. 태오의 온몸을 적시고 있던 피가 씻겨 내려갔다. 그것은 마스터의 피였고 인간병기의 피였다. 그리고 죽은 아디닷과 자신의 피이기도 했다.

태오는 두 팔을 벌려 치켜들며 고함을 질렀다. 지오가 형을 끌어안았다. 다른 사람들도 서로를 끌어안았다.

"지오야, 다 끝났어. 우리 이제 집에 가자."

태오가 동생의 얼굴을 쓰다듬으며 말했다.

"형이 올 줄 알았어. 갇혀 있으면서 생각했어. 다시 형을 만나면 이 말을 꼭 할 거라고. 세상을 주어진 대로 믿은 건 나였다고."

지오가 아이처럼 울음을 터트렸다. 여섯 살 때 부모의 죽음 이후로 처음 보는 동생의 울음이었다.

소나기가 그치고 아침의 해가 변함없이 떠올랐다.

뜨겁고 강렬한 햇빛이 대평원을 평등하게 비췄다. 지오와 사촌 형이 머리를 들고 햇빛을 축복처럼 받아들였다. 양팔을 허리춤에 낮게 든 둘의 모습은 깡마른 수도승 같았다. 사사키와 다른 탤로들은 해방감에 땅바닥을 뒹굴었다.

그들을 발견한 탤로들이 대평원을 가로질러 달려왔다. 탤로 무리를 이끌고 컨트롤센터를 향하던 호준도 그들을 발견했다. 그는 울다가 웃다가 소리 지르며 달려가 사촌 형을 끌어안고 이어 태오와 지오를 끌어안았다.

밤새 평원과 헤븐스몰에 갇혀 있던 사람들이 횃불과 낫을 들고 대평원에 집결했다. 태오가 팔을 들어 진군을 알렸다. 삼만 명이 동시에 걷기 시작했다. 그들이 동시에 걷는 발소리가 북소리 같았다.

그들은 알파콘 평원 곳곳에 불을 질렀다. 곡괭이와 낫을 든 사람들은 컨트롤센터로 몰려가 부쉈다. 연료공장을 털어 알파콘 기름을 들고 알파콘 평원으로 달려가 불을 질렀다. 기형 알파콘들의 괴성이 평원을 울렸다.

저 멀리 알파강 너머 수백 대의 헬기들이 이쪽을 향해 날아왔다. 태오와 호준은 아직 몰랐지만 전 세계 언론들이 베이츠에 대한 긴급 속보를 내보내고 있었다. 태오가 컴퓨터 속으로 들어가 찾아낸 비밀문서들이 하나씩 세상에 뿌려졌다.

굉음을 쏟아내며 헬기들이 대평원으로 건너왔다. 헬기가 일으킨 바람에 알파콘들이 물결치듯 일렁거렸다. 방송사 헬기들이 불빛을 지상으로 흩뿌렸다. 서치라이트가 평원을 훑었다. 태오와 실종자들에게 희고 노란 불빛이 풍성한 빛의 세례를 내렸다. 태오는 지오와 어린 실종자를 양팔로 끌어안고 대평원을 성큼성큼 걸었다.

베이츠

1쇄 발행 2023년 4월 30일

지은이   이아타
펴낸이   배선아
편집   박미애
디자인   이승은
본문 디자인   박은정
펴낸곳   고즈넉이엔티

출판등록   2017년 3월 13일 제 2022 - 000078호
주소   서울특별시 마포구 성지 1길 35, 4층
대표전화   02 - 6269 - 8166
팩스   02 - 6166 - 9199
이메일   gozknockent@gozknock.com
홈페이지   www.gozknock.com
블로그   blog.naver.com/gozknock
페이스북   www.facebook.com/gozknock
인스타그램   www.instagram.com/gozknock

ⓒ 이아타, 2023

ISBN 979-11-6316-865-2 03810

표지 일러스트   산호